二見文庫

戯れのときを伯爵と

アナ・ブラッドリー／出雲さち＝訳

A Wicked Way to Win an Earl
by
Anna Bradley

This edition published by arrangement with
the Berkley Publishing Group,
an imprint of Penguin Publishing Group,
a division of Penguin Random House LLC
through Tuttle-Mori Agency, Inc.,Tokyo

この本を次の三人に捧《ささ》げます。

表紙のヒーローそっくりの夫ブラッド。
誰より女王様らしい娘アナベル。
そして、物語を愛し、作家の心を持つ息子エリへ。

偉大なるエージェントのマリーン・ストリンガー、編集者のシンディ・ウォン、バークレイの有能なスタッフに深く感謝します。そして、新人作家の作品を手に取ってくださった読者のみなさん、わたしの最初の読者になってくれた妹ジェニファーに心より感謝します。

戯れのときを伯爵と

登　場　人　物　紹　介

デリア（デルフィニウム）・サマセット	軍人の娘
アレック（アレクサンダー）・サザーランド	カーライル伯爵
ミリー（ミリセント）・サマセット	デリアの母親。故人
リリー・サマセット	デリアの妹
アイリス・サマセット	デリアの妹
ヴァイオレット・サマセット	デリアの妹
ヒアシンス・サマセット	デリアの妹
ロビン・サザーランド	アレックの弟
エレノア・サザーランド	アレックの妹
シャーロット・サザーランド	アレックの妹
ハート・サザーランド	アレックの父親。前カーライル伯爵。故人
ハンナ	サマセット家の養育係兼家政婦
リゼット・セシル	アレックの婚約者候補
キャロライン・スワン	ミリーの友人
ライランズ	サザーランド家の執事

プロローグ

一七八三年　ロンドン

「急いで、キャロライン！　お願い、早く！」誰もいない廊下を足早に進みながら、ミリセント・チェイスは不安そうに後ろを振り返った。

友人が駆け出さないよう、キャロライン・スワンはミリセントの腕をしっかりつかまえた。「ミリー！　ここで走ったら人に気づかれるわよ。大丈夫、今はまだ誰もあなたを探していないから」

カツ、カツ、カツ。ミリセントの優雅な銀色のダンスシューズの靴音が大理石の床に響いた。忠告されたにもかかわらず、足取りは次第に速くなっていく。ミリセントは歩きながら、黒いベルベットの外套《がいとう》のフードを深く引きさげた。フードを縁取るように縫いつけられた豪華な黒いジェットのビーズがほの暗い明かりを受けてきらめく。

ふたりの若い女性は、廊下を外れたところにある小さなアルコーブに隠れた。そこは使用人専用の通路だった。厨房《ちゅうぼう》から舞踏室へ直接つながっているわけではないので、今夜ここを通る者はいない。しかも都合のいいことに、この通路はタウンハウスの裏手にある厩《うまや》につながっている。

「ここがいいわ、キャロライン」ミリセントはキャロラインと向き合い、友人の背後に目を向けて誰も追ってこないことを確かめた。赤くなった自分の頬を両手で包む。「ああ、どきどきする！」フードと同じビーズで縁取られた黒い仮面を外そうとするのに、指先が震えてうまくできない。

キャロラインがミリセントの両手を優しく握り、おろさせた。「わたしがしてあげる」友人の仮面を取り、外套のボタンを外す。外套が脱がされるあいだ、ミリセントは子供のようにおとなしく立っていた。

「ミリー、わたし……」キャロラインが言いよどみ、外套を握りしめた。「しばらく会えなくなるでしょうけど、わたしは……」

ミリセントは涙を浮かべ、キャロラインの冷えきった指先を握った。「あなたはわたしの親友よ、キャロライン。今夜あなたがわたしのためにしてくれたこと、決して忘れない。会えなくなるのはとてもさびしいわ。でも、また必ず会える」彼女は明るい声で続けた。「スキャンダルなんて、社交界は簡単に忘れてしまうから」

公の場で恥をかかされた記憶はいつまでも残るものよ。

そう思ったものの、キャロラインはそれを口には出さなかった。言ったところで意味はない。ミリセントはすでに心を決めているし、もう後戻りができないところまできていた。今夜の彼女の決断は、重大な結果を招くだろう。ミリセント自身もそれを認識している。彼女はすべて受け入れるつもりなのだ。その顔を見つめ、キャロラインはほほえんだ。友人の深いブルーの瞳に、後悔の色は微塵《みじん》もなかった。

キャロラインは自分の手を握るミリセントの細い指を握り返した。「さあ、あなたの仮面をもらうわ。つけるのを手伝って」

ミリセントはキャロラインに仮面を渡し、顔につけて頭の後ろでシルクのリボンを結ぶのを手伝った。それから、先ほど脱いだ外套を広げてキャロラインに着せかけた。たっぷりとした黒いベルベットの生地がたちまちキャロラインのドレスを覆い隠した。

ミリセントはキャロラインの美しい金髪にフードをかぶせ、後ろにさがってできばえを確かめた。ふたりはともにすらりとした、似たような背格好をしている。外套のフードはキャロラインの顔のすぐ上までかぶさり、髪を完全に隠していた。仮面からははしばみ色の瞳がのぞき、それはミリセントの鮮やかなブルーの瞳とは似ても似つかない。だが、かまわなかった。目をとめる人間はいないだろう。

ミリセントはキャロラインの両肩をつかんだ。「これならうまくいくわ。なるべく目立たないように気をつけてね。それで少なくとも数時間は誰も気がつかないでしょう」

「カーライル伯爵はどうかしら？」キャロラインはふいに不安になった。「話しかけられたらどうすればいいの？　ダンスをしたら気づかれない？」

ミリセントはただ首を横に振った。キャロラインはゆっくりとうなずいた。カーライル伯爵が婚約者に話しかけることはおそらくない。彼女の目を見つめ、なぜ瞳がブルーでなくなったのかいぶかしんだりもしない。そもそも、彼女の目をのぞき込むこともないだろう。

キャロラインは背筋を伸ばしてほほえんだ。「とにかく」わざと明るい声で言った。「わたしは今夜の舞踏会で一番ついているわ。若い女性なら誰でもミリセント・チェイスになりたいと思っているもの」

ミリセントは笑わなかった。笑う代わりに苦々しげに唇を歪《ゆが》めた。この数カ月というもの、彼女はロンドンでもっとも人気の花嫁候補だった。お披露目《ひろめ》を迎えた娘たちは、普通ならば自分が社交シーズンの花形になるのを夢見る。しかしキャロラインは知っていた。シーズンが始まって二週間もしないうちに、友人のミリセントが猟犬に追いつめられたキツネのような心境になっていたことを。

「あと三時間くらいはそう思えるかもしれないわね。でも、すべてが明るみに出たとき、ああ、キャロライン……」ミリセントはそこで口をつぐんだ。

もっとも、このあと真夜中に明らかになるであろう自分の役まわりについて、キャロラインは間違った幻想など抱いていなかった。たとえどんな事情があったとしても、かのカーライル伯爵ハート・サザーランドを土壇場で裏切る人間など普通はいない。

それでもキャロラインは、ミリセントの心配を振り払うような仕草をした。「そのときはなんとでもするわ、ミリー。あなたこそ気をつけて。でも、あまり心配はいらないわね。サマセット大尉は喜んで責任を引き受けるでしょうから」

ミリセントは涙に濡れた頬をキャロラインの頬につけた。「さようなら」ダンスシューズの靴音が暗い廊下に響き、彼女が角を曲がると、聞こえなくなった。

キャロラインの胸が締めつけられた。今夜の出来事は、ミリセントの家族や友人たちの記憶に永久に刻み込まれるだろう。ミリセントが一生に一度の愚かな冒険のためにすべてをなげうった夜として。

レディ・ハドレシャムは、バルコニーの高い位置から舞踏室を眺め、満足そうなほほえみを浮かべた。ミセス・ギズボーンのクジャクの羽根飾りは室内の熱気でしなびかけている。若い女性も年配の女性も、まるでロンドンが干ばつに見舞われでもしたかのようにシャンパングラスを握りしめていた。誰もがほてった頰や汗ばんだ顔を扇子であおいでいるが、さほど効果はなさそうだ。ダンスフロアでは大勢の男女が緊張しながら踊っている。一度でもステップを間違えれば他人も巻き込んでドミノ倒しのように倒れてしまうかのごとく。

例年と同じく、会場は耐えがたいほど混雑していた。ハドレシャム邸の仮面舞踏会は、誰もが逃したくない催しなのだ。きらびやかな衣装をまとって楽しむ社交シーズンも今日で終わり。明日以降、人々はシーズンを終えたロンドンからそれぞれの領地へ引きあげる。沈みゆく船からネズミが逃げ出すように。

フランス産のシャンパンが酌み交わされるなか、手袋をはめた手とシルクの扇子の向こう側で陰口が繰り広げられていた。ある唇からある耳へ。また別の唇から別の耳へ。

〝彼女のあのドレスときたら！　ただでさえ顔色が悪いのに、どうしてあんなグリーンを選んだのかしらね？〟

ビリヤード台にたゆたうたばこの煙に混じって別の会話が聞こえてくる。

〝きみにもチャンスがめぐってくるかもしれないぞ。ウェイマス卿は彼女にすっかり飽きているそうだから〟

今年デビューしたばかりの若い女性たちのあいだでは、忍び笑いとともに、交わされるカードゲームのコインのように、こんな言葉がやり取りされていた。

〝ミス・チャッツワースは今年も誰からも交際を申し込まれなかったわね。デビューしてもう六年になるのよ！　お気の毒にねえ……〟

レディ・ハドレシャムがあるグループに目を向けたとき、その美しい唇にひときわ満足そうな笑みが浮かんだ。

チェイス一家が来ている。彼らはテラス近くで、レディ・カーライルことアン・サザーランドと、その長男で現カーライル伯爵のハートと話している。彼らに限っては仮面をつけていても見まがうことはなかった。人いきれのなかでもまったく不快そうにしていない。開いた扉から涼やかな風が、まるで指示を受けたかのごとく彼らに向かって吹いているのだ。そこが舞踏室で唯一快適な場所なのは間違いなく、彼らがその場所にいることに疑問を抱く者はいない。なんといっても、彼らはチェイス家とサザーランド家なのだから。それが世の中というものだ。

婚約の発表は深夜に行われる予定だった。その場で仮面を外す際、レディ・ハドレシャムはロンドン一の招待主《ホステス》として不朽の名声を手にするに違いなかった。

ハドレシャム夫妻の舞踏室のシャンデリアは、邸内を伸びる中央階段にも光を投げかけていた。だが、その光もロンドンの濃い霧にはかなわない。扉をくぐり抜けて数歩先へ行くと、あたりはもう濃い闇に支配されていた。誰かが厩の方角に目を凝らしていれば、帽子も外套もつけていない若い娘が闇の向こうへ消えていくのがかすかに見えただろう。

彼女と同じく、馬車も目立たなかった。真っ黒で紋章もない。ロンドン市内を走っているのと同じような、ごく普通の馬車だった。娘が近づくと、扉が開き、背の高い人影が出てきて彼女の肩を外套で包んだ。ふたりの姿がひとつに溶け合う。

彼らはそのまま馬車に乗った。扉が静かに閉まり、御者が馬の背に鞭《むち》を打った。

1

一八一四年　ケント

春のぬかるみが薄い革の散歩用ブーツの底から染み込み、デリアの長靴下を濡らした。これは普通のぬかるみではない。そのうち靴下《ガーター》どめまで濡れてしまいそうだ。

「なんてこと！」デリアはつぶやいた。やはり来たのは間違いだった。ここで地滑りでも起こってくれれば、馬車が故障したため誰かに助けを求めに行こうとした自分の正しさが証明されるだろうか？　そうすれば少しは気がすむかもしれない。とはいえ、今のところデリアはずぶ濡れになりたくなかった。全身に泥をかぶるのもごめんだ。ケントの人里離れた道で途方に暮れるより、屋根の下で心地よく過ごしたい。空は次第に暗くなりかけている。今ここで地滑りが起きたら、本当に生き埋めになってしまうかもしれない。

妹のリリーの言うとおり、馬車にとどまるべきだった。それなのに妹の制止を振り切り外に出て、結局こんな目にあうとは――。

ふいにデリアは、片方の足をぬかるみに突っ込んだまま凍りついた。あの音は……まさか！　指で十字架を作り、たった今耳にしたのが熊などの野生動物の鳴き声でないことを祈った。

ケントに熊は出るのかしら？

しばらく耳を澄ましてみる。いいえ、あれは熊とは違う。イングランドのこの地方の熊が甲高い声で笑ったりしない限り。デリアは苦心しながらぬかるみから足を引き抜いた。声は緩やかに曲がった道の向こう側の奥から聞こえてくる。

彼女は濡れたスカートの裾を引きずりながらできる限りの早足で進んだ。夕暮れ時の人気のない道で笑い声がするのは不気味だが、迷っている場合ではない。誰かに助けを求め、代わりの乗り物を呼んでもらわなければならないのだから。誰かひとりでいい。贅沢《ぜいたく》だろうか？　とにかく誰でもいい。どんな人間でもかまわない。

デリアはスカートの裾をたくしあげ、足を引きずるようにして道を曲がっていった。

でも、願いごとは慎重にしないと。

夕闇に目を凝らし、木にもたれている人物をよく見ようとした。どうやら女性らしい……。デリアは細めていた目を大きく見開き、棒立ちになった。足元のぬかるみが突然流砂に変わり、地面に首まで埋まったような気がした。

それはたしかに女性だった。が、ひとりではなかった。彼女はくっついていた……男性と。とても大きな男性。女性より頭ひとつ分ほど背が高い。そのありえないほど広い肩に女性はほとんど隠れていて、笑い声がしなければいることすらわからないほどだ。男性は上着を脱ぎ、それを濡れた木の枝に無造作にかけていた。夕闇に白いシャツが浮かびあがり、たくましい腕と背中の形が見えた。

なるほどこの男性に上着はいらないだろう。その行動から考えれば。たとえば、女性を木の幹から動けなくするのに上着は邪魔だ。彼は女性の頭の左右に両手をついていた。デリアはつばをのんだ。彼は女性に覆いかぶさるほど近くに立ち、相手の喉やうなじに唇を這《は》わせている。そして両手を……。

デリアが息をのむなか、男性は片手を木の幹から離し、大きく開いた女性の襟ぐりからなかへ滑り込ませ、乳房を愛撫《あいぶ》した。

デリアの下腹に熱い刺激が突きあげた。弾《はじ》かれたように後ろを振り向いて誰もいないことを確かめ、改めて前方に目を凝らす。今からでも引き返したほうがいいのではないか？　地滑りや熊に遭遇するほうがまだましだ。しかし、足が動かなかった。デリアはその場に立ち尽くし、男性のたくましい背中と大胆な手の動きに目を奪われた。

「アレック！　やめて！」女性が小声で叱り、冗談めかして男性の手をぴしゃりと叩《たた》いた。

ああ、よかった！　デリアはひそかにため息をついた。あの向こう見ずな若い女性もようやく正気に返ったのだ。じきに相手を押しのけるだろう。

そう、今すぐにも。

しかし男性が低い声で笑い、女性の耳元で何かささやいた。あきれたことに女性まで笑い、相手の腰に両手をまわして引き寄せた。体と体がぴたりと合わさると、彼女は甘いため息をついた。ああ、なんというため息！　これまでデリアが聞いたこともない種類の声だ。恥ずかしさのあまり顔が耳まで熱くなる。

そして男性はといえば……ああ、まさか！　彼は一方の手で長ズボン《ブリーチズ》の前をまさぐり、もう片方の手で女性のスカートをつかんで引きあげ始めたではないか。上へ、さらに上へ……。

デリアは口を手で覆ったが、どうやら悲鳴とも怒りの叫びともつかぬ声がもれてしまったらしい。ふいに男性の背中がこわばった。その肩越しにこちらをうかがった女性とデリアの目が合った。女性は男性の手からスカートをひったくり、裾と胸元をすばやく直した。そしてあっという間に姿を消した。まるで最初からそこには誰もいなかったかのように。

デリアはまばたきをした。もうおしまい？　それなら選ぶべき道はふたつだ。あの男性に助けを求めるか、リリーの待つ馬車に逃げ戻り、今のは見なかったことにするか。

それにしても……実際に男女のたわむれを目にしたのは初めてだった。最後の最後まで見なかったことで、逆に好奇心が刺激される。

あの男性は今からどうするのかしら？

じっと見守ったものの、男性は動かなかった。こちらを振り返りもせず、言葉も発しない。彼はただそこに立って呼吸していた。深い呼吸に合わせて背中の筋肉が上下する。吸う、吐く。吸う、吐く。やがて彼は頭をわずかにのけぞらせ、頭上で揺れる木の枝をしばらく眺めていた。

こんな退屈な見世物はないとデリアが思いかけたとき、男性がたまりかねたようなうめき声をもらし、枝から上着を取って振り向いた。

「いったいどこの誰だ？」

デリアは口をあんぐり開け、ふらふらと後ずさりした。好奇心はすっかりかき消えた。男性の口調はなんとも無礼だった。正面から見ると彼はいっそう大きく、威圧的に見える。とはいえ、最大の問題は……。

彼が裸でいることだった。

いや、まったくの裸ではない。でも、これまでデリアが目にした男性のなかではもっとも裸に近かった。白いシャツの襟がはだけ、広くたくましい胸がのぞいている。むき出しの肌を見るうちにデリアの顔がいっそう熱くなった。

男性が射るようなまなざしを向けてきた。黒い瞳を縁取る濃いまつげは長い。どんな虚栄心の強い女性でもこれほど長いまつげを持っていたら満足するだろう。彼は胸の前で腕組みをした。

「お嬢さん?」彼が声をあげた。「きみに尋ねているんだが」

そう――そのとおりよ。ええと、わたしはいったい誰だったかしら? 「デリア・サマセット……?」なぜか問い返すような返事になってしまい、彼女は身をすくめた。

男性がどこか面白がるように黒い瞳をきらめかせた。「ふむ、それで正解なのか、間違っているのか、自信がなさそうだな」

なんとも油断のならない目つきだった。デリアの既婚の友人たちが何度かこの手の男性について話すのを聞いたことがある。彼らの頭にあるのは女性のことだけ。獣じみた欲求に容易に突き動かされ、不埒《ふらち》な行為に及ぶという。

この男性は、なかなか質《たち》が悪そうだ。

「よろしい、ミス・サマセットということにしよう」デリアが答えないでいると、男性はおもむろに言った。「これできみが誰かはわかった。次はここで何をしているのか答えてもらおうか」

まあ、さっきからずいぶん感じの悪い……恥ずかしさに代わってふいに怒りが湧いてきた。いくら魅力的な裸の胸を見せられても、こんな失礼な言い方は許せない。

「その前に」デリアは言い返した。「上着を着たらどうなの？」

怒りを感じ取ったのか、男性は黒い眉の片方をつりあげた。「これは失礼、ミス・サマセット」彼はベストを着て、何食わぬ顔でボタンをはめた。まるで普段からしょっちゅう戸外で裸になっているかのように。彼は続いて上着をはおった。「繊細な乙女に不快な思いをさせるつもりはなかった」

デリアはにらみつけた。「それは手遅れじゃないかしら。不快な思いならとっくにしたわ。あなたがブリーチズの前を開いたときに」

相手を手厳しくやり込めたつもりだった。ところが、まともな紳士なら深く恥じ入るべきこの状況で、男性は笑い出した。

「きみのほうを向く前にちゃんと直しただろう」彼はもっともらしく指摘した。

デリアは唇を引き結んだ。「わかっているわ。それを褒めろというの？　拍手喝采でもしてもらいたい？」

「感謝してもらいたいだけだ。何しろ状況が状況だけに難儀したんでね」

デリアは鼻を鳴らした。「意味がわからないわ」

男性がつくづくとデリアを見た。彼女が困惑した表情になると、彼は急に興味をなくしたようだった。「そうだろうな。さて、服装については侍従を相手にするより多く話した。今度はきみがぼくの質問に答える番だ」

デリアは息を吐いた。「わたしは妹と一緒にカーライル伯爵の屋敷を訪ねてきたのよ。伯爵のふたりの妹さんと親しいの」

返事はなかった。デリアはしばらく待ったが、相手はまったく表情を変えない。あきれた。カーライル伯爵くらい誰でも知っているでしょうに。

「ここから二キロほど手前で、馬車の車軸が折れてしまったの」デリアは自分が来た方角を示した。「妹と御者は――」

「きみは馬車に残っているべきだった。こんな田舎道に子ウサギみたいにちょろちょろ出てきて、いったい何を考えている？」

見下したような相手の言葉が癪《しゃく》に障った。ほんの少し前に自分もまったく同じこととを考えていたのだが、デリアはかまわず言った。「もちろん後悔するはめになったわ。でも、そうするしかなかったのよ、何しろ――」

「なぜ代わりの馬車を呼びに御者を宿まで行かせなかった？」彼はまたしてもさえぎった。まるで彼女に分別がないかのように。

「できなかったの。車軸が折れて――」

「〈あざみ亭〉は反対方向だ」彼はデリアを無視して言った。「教わらなかったのか？」

「人の話を邪魔しないでくださる？」デリアはほとんど叫び声になった。

しばらくあいだを置いて彼が言った。「なぜ？　そっちが先に邪魔をしたんじゃないか」

一瞬なんのことかわからなかったが、やがて彼の言わんとすることを察したデリアは頬が熱くなり、赤くなるのを感じた。「邪魔したのは悪かったわ、あなたの――」彼女は両手をあげた。「姦通《かんつう》行為をね。でも、だからといって――」

「姦通行為？」男性がおどけたように言った。「きみはあれをそう呼ぶのか？」

「そうよ。それが何か？」

「別に。ただなんというか、ずいぶん聖書的だ」

デリアは意地を張るように腕組みをした。自分からは尋ねるものか。そんなことは絶対にしない。尋ねたら彼はまともに答えるだろうが、答えを聞きたくない。

「それなら、あなたはなんと呼ぶの？」

ああ、しまった！

彼はくすりと笑った。「はるかに魅力的な言葉を使うね。だが、今は言わないでおこう。それより、きみはぼくの姦通行為とやらをどこまで見た？」

「路上ではまず目にしないところまでよ」彼女はぴしゃりと言った。「衝撃だったわ」

「なるほど。それできみは口をあんぐり開けて突っ立っていたわけだ。衝撃のあまり」

デリアはにらみつけた。「ほかにどうしろというの？　音がしたので来てみたら、そこにあなたたちがいたのよ」体を重ね、ため息をもらし、キスをし、愛撫して……。

「音？　どんな音だい？」からかうように彼が尋ねた。

「最初は獣かと思ったわ」デリアは答え、それから小声でつけ足した。「あながち間違いではなかったけれど」

彼が目を細めた。「ミス・サマセット、今なんと言った？」

デリアは笑うまいと唇を引き結んだ。「もうやめてと言ったの。わたしが代わりの馬車で迎えに来るのを妹が待っているのよ。彼女は体調がよくないの。これ以上放っておけないわ」

男性はぞんざいに手を振った。まるで自分がここの領主で、デリアが卑しい召使いであるかのように。「わかった。馬車がどうなったか、続きを話してくれ」

デリアは大きく息を吸い、また途中でさえぎられないよう大急ぎで説明した。「車軸が折れて、御者が怪我《けが》をしたの。道で立ち往生しているのよ。それにもうすぐ夜になってしまう。宿を見つけ、乗り物を手配して早く迎えに行かなくては」

「御者が怪我をした?」彼はようやくデリアの話に本気になった。「ひどいのか?」

「かなりの怪我よ。車軸が折れた衝撃で御者台から落ちて、足首を痛めたの。多分骨が折れているか、ひどい捻挫をしていると思うわ。だから彼が来ることができなかったのよ。〈あざみ亭〉への行き方は彼に教えてもらったけれど、見つからなかったの。宿屋へ入る道を見逃してしまったのね」

「あの道はわかりにくい」男性はしばらく考えていたが、やがて決心したように言った。「こっちだ」道に戻ってくると、彼は水たまりの泥を跳ねあげてずんずん歩き出した。後ろから当然デリアがついてくるものと思っている。犬か羊のように。

デリアは迷った。ここでついていくのも、ひとりで数キロ歩くのも危険に変わりはない気がする。選択肢は限られているが、この男性を頼るのは気が進まない。

彼女が躊躇《ちゅうちょ》していると、男性がくるりと振り向いた。デリアの表情から何を考えているのかわかったのだろう。彼女のくたびれたボンネットから泥だらけのドレス、すっかり台無しになったブーツまで一瞥《いちべつ》して言った。「心配ないよ、ミス・サマセット。きみはぼくといてもまったく安全だ」

デリアは怒りのあまり息をのんだ。今のは侮辱なの？ ひどい姿であることを彼に指摘されるいわれはない。「優しいお言葉をありがとう」彼女は精一杯落ち着いた声を出した。「でも、あなたはおそらくきちんと服を着た女性と一緒にいることに慣れていないのでしょうね」

彼は肩をすくめ、ふたたび前を向いて歩き出した。デリアはあきらめてついていった。

「そうだな、服を着ていない女性と一緒にいるほうが好き、とは言える」

デリアはもはや驚かなかった。相手はぎょっとさせようとしてこんなことを言っているのだ。大股で歩いていく男性に遅れまいと必死についていく。「なるほど。だからあの人の服を道端で脱がせようとしていたのね。獣じみた欲求に流されるなんて恐ろしいわ」

後ろからにらみつけると、彼は黒い頭髪に手を突っ込んだ。長い指につややかな髪が絡みつく。怒っているのかしら？　怒ればいいのよ。せいせいするわ。

そう思って少し気をよくしたとき、男性が急に立ち止まって振り向いた。デリアは驚く間もなく相手にぶつかってしまった。力強い手に支えられ、どうにかバランスを取り戻す。だが、彼は手を離すどころか彼女を引き寄せた。体が触れ合うほどではないにせよ、デリアが焦りを感じるほど近くに。

「獣じみた欲求に流されたのはたしかだ」彼は甘い声で言った。ベルベットのような黒い瞳でひたと見つめる。「ぼくは気長に待てない性質なんだよ、ミス・サマセット。ことに――」そこで少々声を落としてささやいた。「姦通行為については」

一瞬、デリアは目まいを感じた。まるで相手がヘビ使いで、自分は何十年も閉じ込められた籠からようやく首をもたげたヘビになった気分だ。だが、男性が笑みを浮かべていることに気づき、彼女は相手の手を振りほどいた。

なんてこと。またもや顔から火が出そうだ。「おしゃべりはやめましょう」

男性はまた肩をすくめた。「きみが望むなら」

なんていやな人。

ふたりは黙って道を歩いた。お互いのブーツが湿った音を立てる。一キロほど行ったところで、彼は道路をそれ、茂みに入っていった。「宿はこの向こう側だ」彼はデリアに先へ行くよう促した。

深い茂みを抜けると、目の前に小道が現れ、その先に〈あざみ亭〉が見えた。石造りの低い建物で道路から見えなかったため、先ほどは気づかず通り過ぎてしまったのだ。デリアは物言わぬ同伴者にむっつりと目を向けた。どうやらここは自分の不注意を認めるしかない。

宿に着くと、デリアはほっとため息をついた。外はほとんど日が落ち、気温もさがっているが、宿の広間の奥では暖炉の火があかあかと燃えていてあたたかかった。パブでは白髪交じりの小柄な主人が傷だらけの木製カウンターを拭いていた。「旦那様、ビールをいかがです？」入り口にたたずんでいるデリアたちを見て、主人が声をかけてきた。

「今は結構だ、ジョージ」返事をしながらも、男性は主人を見ていなかった。大きな口の端に笑みを浮かべてデリアを見ている。

デリアも見つめ返し、そしてはっとした。まさか！　頭のなかで必死に打ち消しながら、彼とのやり取りの細部を思い出す。彼女が伯爵の名前を口にしたとき、相手はまったく無反応だった。それが、御者が怪我をしたと聞くや、急に真剣な表情になった。あの馬車は、デリアたちのためにカーライル伯爵がケントから迎えに寄こしたものだった。そして彼の服装は――きちんと身づくろいをすれば――とても立派だ。

それに、尊大な伯爵以外に誰があんな大胆な真似を……。

まったく地団駄でも踏みたい気分だった。どうしてまた、よりによって？

どうか自分の思い違いであってほしいと、デリアは必死に考えをめぐらせた。

そうだわ！　あの女性！　彼といちゃつき、くすくす笑っていた女性。彼女が彼のことをアレックと呼んでいた。そんなはずはないわ。だって、エレノアとシャーロットのお兄様の名前は……。

デリアは絶望して目を閉じた。彼女が訪ねようとしているサザーランド家の令嬢エレノアとシャーロットの兄の名はアレクサンダー。アレクサンダー・サザーランド。

つまり、アレック。

姦淫《かんいん》をなす者。道端で女性のスカートをめくりあげ、ブリーチズの前を開く女たらし。

彼こそがカーライル伯爵なのだ。

2

「ミス・サマセット」アレックはデリアをからかうように深いお辞儀をしてみせた。

「どうやらお察しのとおり、ぼくがカーライルだ。これから数週間、きみはわがベルウッドの大切な招待客だよ」

泥のはねた彼女の顔にさまざまな表情が浮かんでは消えるのを、アレックはいくぶん興味を持って眺めた。疑い、否定、怒り、そして最後にあきらめ。今まで正体を隠していたことについては、われながら質が悪いと思う。大人げなくもある。彼は少し後ろめたさを感じた。ただし少しだけだ。下半身が高ぶっているときに男が何をしようが、誰に責められるものでもない。

目の前のデリア・サマセットのおかげで、下半身のうずきは当面おさまりそうになかった。浮ついた村娘マギーの胴着《ボディス》に片手を突っ込み、もう片方の手でスカートをめくりあげているところを見つかったのはたしかにまずい。アレックとしてもあそこまでするつもりはなかった。しかし、あの娘が相手だと熱くなってしまう。なんといっても自分は男で、マギーはとびきり魅力的な胸をしているのだから。

「お世話になりますわ、伯爵」アレックははっとして、膝を曲げてうやうやしくお辞儀をするミス・サマセットに注意を戻した。そして、不覚にも感心した。うら若きレディが皮肉たっぷりにお辞儀をするのを初めて見たからだ。

もちろんアレックは道端で出会った女性が誰なのかを察していた——彼女が名乗るよりも前から。ベルウッドでは、自分の知らないところで何かが起こるようなことはない。母が新しい陶器の柄を選んでも、妹が爪を折ってもすぐに自分の耳に入る。

だからデリア・サマセットが来ることも知っていた。

昨晩、妹たちから聞いたのだ。ここ数日、ふたりの妹はさも楽しげに内緒話をしていた。毛糸玉で遊ぶ子猫のようにくっつき、弟ロビンの名前や〝黄色いドレス〟という言葉を連発して笑うので、さすがにアレックも気になったのだ。

「ロビンは、今度は誰を追いかけているんだ？」彼はたいして興味もなさそうに尋ねた。

「デリア・サマセットよ」エレノアが答えた。「サリーに行ったとき、ある姉妹と仲良くなったと言ったでしょう、お兄様？　姉のデリアにロビンがすっかり夢中なのよ。

彼女が着ていたものだから、ロビンは今は黄色のドレスがお気に入りなの」

サマセット。もちろんアレックはその名前を知っていた。ヘンリー・サマセットと駆け落ちしたミリセント・チェイスの名前はロンドン社交界の伝説になっている。ロビンがサリーの田舎でサマセット家の女性に狙いを定めるのも不思議ではない。

「ロビンお兄様は彼女から片時も目を離したくないのよ」シャーロットが息を弾ませながら言った。「それでわたしたちに、デリアをハウスパーティーに招待するようしつこく言ってきたの」

アレックは凍りついた。ハウスパーティーに招待するだって？

「エレノア、シャーロット。ロビンと話がしたい。書斎へ来るよう伝えてくれ」

硬い声に驚いたふたりの妹は、兄をまじまじと見た。「ロビンは今夜の予定のためにもう出かけたんじゃないかしら……」エレノアが言いかけた。

アレックは黒々とした眉を片方だけつりあげた。「今すぐだ、エレノア」

妹たちはロビンに八つ当たりされたくないはずだ。だが、アレックの不機嫌のとばっちりを受けるのはもっといやだったのだろう。ふたりともそれ以上何も言わず扉から出ていった。恐ろしい狼《おおかみ》に変身した長兄にがぶりとやられる前に。

アレックは書斎に入って机の向こう側にまわり、ウイスキーのデカンターの栓を抜いた。どうやら一杯必要になりそうだ。

「兄さん」間もなくロビンがやってきて、重厚なマホガニー材の机の正面に置かれた椅子に長身の体を沈めた。アレックがグラスを持ちあげると、ロビンはうなずいた。アレックはグラスに酒を注ぎ、弟のほうへ押しやった。

遠まわしな言い方をしても意味はない。彼は単刀直入に切り出した。「サマセット家の娘を落としたあと、どうするつもりだ、ロビン?」

しばらく間があった。「飛燕草《デルフィニウム》っていうんだ」ロビンがかすかにほほえんだ。

アレックは弟を無表情に見つめ返した。「なんだって?」

「彼女の本当の名前はデルフィニウムだ」

しばらく言葉を失ったあと、アレックは言った。「冗談だろう」

「本当さ。チャーミングだろう? 友人たちはデリアと呼んでいる」

「黄色のドレスが似合うのか?」

「色はどうでもいいんだ、アレック。大切なのはデザインさ。彼女にすばらしく似合っていた。まさに完璧だ」

アレックは、きれいに磨かれた机を乗り越えて弟の喉を締めあげそうになった。われながらなかなかの自制心だ。「ロビン。おまえはそのデルフィニウムとかいうサマセット家の娘を、ただ黄色いドレスが似合うからという理由でベルウッドに招待したのか?」

ロビンが脚を組んだ。「まさか。ぼくが呼んだりするものか。いくらなんでも非常識だろう、兄さん? エレノアとシャーロットが、デリアと彼女の妹のリリーを招待したんだ」

「もちろん常識はわきまえてもらいたい」アレックはつぶやいた。

ここのところ、アレックはロビンとよくこんなゲームをしている。ウイスキーグラスを持つ手の関節が白くなるほど力を込めながらも、平静な表情を装った。ロビンは気楽そうにしているが、実際には猟犬から身を隠す野ウサギのように抜け目なく兄の表情をうかがっている。ここで自分が怒ればロビンは書斎から逃げ出し、こちらが負けることになる。

「教えてくれ、ロビン――そのサマセットの娘とのことを。どの程度のスキャンダルになりそうだ? ぼくはロンドンに手紙を書くべきか? それともおまえが田舎で謹慎するか?」

ロビンの首筋から頬にかけてさっと赤みが差した。だが、弟は自分の立場を思い出し、どうにか怒りを引っ込め、肩をすくめた。「誰が気にする?」しばらく間を置き、さらに続ける。「ぼくはただ彼女と一緒に過ごしたいだけだ。彼女は利発で、愉快で……生き生きしている」

アレックは弟をまじまじと見た。ロビンが最後に言った言葉のせいで、喉まで出かかっていた辛辣な言葉が押し戻された。ひょっとしてロビンは本気で恋をしているのか？　それはまずい。しかしそれを確かめる間もなく、ロビンはいつもアレックが腹に据えかねているふざけた口調に戻った。「ロンドンに手紙を書きたいなら好きに書けばいいさ、アレック。いつものように」

アレックはウイスキーグラスを握りしめた。今回は負けだ。このあたりで解放してやろう。彼は短くうなずいた。「もういい。楽しんでこい、ロビン」

それが停戦の合図であることは弟も承知していた。ロビンは椅子から長身の体を起こし、アレックに頭をさげた。「ああ、楽しんでくるとも。失礼するよ、兄さん」

ロビンとはそのとき以来顔を合わせていない。驚くまでもなく、昼間にベルウッドを発《た》ったときも弟の姿はなかった。どうせ昨夜の深酒のせいで今もいびきをかいているのだろう。もしくは、兄を避けているか。ここ最近、弟に避けられている。

それでもアレックは、やんちゃな弟が新たな火遊びをもくろんでいるときは釘を刺すようにしていた。火遊びそのものに反対なわけではない――アレックもそこまで偽善者ではなかった。こちらの許す範囲内でならいくらでも楽しめばいいのだ。問題は、ロビンに節操がなさすぎることだった。近年は次から次へと世間を騒がせている。

だが、今回はそうはさせない。これ以上のスキャンダルは許されない。レディ・リゼットと彼女の母親をハウスパーティーに招待している以上は。

ミス・サマセットはスキャンダルの火種になろうとしている。しかし、当人を見ているとそれは信じがたいことに思えた。何しろ、泥をかぶった目の前の彼女はロンドンの浮浪児にしか見えなかったからだ。彼女が美しいかどうかアレックには判断しかね、そのせいで落ち着かない気分になった。ロビンは女性のわかりやすい美しさに惹《ひ》かれる。たとえばみずみずしい肌や、はちきれんばかりに豊かな胸に。

それだけに、相手がデリア・サマセットというのが腑《ふ》に落ちなかった。そしてアレックは、腑に落ちないことが嫌いだった。この平凡な小娘がなぜ女好きのロビンの心を射止めたのか？　自分ははちきれそうな胸でも見落としているのだろうか？　アレックはミス・サマセットの胸元にすばやく視線を走らせた。だが彼女がまとう旅行用の黒い外套は実用一点張りで、体の線をすっかり隠している。いや、ひょっとしてもう一度よく見れば――。

「カーライル伯爵！」ミス・サマセットが胸の前で腕組みをして声をあげた。なんだ。これではわからないじゃないか。アレックは彼女の胸から自分をにらみつける目に視線を移した。

「ズボンの前を開く前に」彼女が嫌味たっぷりに言った。「宿の主人と馬車のことを話してもらえます？」

アレックは顔をしかめた。なんとも辛辣な小娘だ。「ジョージ、馬車は空いているか？」

宿主のジョージは首を振った。「いいえ、旦那様。今日はありません。家内が妹を訪ねるというので、宿の馬車を使わせてやったのです。そうしないとあれの妹のほうがうちに来ちまいますからね。うるさい女にやってこられるほど面倒なことはありません。旦那様もおわかりでしょう」

アレックは黙って憤慨しているミス・サマセットを見た。「よくわかるとも、ジョージ」

「藁《わら》を運ぶための荷馬車ならあります」しばらく間を空けたのち、ジョージが遠慮がちに言った。「それでもよろしければ」

これは弱った。馬車を取りにベルウッドまで戻っていたら真っ暗になってしまう。

怪我をしている御者のウィリアムを道端で長く待たせたくない。見るからに怒りっぽそうなミス・サマセットについては言うに及ばずだ。とはいえ、彼女をここまで怒らせたのは自分で――。

「その荷馬車を貸してください」ミス・サマセットが言った。そして、にっこりとほほえんだ。「ご親切にありがとうございます、ミスター・ジョージ」

「いいんですよ、お嬢さん」ジョージがあからさまにうれしそうにほほえんだ。「若いやつにここまで運ばせます」

アレックはミス・サマセットをまじまじと見た。こんな田舎娘に男をたぶらかせるわけがないと思った矢先、彼女はなんとも魅力的にジョージにほほえみかけた。彼女の要望に応えるため、ジョージは短い脚をもつれさせんばかりに駆け出していった。もし彼女がロビンにも先ほどのようにほほえみかけ、少しかすれたような甘い声で話しかけたらどうなるか。いや、一瞬この自分でさえ、彼女が泥まみれであること、胸の大きさが謎のままであることを忘れていた。

今夜のところ、謎は明らかになりそうになかった。ミス・サマセットは外套を脱ぐのを手伝わせてくれる気はないだろう。なんといっても彼女はマギーではない。だが、もし自分がとびきり魅力的にふるまえばどうだろう？　ベルウッドまでの道すがら、こちらにすっかり気を許さないとも限らない。

「準備ができました」ジョージが戻ってきてカウンターの向こうにまわった。「どうぞいい夜を、お嬢さん」彼はミス・サマセットにはにかんだような笑顔を向けた。

アレックはあきれて上を向いた。ジョージが彼女の手にキスでもし始めないうちにさっさと出ていかなければ。

「乗り心地はよくないから、そのつもりで」アレックは外に出ながら言った。「それに清潔でもない」

彼女は肩をすくめ、荷馬車に乗ろうとした。

「ミス・サマセット、どうぞ」アレックは手を差し出した。今にも飛びかかろうとするヘビか何かのようにその手を見つめられたが、かまわず相手の手をつかまえた。とにかく魅力的な紳士らしくふるまうことにしたのだ。好意を持たれるかどうかはさておき。

ミス・サマセットの手は華奢《きゃしゃ》で、指はほっそりと長かった。はめている手袋を通しても冷たさが伝わる。意外にも、その冷たく繊細な手を自分が握ったことに、アレックは少しばかり良心が咎《とが》めた。彼は弾みをつけてミス・サマセットの隣に飛び乗り、心のなかで侍従のウェストンに詫《わ》びながら上着を脱いで彼女の泥だらけの肩にかけてやった。汚れて台無しになるだろうが、もし彼女が肺炎にでもかかってベルウッドで何カ月も床に就くことになったら問題だ。たとえぱっとしない田舎のネズミでも、色っぽく伏せっていたらロビンをまんまと罠《わな》にかけてしまうかもしれない。

「やめて！　いいんです、伯爵。そんな気遣いは……」彼女が口ごもった。

まったく。今度はいったいどうしたというのか。上着をかけられただけで梅毒でもうつされるような顔をして。自分は新生児のごとく汚れない体をしているとアレックは言いかけたが、うら若きレディに梅毒の話などするのは魅力に欠けると思ってやめた。「手が冷えている」彼は無愛想に言った。「ベルウッドまでの道のりは寒い」

アレックは手綱を取った。しばらく考えてから、彼は改めて口を開いた。「うちの妹たちが、サリーできみたちと一緒に過ごせて楽しかったと言っていた」

短い沈黙のあと、彼女が応じた。「ふたりともほっとした様子だったわ。まわりは年上の未婚女性か高齢の未亡人ばかりだと思っていたらしいの」

「彼女たちのお目付役《シャペロン》であるおばが日頃そういう相手とばかり一緒にいるからね。ふたりがきみたち姉妹のような若いレディに会えたのは幸運だった」

ほら、これでいいだろう。ミス・サマセットのような田舎娘の機嫌を取ることなど難しいわけがない。

ところが、それで相手が喜ぶと思ったら大間違いだった。ミス・サマセットはまったく取り合わず短く笑った。「まあ、今度はお世辞？　ああ、思い出したわ。前に読んだ『美の鏡』という本に書いてあったの。紳士は言葉にするのもはばかられるものをレディに見せたあとは、お世辞を言って崇《あが》めているふりをするって」

アレックは思わず笑った。彼女はぼくの〝言葉にするのもはばかられるもの〟を見たというのか？「ぼくはただ、妹たちにしてみればどんな相手でもおばのマチルダといるより楽しいと言いたかっただけだ。おばはあまり活発な性格ではないのでね。まあ、エレノアやシャーロットにこれ以上活発になられても困るが」

ミス・サマセットがすぐに言い返した。「なぜ？　あなたはふたりの妹が物事に積極的であることに反対なの、伯爵？」

「度がすぎるのは困る」答えてからアレックは渋い顔になった。われながらつまらない言葉だ。まったく魅力がない。どうも自分の意図とは逆の方向に話がいってしまう。悪いのはミス・サマセットだ。彼女と話していると、ブーツに棘《とげ》が刺さったまま歩いているような気分になる。一歩踏み出すたびにちくりとやられるのだ。

「ほどほどに積極的であれと？」彼女は笑いを嚙《か》み殺しながら言った。「エレノアやシャーロットはあんなに楽しい人たちなのに、兄が無理解で気の毒ね」

この田舎娘は人をばかにしているのだろうか。「少なくとも無理解な兄弟はひとりだけだ」アレックは次第に忍耐を失った。「弟のロビンは何かにつけ反対されるのを嫌う。特にそれが自分に向けられるのはね。きみが弟を魅力的と思うのも当然だな、ミス・サマセット」

ちくしょう。次はまるで駄々っ子だ。これも彼女に非がある。なんだか情けない気分になってきた。こんなに扱いにくい女性がいるだろうか。

「ええ、そうね」ミス・サマセットがあっさり認めた。「彼はとても紳士的だもの」彼女が何をほのめかしているかは明らかだった。〝兄のあなたと違って〟と言いたいのだ。

ロビンが紳士的？　どんなに賢くても、弟がどれほど質の悪い男かわからないなら、ミス・サマセットはやはり救いがたい世間知らずだ。これまでろくにサリーから出たこともないのだろう。確かめる方法はひとつだ。「きみは冬のあいだずっと家族とサリーで過ごしていたのか？」

「ええ。静かな冬を過ごしたわ。田舎は退屈だと言う人もいるでしょう。たしかに刺激はないけれど、とても平和よ」

もし彼女が刺激を求めてケントに来たのなら、さっそく期待どおりだったわけだ。

「これまでイングランドの地方をいろいろ訪ねたのかい?」

「いいえ。そういう機会は多くなかったわ。今日はまだ日があるうちにケントを見られるはずだったのだけれど」

「なるほど。すると社交シーズンのためにロンドンへ行くだけ?」

彼女はしばらく返事をしなかった。アレックは相手をちらりと見た。眉間にかすかにしわを寄せている。

「カーライル伯爵、わたしはロンドンに行ったことがないの」

「ロンドンの社交シーズンに来たことがない?」アレックは上品に驚いたふりをしてみせた。「それは異例だね」

「ええ、残念ながら」彼女はさばさばと言った。

アレックはこの衝撃的な事実をうまくのみ込めないふうを装ってわざと間を空けた。

「ロンドンにつてはないのかい?」

ミス・サマセットは肩をすくめた。「シーズン中にわたしたちの世話をしようと思ってくれるようなつてはないわ」

その言い方からして、嘘《うそ》ではなさそうだった。もちろん、実際のところ彼女にはロンドンにつてがある。彼女の母方の祖母レディ・チェイスは、今もセント・ジェームズ・スクエアの豪邸から社交界ににらみをきかせている大物だ。

つまりレディ・チェイスは孫娘たちを受け入れなかったわけか。そうなれば、ほかの誰も受け入れまい。「するとき、きみもきみの妹も、社交界との交流はない？」

「わたしには妹が四人いるの。皆、社交界とのつきあいはないし、ロンドンに行ったこともないわ。この先行くこともないでしょう」

アレックはつい別のことに気を取られた。「妹が四人？」社交界からの逃避行のあと、ミリセント・チェイスは多忙だったようだ。それにしても娘が五人とは。経済的に厳しいことは言うまでもあるまい。とはいえ、サマセットの名は世間に知れ渡っている。そこは弟に感心せざるを得ない。大騒動を引き起こすための手段として、デリア・サマセットほどぴったりの相手もいないだろう。

「なぜほかの三人の妹も連れてこなかった？」アレックは尋ねた。どうせなら醜聞まみれの金欠娘が勢ぞろいしたほうが見ものなのに。

「末の妹はまだ十五歳よ。その上のふたりもまだ十八になっていないし。あの子たちにハウスパーティーはふさわしくないわ」〝ハウスパーティー〟という言葉を彼女はあたかも〝悪の巣窟〟とでも言うかのように口にした。

「ご両親がきみとリリーをわが家に託してくれたとは光栄だね」アレックは吐き捨て

るように言った。いつの間にか歯を食いしばっていた。

その瞬間、アレックが思わず手綱を落としそうになるほど強烈な感情がミス・サマセットから伝わってきた。彼女は石のように身をこわばらせていた。動かずにいればその感情をすべて体内に封じ込めておけるかのように。

「両親は亡くなったわ」彼女は無表情に言った。「昨年の春、馬車の事故で」

3

デリアは息ができなかった。悲しみが波のように押し寄せ、頭がいっぱいになった。必死に息を吐く。呼吸さえできれば。息を吸いなさい。彼女は自分に言い聞かせた。そうすれば、まぶたの奥まで込みあげた涙も、喉まで出かかった悲痛な叫びもおさまる。悲しみをカーライル伯爵にぶつけずにすむ。

彼女は唇を噛んだ。とても強く。

空を見あげ、次第に消えていく光に目の焦点を合わせて、息苦しさがおさまるのを待った。遅い午後の光はとっくに夕闇に変わっていたが、まだ完全に暗くなってはいない。満天の星が見えるのももうしばらく先だろう。夕空のあちこちでは、濃い色のキャンバスを針でつついたかのようなかすかな星の光がまたたき始めていた。

デリアはふたたび大きく息を吸い、静かに吐いた。昨年春に両親が急死したことは世間に隠しているわけではないが、ごく私的な出来事だ。たいした興味もないままカーライル伯爵に詮索されて明かすのはいやだった。彼だけでなく、ほかの誰にも。そう、このハウスパーティーに参加できるほど身分の高い人々には誰にも。駆け落ちした元社交界の花とその田舎者の配偶者の死など興味を持たれないと思っていた。ミリセント・チェイスがサマセット姓に変わって以来、社交界と彼女のかかわりはまったくなかった。なぜ今さらカーライル伯爵が自分たち家族のことを尋ねる必要があるだろう？

デリアは横目で伯爵を見た。彼は頬骨が高く、官能的で引き締まった唇をしていた。いかにも高慢そうな、貴族的な顔。相手が誰かわかってみると、ふたりの妹と似ている。エレノアもシャーロットも美人で、快活そうな黒い瞳と黒い髪の持ち主だ。ただ、今のカーライル伯爵は快活そうには見えなかった。むしろ不機嫌そうだ。大きな手で手綱をつかみ、デリアの最後の言葉以降、ずっと沈黙している。彼女は目をそらした。相手が不機嫌なのはどうでもいい。気になるのは沈黙のほうだ。

でも、彼としてもこの状況で何が言えただろう？　〝姉妹が孤児になったとは気の毒に〟？　〝言葉もないほどの悲劇だ〟？　相手が黙っていてくれて、むしろデリアはありがたかった。他人からお悔やみを言われたときに期待される虚《むな》しい受け答えをせずにすむからだ。〝ありがとうございます。ええ、本当に悲劇です〟こういうとき、本当は誰も真実など聞きたくないものだ。〝わたしのこれまでの人生は終わりました。妹たちは泣き暮らしています。この先、皆でどうやって生きていけばいいのかもわかりません〟

デリアは目を閉じ、夜の静寂に耳を澄ました。次第に暗くなっていく空のおかげでまわりが見えなくなり、つかの間まだサリーにいるような気がした。今頃は春の夕日がコテージの屋根の向こうに沈み、細長い歩道とこぢんまりした玄関ポーチが薄闇に包まれているだろう。妹たちは陽気にふざけながら夕食の支度をしているはず——ただしヒアシンスをのぞいて。ヒアシンスは養育係のハンナからなかに入るよう言われるのも気にせず、指を泥だらけにして庭いじりをしているだろう。

まだ家を出て丸一日も経《た》っていないのに、恋しくてまた胸が苦しくなってきた。ケントで二週間も過ごすなんてとても無理だ。きっと永遠のように感じられるだろう。

「馬車が見えてきた」カーライル伯爵が言った。静かな声だったが、デリアはびくっとした。隣に伯爵がいることをいつの間にか忘れていた。濃い夕闇のなか、彼は道路脇でかろうじてそれとわかる黒々とした大きな馬車に荷馬車を横づけした。

デリアは荷馬車が完全に止まりきらないうちに飛びおりた。「リリー！」声が震えた。妹をこんなに暗く寒い道端で何時間も待たせてしまった。しかも妹は今、体調が悪いのに。万が一――。

不安に襲われそうになったとき、扉が開いて細い人影が現れた。「ここよ、お姉様」リリーが小さな声で言った。「わたしたちは大丈夫」

「よかった」デリアはカーライル伯爵の上着を取って妹の肩にかけた。「こんなに遅くなってごめんなさい。実は――」

彼女はそこで言葉に詰まった。いったい何が言えるだろう？　まさかカーライル伯爵がシャツとブリーチズのボタンを留めるのに時間がかかったとは言えない。「実はカーライル伯爵がお取り込み中で――」

伯爵が進み出て、リリーに向かって優雅にお辞儀をした。「迎えが遅くなったことをお詫びします。緊急の用をまさに首尾よく終えようとしていたところにミス・サマセットが現れたのです。ひどくお困りだったのですぐにでもお助けしたかったのですが、中断するのに少々手間取ってしまいました」

「まあ」リリーが心配そうに言った。「そんな大切なご用の邪魔をして申し訳ありませんでした。取り返しのつかないことでなければいいのですけれど」

「ご親切に」伯爵はデリアに人の悪いほほえみを向けた。「取り返しのつかないことではありません。次回はつつがなく全うするつもりです」

デリアは口をあんぐりと開けて伯爵を見た。何も言わずにいると、リリーが控えめに咳払《せきばら》いをし、デリアに向かって眉をあげた。

「カーライル伯爵、わたしの妹のリリー・サマセットです」こんな状況で妹を正式に紹介しなければならないことに内心腹を立てながら、デリアはつっけんどんに言った。

優雅な散歩中かと思わせる整った身なりのリリーは、ロンドンのどんなに格式高い舞踏室でも通用する見事なお辞儀をした。カーライル伯爵が荷馬車で迎えに来たことを不思議に思ったとしても、おくびにも出さず、彼女は控えめにほほえんだ。「お会いできて光栄です、カーライル伯爵。でも、あなたが迎えに来てくださったことについてはウィリアムのほうが喜んでいるでしょうね。本人は何も言いませんが、足首が痛いと思います」

馬車のなかから声がした。「ご親切に、お嬢様。ですが、わたしのことはご心配なく。もっと痛い目にあったこともありますから」衣擦《きぬず》れの音がして、ウィリアムが足を引きずりながら扉の向こうに現れた。伯爵に向かって苦しげにお辞儀をする。「旦那様、まことに申し訳ございません――」

「いいんだ、ウィリアム」伯爵の言葉はぶっきらぼうだったが、不親切ではなかった。彼は前に出て御者が馬車からおりるのを助けた。「こっちに寄りかかれ」腕を差しのべる。ウィリアムは伯爵に助けられながら荷台に乗り込んだ。

伯爵がリリーに向き直り、手を差し出した。「こんな乗り物で申し訳ありません。ミス・サマセットが豪華さより迅速さを選んだものですから。宿の乗り物ですぐに使えるのがこの藁の運搬用の荷馬車だけだったのです」

リリーがほほえんだ。「姉にしては珍しいわ」きちんと手袋をはめた手をカーライル伯爵の手にかけると、彼女はウィリアムと並んで荷台に乗り込んだ。「姉はいつもそこまで実際的ではないのに」

「本当に？」カーライル伯爵はデリアの泥だらけのドレスに目を向けた。「それは信じがたいな」

デリアは胸の前で腕組みをした。「リリー、伯爵はそんな話に興味はないでしょう。行きましょうか、伯爵？」彼女は荷台を顎で示した。「もう遅いわ。妹さんたちが何時間も前から待っているはずです」

「実際的な提案だ」カーライル伯爵はそっけなく返事をし、壊れた馬車に向かった。壊れていないほうの後輪にブーツの足をかけ、馬車の天井にくくりつけられたトランクに手を伸ばす。紐《ひも》を外すと、トランクを肩に担いで車輪から飛びおりた。荷台にトランクをおろした彼がふたつ目のトランクを取りに戻るのを、デリアは後ろにさがって見守った。

驚いた。

あのトランクはかなり重いはずだ。デリアは昨日、リリーがすでに満杯のトランクに室内履きをぎゅうぎゅう詰め込むのを横から眺めていた。

つまり、先ほど恥ずかしいほどつぶさに見てしまったカーライル伯爵のたくましい筋肉は、見かけ倒しではないということね。実際的なのは彼のほうだ。普通の貴族ならあとから召使いに荷物を取りに来させるところを、この人はトランクを楽々と自分の肩に担いだ。あたかもそれが女性用のコルセットかレースの下着、もしくはシルクの長靴下ほどの重さしかないように。

なんてこと。なぜここで女性用の肌着を想像するの？　やめなさい、デリア。

しかし手遅れだった。先ほど見た光景がまぶたの裏に痛いほど鮮明によみがえる。上質の白いリネンのシャツからのぞいていた、なめらかなたくましい胸。くぐもった低い笑い声と、それに応える女性のため息。なんとも甘いため息だったことか！　思わせぶりな彼の手がドレスの胸元に滑り込み、もう片方の手がスカートをめくりあげて……。

にわかに頭が混乱し、デリアはカーライル伯爵が自分に手を貸すために戻ってくるより早く荷台の前に行き、ひとりで御者席の横に乗り込んだ。彼の手に触れることはできない。今のところは。いえ、この先もずっと。彼の手にも、それ以外の部分にも触れられない。彼はあまりにも……あまりにも……。

あまりにも、なまめかしい。

カーライル伯爵が隣に乗り込んでくると、車体が大きく沈んだ。彼がけげんそうな視線を向けているのがわかったが、デリアはまっすぐ前を見ていた。やがて荷馬車は出発した。これでようやくベルウッドに行ける。

無言のまま何キロか進むうちに、デリアの心は軽くなった。向こうに着いてハウスパーティーが始まったら、伯爵とはなるべく顔を合わせないようにしよう。ほっとため息をつく。彼を避けるくらい簡単なこともこの世にないだろう。なんといっても自分やリリーのような人間は、伯爵にとって取るに足りない存在だ。この先、彼がわたしに目をとめることはないだろうし、自分も彼のことやボタンの開いたブリーチズ、裸の胸を忘れるだろう。

さらに数キロ丘を進むうちに、夜空いっぱいに星が輝き始め、デリアのさまざまな思いはきれいに消えた。やがて葉を落とした並木の向こうにベルウッドが見えてきた。一行が明かりの見えない北面から近づいていたため、デリアは最初、そこに建物があることがわからなかった。しかし正面にまわってみると、それはなんとも美しい屋敷だった。彼女はうれしさのあまり息をのんだ。もちろん豪華な屋敷を期待していたが、英国にはたとえ豪華でも美しいとは言えない田舎屋敷も多い。

ベルウッドはそうではなかった。「ああ」デリアは声をあげた。「なんて美しいの」自分でも気づかないうちに声に出していたため、カーライル伯爵に返事をされて驚いた。「ああ、美しい。サザーランド家が何世紀にもわたって受け継いできた建物だ」

建物がひときわ目を引いたのは、屋敷の正面まで堂々たるトネリコの並木が続いているためでもあった。並木は道の左右から互いに銀色の枝を伸ばしてアーチを作り、道を守っているようだ。まだ葉が出ていない今の時期でも木のトンネルさながらだった。

「夏にここを歩いたらすてきでしょうね」デリアは小さな声で言った。あたりが夜で、屋敷の窓から光がこぼれ、頭上に並木の枝が伸びているのを見ると、小声で言うのがふさわしく思えた。

カーライル伯爵は荷馬車を砂利敷の長い進入路まで乗り入れた。そこも並木のトンネルになっており、ふたりは頭上に広がる枝を眺めた。「ああ。馬に乗って通るのもいいものだよ」特に声をひそめることなく伯爵が言った。「ぼくが記憶している限り、ここはずっとこうだった」

「ダンスのパートナー同士が手を取り合っているみたい」デリアがささやいた。

伯爵が人の悪そうな目で見た。「ずいぶん独創的な感想だ、ミス・サマセット」からかうように言いながらも、彼は自分に言うかのようにつけ足した。「だが、言われてみればそうだな」

デリアは次第に近づく建物を見つめた。クリームがかった色の石造りだ。かつては淡い色だったのだろうが、年月を経て見事な金色になっていた。進入路の終わりに低い門があり、建物の大きな両開きの正面玄関につながっていた。あとからつけ足されたように見えるその門の向こうには、屋敷の中央翼の幅いっぱいに前庭が広がり、建物正面の印象をやわらげ、親しみやすい雰囲気をかもし出していた。それでも、建物全体の外観はこの上なく壮麗だ。

さらに近づくと、大きな玄関扉からメイドの白いキャップがのぞいているのが見えた。頭はすぐに引っ込み、間もなく背筋をぴんと伸ばした執事が扉を開いた。その横をエレノアとシャーロットが興奮した子犬のようにすり抜け、正面玄関の踏み段を駆けおりてきた。ふたりは荷馬車が止まると同時に前庭に出てきた。

「デリア！　リリー！　すっかり待ちくたびれたわよ！　いったい何があったの？」

ふたりは荷馬車を見て立ち尽くした。

「お兄様！」シャーロットが呆然《ぼうぜん》と兄を見た。「馬車はどうしたの？　まさか……これは藁を運ぶ荷馬車？　夜に、こんなに寒いなか……」

シャーロットはあまりに面食らってうまく言葉が続かないようだった。

妹の質問にあわてる様子もなく、カーライル伯爵がおもむろに眉をあげた。「宿屋の二キロほど手前で馬車の車軸が折れたんだ。ウィリアムが足首を捻挫した。シャーロット、おまえたちの友人は道端に残してきてもよかったが、夜に外で過ごしてもらうより荷馬車に乗ってもらったほうがいいと思ってね」

それを聞いてエレノアとシャーロットはそろって息をのんだ。もう荷馬車どころの話ではない。「車軸が折れたですって？　なんてこと。ふたりとも大丈夫なの？　場合によっては……」

怪我をしていたかも。それとも死んでいたか。

デリアはふたたびパニックに襲われそうになった。そのとき手袋をはめた手が優しく彼女の肩をつかんだ。リリーだ。デリアは目を閉じ、リリーの指先を握り返した。

〝大丈夫よ、リリー〟しばらくすると、本当に大丈夫になった。

目を開くと、カーライル伯爵が黒く鋭い瞳でじっと見つめていた。しかし、彼が言ったのは次の言葉だけだった。「シャーロット、おまえたちの友人は荷台からおりるのが残念でならないんだ」伯爵は御者台から飛びおり、リリーに手を差し出した。「そのうちおまえとエレノアも乗せてやるかもしれない。荷台に乗って出かけるのもいい経験になる」

シャーロットが鼻を鳴らした。

「荷馬車からおりるのが残念ってどういうこと、お兄様？」エレノアが尋ねた。「泥だらけになるし……まあ、デリア！　そのドレスについているのは藁くずなの？」

「ええ、そうよ」デリアはきまり悪そうに言った。

彼女は自分のドレスを見おろしたが、藁くずを払い落としはしなかった。今そんなことをしたところでまったく意味がない。「でも、泥や藁くずがついたのは荷馬車に乗ったせいじゃないの」幸いいつもの落ち着いた声に戻った。「リリーを見て。春の花のようにきれいでしょう？」

エレノアとシャーロットはリリーが荷馬車からおりると駆け寄って抱きしめた。「リリー！　凍え死んだかと思ったわ」シャーロットが兄のほうを恨めしそうに見ながら言った。

しかしカーライル伯爵はただ肩をすくめ、デリアに手を貸して荷馬車からおろした。

エレノアとシャーロットは同じように駆け寄って抱きしめてくれたが、面白いことに自分たちのしみひとつないドレスを汚さないように気をつけていた。

「ライランズ」エレノアが執事に言った。「ミス・デリアとミス・リリーの荷物を青の客間に運んでもらえる？」

執事が頭をさげた。「かしこまりました、お嬢様」デリアの泥のついたドレスや無残な荷馬車を見ても、執事は見事なまでに表情を変えなかった。

「居間で軽い食事をご一緒しようと思っていたのよ」シャーロットがリリーとデリアを玄関に導きながら言った。「でも、もうこんな時間だし、あなたたちが乗ってきたひどい乗り物を考えると――」

エレノアがさえぎった。「事故と寒さで大変な思いをしたのだから、まっすぐ部屋に行くといいわ。どちらかひとりでも風邪を引いてはいけないから。せっかくの楽しみが台無しになってしまうわよ」エレノアは執事を振り返った。「ライランズ、お客様にお風呂と軽い食事を準備してあげて」

ライランズはふたたび頭をさげた。「かしこまりました、お嬢様」

伯爵は女性たちの後ろから玄関に入った。「ロビンはどこだ？　自分が招いた客に会わないつもりか」

デリアは驚いて振り返った。エレノアも兄の言葉に驚いた。「お兄様、ばかなことを言わないで。ふたりはわたしたちのお客様よ。ロビンならどこかへ出かけたわ」彼女は手をひらひらさせた。

伯爵が丁寧にお辞儀をした。「ミス・デリア、ミス・リリー。おふたりとも道中の疲れを癒やし、ベルウッド滞在をお楽しみください。ぼくは荷馬車の返却とウィリアムの手当てのために指示を出してきます」

身を起こしたとき、カーライル伯爵はデリアの顔をじっと見つめた。まるでパズルを解こうとするように。デリアにはその表情の意味がよくわからなかったが、なぜか次第に頬が赤くなった。

伯爵は驚いた様子で眉をひそめ、まばたきをしたが、何も言わなかった。彼は改めて頭をさげ、去っていった。

4

「まるで雲のようよ！」リリーが、デリアと妹の部屋をつなぐ扉から興奮した顔をのぞかせた。

デリアは廊下と客室を隔てる扉の脇で立ち尽くしていた。メイドに案内されてから一歩も動けないまま。「雲ですって？」

「わたしの部屋よ。なんていうか……」ふさわしい表現が思いつかないのか、リリーは手をひらひらさせた。「ふわふわした感じなの。クリームがかった白でまとめたところに、アクセントで優しいブルーが使われていて……もこもこしているの、お姉様。とにかく雲なの。雲みたいなの。うまく想像できないでしょうけど……」デリアの部屋に足を踏み入れると、リリーは話すのをやめた。ベッドに近づき、淡いブルーのダマスク織の上掛けにおずおずと指を滑らせ、その贅沢な布地の感触にうっとりと目を閉じる。

「想像する必要なんかないわ」デリアは短く答えた。まだ扉の脇に立ったままだ。

ふいに彼女は泣きたくなった。寒さのせいか、カーライル伯爵と一緒にいたせいか、折れた車軸のせいか、薬用の荷馬車のせいかよくわからなかったが。

リリーが目を開いた。「お姉様！」姉の表情を見て声をあげる。「どうしたの？」

デリアは汚れた外套の裾を握りしめた。「わたしはこの部屋のものには触れられない！　入ることもできないわ。このきれいな部屋を泥と藁くずだらけにしてしまうもの！」

「ああ、お姉様」リリーが急いで駆け寄り、デリアのボンネットにくっついている藁くずを取りにかかった。気の毒そうな声をもらしているが、本当は笑いを噛み殺しているのがわかる。

「ほら、これで大丈夫よ」リリーは姉のすっかり汚れたボンネットを脱がせ、指先でつまみながら置き場所を探してまわりを見た。結局、それを洗面台の縁に乗せた。

「じきに浴槽が運ばれてくるでしょうし、そうしたら……」デリアの外套のボタンを外している途中で動きを止めた。「お姉様ったら！　ケントにある泥を全部くっつけてきたみたいよ。もう外には泥が残っていないかもしれないわね」

デリアは顔をしかめた。「ケントの泥は無尽蔵よ。みんなの分もたっぷりあるわ。

もっとも、あなただけは絶対に汚れたりしないんでしょうけどね、リリー」

　リリーがあきれたように上を向いた。「また始まった。ねえ、この屋敷の第一印象はどう?」姉が抗《あらが》えない話題に切り替える。

「すばらしいわ。上流貴族の田舎の領主館はどこも大きくて立派だけど、ここのように本当に美しいところは多くないはずよ。少なくともさっき見た限りではそう思ったわ。明日お天気がよければ、庭を散策するか、馬で近くをまわるかしてみましょう」

「庭や近所を見てまわりたいなら、ミスター・ロバート・サザーランドが喜んでお供してくれるはずよ、お姉様」リリーが人の悪そうな笑みを浮かべた。

　妹の表情がおかしくて、デリアはつい笑った。「ばかなことを言わないで、リリー」

「だってあの人、エレノアとシャーロットを連れて帰る前の日に開かれたメインウェアリング家のパーティーで、お姉様のことばかり見ていたもの」

「あの人が見ていたのはわたしの胸よ。あの日、小柄なアイリスの黄色のドレスを借りていなければ、ミスター・サザーランドはわたしなんて見向きもしなかったでしょうよ。あなたも半分のサイズのドレスを着ていれば、同じだったと思うわ、リリー」

　メインウェアリング家のパーティーのあと、サマセット家では襟ぐりの深い黄色のドレスがちょっとした伝説になった。ぴったりと体に沿うデザインの黄色のドレスがロビン・サザーランドにどんな作用を及ぼしたか、デリアとリリーは年下の妹たちが目を丸くするなか、面白おかしく語って聞かせたのだった。

「お姉様は自分の魅力を謙遜しすぎよ」リリーがまだくすくす笑いながら言った。

「違うわ」デリアはいつしか話に夢中になり、泥のことを忘れた。「あなたこそミスター・サザーランドの興味の持続性を買いかぶりすぎよ。彼は上流階級の人間で、今頃は別の誰かの色っぽいうなじに気を取られているに違いないわ。メインウェアリング家のパーティーからもう二週間も経つのよ！　リリー、アイリスのドレスを持ってきたかしら？　そうでなければ、何かきらきら光るものを持っている？　おそらく似たような効果があると思うわ」

「お姉様って辛辣なのね！」リリーが笑いすぎてこぼれた涙を拭いた。

「そうね。でも、わたしはミスター・サザーランドをすてきな人だと思ったわよ。気さくで人懐っこくて――社交界に集う若い男性のイメージとまったく違うわ」

それに比べて、兄のほうは……。

デリアはそれを口には出さなかった。カーライル伯爵の裸の胸やボタンを外したブリーチズのことなどリリーは知らなくていい。知れば不安になるだろう。今のように体調が安定しないときに余計な心配をさせるわけにはいかない。

両親の死後、デリア自身が悲しみのどん底からやっとの思いで這いあがったとき、リリーの頬がこけて影ができ、目もどんよりし、生きる気力をすっかり失っていることに気づいた。日に日に青ざめ、やせ細っていく妹がデリアは心配でたまらなかった。

そんなときにエレノアとシャーロットがサリーにやってきて、弾けるような元気と明るい笑いでサマセット家の陰気な空気を吹き飛ばしてくれた。そしてリリーは、ふたたび生気を取り戻す兆しを見せ始めた。デリアがこのハウスパーティーに来ることにしたのは、妹の回復のためにほかならなかった。本当は社交界の人々と二週間も一緒にいるより、サリーでひっそりと暮らすほうがよほどよかったのだが。

「ロビンはとてもハンサムだわ」リリーが思わせぶりに眉を片方だけあげた。

「ええ、とっても。でもね――」デリアは一歩リリーに近づき声をひそめた。「ミスター・サザーランドと胸元の開いたドレスにはいろいろと噂《うわさ》があるようよ。これまでずいぶん多くの女性の――」

そのとき小気味よいノックの音がして、ふたりはすばやく離れた。デリアが扉を開けると、白いキャップをかぶった若いメイドが立っていた。

「失礼いたします、お嬢様」メイドは膝を曲げてお辞儀をした。「暖炉の火の調節にまいりました。もうすぐお風呂の準備ができます。ミス・サマセット、勝手ながら、軽食のご用意はしばらくあとにしてもらうよう厨房に伝えました。先にお風呂にお入りになりたいかと思いまして」メイドは言いながら洗面台の上の汚れたボンネットに目を向けた。

「ええ、そうね」デリアはメイドが室内に入れるよう脇にどいた。「とても気がきくのね、ええと……」

「ポリーと申します、お嬢様。ご滞在中、おふたりのお世話をさせていただきます」

ポリーは部屋を横切って火ばさみで暖炉の炎をかき立ててから、汚れた外套とボンネットを回収した。「こちらを下できれいにさせていただいてよろしいですか?」

「もう捨ててしまおうと思っていたの」デリアは打ち明けた。「どちらも手のほどこしようがなさそうだから」

ポリーは訓練された目で汚れものを見た。「なんとかなるかもしれません。お預かりしてもかまいませんか?」

「ええ、もちろん。ただ、二度と目にしなくてすむほうがうれしいでしょうけど」部屋を出ていくポリーに聞こえないよう、デリアは最後の部分をリリーの耳元でささやいた。

リリーがくすくす笑った。「あきらめるのは早いわ、お姉様。こんな大きなお屋敷の使用人たちなら、わたしたちみたいにちっぽけな家庭の人間には想像もつかないような秘技を持っているのかもしれないわよ」

「もしかしたらね」そう返したとき、ふたたび家が恋しくなってデリアは自分の体に手をまわした。ちっぽけでもわが家はわが家だ。

「妹たちはどうしていると思う？」リリーが尋ねた。

デリアはほほえんだ。リリーも家のことを考えていたのだ。「きっといつもみたいにそこらじゅうを駆けまわって、ハンナをきりきりまいさせているわよ」

ハンナはサマセット家の家政婦であり、第二の母だ。デリアが幼い頃からいてくれる。サマセット家の姉妹にとって、ハンナがいない家など考えられない。両親が亡くなってからはなおさらだった。

「どれほどハンナに一緒に来てもらいたかったことか」リリーがため息をついた。しかし、妹たち――アイリスとヴァイオレットとヒアシンスを家に残してくる以上、デリアとリリーにケントまでつき添える人間はいなかった。

「わたしはそうは思わないわ」デリアは気分を引き立てるように明るく言った。「だって、泥まみれになったわたしをあなたと一緒になって叱ったでしょうから」

「たしかにそうね。ところでわたしたちがいないあいだ、ミスター・ダウニングは相変わらずアイリスを追いまわすと思う？」

ダウニング家は近くの郷紳《ジェントリ》で、ミスター・エドワード・ダウニングはその家の長男だ。ここ数カ月、彼はアイリスに関心があるらしい。彼女はまだ十八歳にもなっていないが、その美しさがまわりの目を引くようになっていた。「彼がアイリスをあまりしつこく追いまわすようなら、ハンナが彼を追いまわすと思うわ。ほうきを振りあげてね」

ハンナは乙女の貞操の守り神なのだ。

「お姉様はアイリスの黄色のドレスを家に置いてきたのよね？」リリーが尋ねた。

「持ってきたほうがよかったのじゃなくて？」

「そんなことないわ。黄色は菖蒲《アイリス》にこそ似合うのよ！」

ふたりで一緒に笑ったとき、また扉にすばやいノックの音がした。デリアが扉を開くと、ふたりの従僕が大きな浴槽を運び込み、そのあとから熱い湯が入った水差しを手にしたメイドたちが一列になって入ってきた。行列の最後にふわふわのタオルをたくさん抱えたポリーが急ぎ足でやってきた。

「さあどうぞ。浴槽を暖炉のそばに置いて、ジェームズ。そう、それでいいわ」ポリーが浴槽の脇に椅子を移動させ、そこにタオルと高級そうな薄紫色の石鹸《せっけん》を置いた。

ポリーはリリーにうなずきかけた。「お嬢様のお風呂のご準備もできております。お風呂のあとに軽い夕食のトレイをお持ちしましょう」

「まあ、うれしいわ。ではまたね、お姉様。お風呂から出たらすっかり人心地がつくわよ」リリーはくるりと向きを変え、自分の部屋に戻った。

「お嬢様、ドレスを脱ぐのをお手伝いいたしましょうか？」ポリーがデリアに尋ねた。

デリアは首を横に振った。「ありがとう。でもひとりでできるわ」

ポリーは膝を曲げてお辞儀をし、リリーの世話を焼くため、続き部屋に入って扉を閉めた。

「そう、あなたの役目はリリーの世話よ」デリアはつぶやいた。「あの子は泥はねひとつなくったってお風呂に入りたがるから」

しかしリリーを責めることはできない。浴槽は見るからに魅力的だった。ポリーが何かいい香りの精油を垂らしていた。デリアは美しい石鹸を手に取り匂いを嗅いでみた。これも同じ香りだ。ジャスミンだろうか？

いい香りの湯気が浴槽から立ちのぼり、デリアを招いている。早く浸《つ》かりたくて、もどかしげに服を脱いだ。それでも入る前に、体で一番ひどく泥がついているところを濡らしたタオルで丁寧に拭うのを忘れなかった。泥の浮いた風呂に入りたくはなかったから。

「ああ……」いい香りのする湯に首まで浸かると、思わず喜びの声がもれた。得も言われぬ繊細な精油の香りに包まれていると天国にいるようだ。湯あたりもやわらかく感じる。これも精油のおかげなのか。それとも、貴族とほかの英国民では使っている水さえ違うのだろうか。

あたたかな湯がこわばった筋肉の隅々に染み入るまで、デリアはゆっくりと浴槽に浸かった。少し湯が冷めてくると、髪についた泥を落とすために湯のなかに頭を浸し、石鹸で洗ってからすすいだ。

白い木綿のナイトドレスに着替え、暖炉のそばで髪を乾かしていると、廊下に通じる扉からノックの音がした。「どうぞ」

ポリーがトレイを持って入ってきた。「お夕食です、ミス……」そう言いかけ、彼女はデリアを見て動きを止めた。「まあ！　すっかりきれいになられて！」彼女はあわてて口を手で押さえ、赤くなった。「今のは、その……」

デリアはほほえんだ。「いいのよ、ポリー。ここへ着いたときは本当にひどかったでしょう」

「今夜はほかにご用はおありですか？」

「いいえ、ありがとう。もう寝るわ。おやすみなさい」

「おやすみなさいませ」

しかしデリアはベッドに入らなかった。リリーがいる続き部屋の扉に近づき、耳を澄ましてみる。なんの音もしない。そっと扉を開けてみた。ベッドの中央が盛りあがっている。そこに妹が寝ているのだろう。分厚い上掛けの下からのぞいているのは濃いブロンドの巻き毛だけだが、寝息はリリーのものだった。

デリアは顔を引っ込め、扉を静かに閉めた。よかった。リリーには休息が必要だ。これで自分自身の体にも眠るよう言えれば申し分ない。自分だってくたくたのはずだから。デリアはポリーが置いていった夕食のトレイに目を向けた。おなかも空いているはずなのだが、食事には手をつけず、彼女はワインのグラスだけを持ってその場から離れた。これを飲めば眠れるだろう。

今日の事故は大惨事にはならなかったが、車軸が折れたときはとても恐ろしかった。馬車は激しく揺れて路上を横滑りし、地響きを立てて止まった。デリアの両親は、客車が側溝に落ちるとわかったときどんな気持ちだっただろう？　デリアはよく夢を見た。まるで自分がそこに居合わせているように、馬たちのいななきや木の裂ける音が聞こえるのだ。

母はデリアたちがベルウッドに来ることを望まなかっただろう。といっても、母ミリセント・チェイスは社交界から絶縁されたことをまったく恨んでいなかった。母がヘンリー・サマセットとの結婚を悔やんだことなど一度もない。両親は熱烈に愛し合っていた。

しかし母は、背を向けた社交界の美しくない真実も知っていた。気取り、怠惰、虚栄。傲慢、執拗《しつよう》な恨み。冷酷。彼女はそれらを娘たちに隠さず話した。そんな世界に愛する娘をふたりも送り出したくはなかっただろう。

カーライル伯爵のような人間がいる世界には。

デリアはグラスのワインを飲み干した。「たった二週間よ。あの人には近づかないことにしましょう」デリアはベッドに潜り込みながら自分に言い聞かせた。「きっと簡単よ。あの人のことなんて気にする価値もないわ……」

眠りに落ちたデリアは、裸の胸とボタンの開いたブリーチズ、そして大胆に胸をまさぐる手の夢を見ていた。

アーチボルド卿はビリヤードの玉突き棒《キュー》に体重をかけた。口から葉巻たばこがぶらさがり、目はビリヤード台をさまよっている。アレックはグリーンの台に上体を乗り出して球を突いた。

「サリーから来た田舎娘たちの件はどうなったんだ？」アレックがちょうど身を起こしたときアーチボルドが尋ねた。「ひどいショットだな、カーライル」アレックの球が目標から大きく左にそれるのを見て愉快そうに言う。

アレックは友人をにらんだ。アーチボルドはビリヤードとなると負けず嫌いだ。「これからだ」アレックはサイドテーブルから自分の葉巻たばこを取った。「あの娘たちについてはもっと調べる必要がある」

「おいおい――せめて美人かどうか教えてくれよ」

アレックは葉巻たばこを深く吸った。「わからない」

「わからない？　なぜだ？　難しい質問じゃないぞ」

「特に魅力的な胸をしていたという記憶はない」言いながら、アレックはミス・サマセットの胸元をちらりと盗み見したときの彼女の怒った顔を思い出した。

アーチボルドがにやりと笑った。「まずは顔の話からしたらどうだい……」

「顔はよくわからなかった。泥で汚れていたし、あたりも暗くなっていた。それと先に言っておくが」アレックはつけ足した。「髪も見えなかった。ひと筋も。ボンネットが頭に張りついているようだった」

「始まりとしてはよくないね」アーチボルドが言った。「いや、考えようによってはとてもいい。それならロビンの興味はまず続かないだろう。今の話からすると、その娘はすぐに飽きられそうだ」

「ロビンはどこにいる？　今夜はまったく見かけないが」アレックが尋ねた。

アーチボルドは肩をすくめた。「シェファードソンと出かけたよ」

それ以上の言葉はいらなかった。だったら明日まで顔を合わせることもないだろう。

「ロビンはミス・サマセットを出迎えなかった」アーチボルドが言った。「いい兆候だろう？　そこまでご執心ではないってことさ」

アレックは鼻を鳴らした。「ロビンが彼女の到着日を知っていたとでも？　あいつは今日が何曜日かもわからないくらいだぞ」

「それでも、少々頭のとろい田舎娘が今のきみには必要なんじゃないか？」

「彼女はとろくなどない。正反対だ。とても賢い。口も達者だ」

アーチボルドが表情を曇らせた。「賢くて、口が達者で、しかも醜いのか？　恐ろしい組み合わせだな」

「醜いなんてひと言も言っていないぞ」用意された部屋へさがる前、彼女は頬を赤らめていた……。「よくわからなかったと言ったんだ」

「きっと醜いに決まっている。少なくとも、チェイス家の美貌は受け継いでいないだろう。受け継いでいたらきみだって気づいたはずだ。彼女の目は美しかったかい？　〝青い炎の瞳《デ・ジュ・ドゥ・フー・ブル》〟だったか？」

　アレックは友人の顔をまじまじと見た。「いったい何を言っているんだ？」

「おいおい、カーライル。〝青い炎の瞳〟の伝説くらい聞いたことはあるだろう？　ええと、ギリシア神話に出てくるあの女はなんというんだったかな？　髪がヘビになっている女だ」

　アレックは酒を飲んでいなかったが、酔っ払ったような気分になってきた。アーチボルドとは長いつきあいだ。ここは話を合わせるのがいい。「メドゥーサ」

「それだ。ミリセント・チェイスが社交界の花と言われていた頃、彼女の瞳があまりに青く美しいので、男たちは石のように硬くなってしまったらしい」

「体の一部が、だろう」アレックは混ぜっ返した。

　アーチボルドが笑った。「男たちは〈ホワイツ〉で次に誰が〝青い炎の瞳〟の魔力にかかるか賭けをした。ぼくの父もミリセント・チェイスの瞳の虜《とりこ》になったらしい。父も求婚者のひとりだったんだ」

　アレックはいたずらっぽくほほえんだ。「きみの父上はずいぶん遊び人だったそうだな」

「そうさ。あの父にしてこの息子あり。カエルの子はカエル、だ」

アレックの笑みが消えた。彼はそのことわざが嫌いだった。おそらく自分の父が心の冷たい最低の人間だったからだろう。

「ミス・サマセットの目の色もよくわからなかった」アレックは言った。「濃い色だったと思う」

「濃いブルーか？　青い炎のような？」

「青い炎か」アレックは鼻を鳴らした。「ばかばかしい。きみが自分の目で確かめたらどうだ？　朝食の席で彼女に会えるぞ」

アーチボルドは首を横に振った。「明日の夕食まで楽しみに取っておこう。明日は早朝から出かけなければならない。夜には戻るよ」

アレックは笑いを噛み殺した。「そうか、忘れていた。きみのベティーナおば上が来るんだったな」

アーチボルドが憂鬱そうにうなずいた。「今ではレディ・ハンフリーズだ。年老いたハンフリーズ卿も引っ張ってくるらしい。ハンフリーズも気の毒に。しかし、おばがなぜあの男と結婚する気になったのか、ぼくにはさっぱりわからない。彼女はジョージ国王にも負けないほど裕福なのに。夫の何がほしかったんだ？」

アレックは肩をすくめた。「彼女は結婚することでハンフリーズ夫人の地位を手に入れた」

「では彼はなぜ再婚する気になった？　おば上の金など必要なかったはずだ」

「おそらくふたりは肉体的に惹かれ合っていて――」

アーチボルドが顔をしかめた。「それ以上言うな。おばは六十五歳だぞ。ハンフリーズは少なくとも七十だ！　考えるのもおぞましい」

「結婚とはすべておぞましいものだ」

「たしかに。ぼくは足かせをはめられたくない。考えるだけで頭がどうにかなりそうだ」アーチボルドは憂鬱そうに顔をしかめた。「きみのほうは、レディ・リゼットとの話はもうまとまっているのか？」あまり答えを聞きたくなさそうに尋ねる。

「いや、まだだ。しかしハウスパーティーが終わるまでにこの案件は片づくと思う」

「案件だって？　これはまたロマンティックだ。では、もうひとつの件は？」

「デリア・サマセットのことか？　さっきも言ったように、まだ調査が必要だ。しかし彼女が深刻な問題になるとは思えない」

「がっかりだ」アーチボルドが残念そうにため息をついた。「彼女のことでひと騒ぎ起これば面白いのに」

アレックは葉巻たばこを最後に深く吸い込んだ。「悪いな。いつものごとく退屈なハウスパーティーにつきあう覚悟をしてくれ」

5

後ろから馬の蹄《ひづめ》の音が耳に届いたときはもう手遅れだった。

デリアが振り向くと、ばかばかしいほど大きな黒い馬に乗った背の高い男性が木々のあいだを駆け抜けてくるのが見えた。馬の蹄が砂利を蹴散らしている。

いやだわ。

それまではとても気持ちのいい時間を過ごしていたのに。まだ朝は早く、低い雲の切れ目から朝日がのぞき、空気はひんやりとしてさわやかだ。デリアは伯爵家の私有地に続く長い散歩道の中ほどまで来て足を止め、そこから見える屋敷の風景を楽しんでいるところだった。左の翼棟の壁をツタが這うさまは完璧だ。

しかし、これで散歩は台無しになってしまった。一瞬、逆方向に走って逃げようかとも思った。それはもちろんばかげている——逃げるなんて失礼にも程があるし、言うまでもなく意気地なしのすることだ。そう、自分は意気地なしではない。デリアは胸を張り、噛みしめた唇に礼儀正しい笑みを浮かべた。おそらく相手は急いでどこかへ行こうとしているのだろう。

どこかよそへ。

「ミス・サマセット」カーライル伯爵がデリアの近くまで来て馬を止めた。「こんな早い時間に会うとは驚きだ」

デリアは首を伸ばして相手を見あげた。馬に乗ったままということは、彼はすぐに行ってしまうつもりだろう。

ところが、伯爵は馬からおりた。デリアはため息をこらえた。彼はすぐに走り去るのではなかったのだ。馬の手綱を引いて近づいてくる。

彼は一緒に歩くつもりだ。なんてこと。

「こちらこそ驚いたわ。あなたがたの考えでは、早起きなんて田舎者のすることなんでしょう?」棘のある口調に気づき、デリアははっとした。ものの言い方に気をつけるよう、日頃からリリーに釘を刺されていたのだ。

しかし彼は答えなかった。気まずい沈黙が流れ、たまらなくなったデリアは横目で伯爵をうかがった。彼はこちらを見ていた。それも、まじまじと。あまりにじっと見つめるので、デリアの胸から頬にかけてかっと熱が駆け抜けた。あわてて目をそらす。

いったいこの人は何を見ているのだろう？　気まずくなったデリアは髪に手をやった。ヘアピンが取れかかっている。今朝は朝食前に散歩がしたくて早起きした。誰にも会わないと思っていたので、髪はただ後ろでねじってひとつにまとめただけだ。服は濃いブルーの簡素な散歩服。ボンネットさえかぶっていない。

いったいいなんなのかしら！　ボンネットがないことがそれほど問題なの？　少なくとも服のボタンはきちんと留めているわ！

伯爵が咳払いをした。「泥を落としたんだね」

本当に衝撃を受けたようなこの声！　わたしには入浴の習慣がないとでも思っていたのかしら？「ええ。ケントの泥が永久に取れないものではないとわかってどんなにほっとしたか」

デリアは唇を嚙んだ。カーライル伯爵と話すとどうしても辛辣な言い方になってしまう。すぐにやり返されると思ったが、ふたたび沈黙が流れた。デリアは驚いて彼を見た。

「伯爵？」

伯爵は歩くのをやめ、道の真ん中で立ち尽くしていた。黒い瞳でデリアをじっと見つめている。まず頭のてっぺん、それからほつれた髪。目、口、開いた胸元、そして青い散歩服。

あまりに無遠慮な視線と彼の瞳に浮かぶ正体不明の何かに、デリアは言葉を失った。なんの感情を示しているのかわからないが、なんとも奇妙で、どこかで見たことがある……。

ああ！　怒りで頬が熱くなった。昨日見たのだ。

〝ぼくは気長に待てない性質なんだよ、ミス・サマセット。ことに――〟

そう。姦淫という言葉について議論したときのカーライル伯爵の目が今と少しだけ似ていた。

デリアは頭上の木々を眺めるふりをして上を見た。次に下を見て自分の足に目をやり、青い散歩服を指先でいじった。こちらを品定めするように見つめる黒い瞳を見たくなかった。

「昨日とはまるで別人だな。危うく見まがうところだった」彼の言葉はどこか非難がましかった。

デリアは目を細めた。「あら、だったらわたしがあなたを見まがわなくてよかったわね。あなたの姿なら脳裏に焼きついているわ」

わたしは何を言っているの！　デリアはこぶしを握りしめた。これではまるで……。

「そうなのか?」カーライル伯爵がにやりとした。「うれしいことを言ってくれるね」

褒められたとでも思っているのだろうか? 彼の妙にうれしそうな顔を見る限り、そうなのだろう。デリアは鼻を鳴らし、胸の前で腕組みをした。「喜ぶのは勝手だけど」懸命に動じていないふりをする。

「教えてくれ、ミス・サマセット」カーライル伯爵が静かに尋ねた。「ぼくの何が特に脳裏に焼きついている?」

デリアはまばたきをした。彼はおそらく何かをほのめかしている。まさか。

「あらゆるところよ」よく考えもせず乱暴に返してしまってから、デリアはぐっと唇を嚙んだ。またよだわ。いったいわたしはどうしてしまったの? 以前の自分は、女学生のように赤くなったり口ごもったりせず理路整然と男の人と会話ができると言われていたのに。

伯爵は頭をのけぞらせて笑った。「なぜこんなことを尋ねたのかというと」彼はデリアに一歩近づいた。「きみはほかの若い女性よりぼくの多くを見ているからさ」

どうかしら! デリアは思った。昨日彼と一緒にいた女性は、自分よりはるかに多くを見ているはずだ。それも、一度ならず。わたしは一度で充分よ。いいえ、一度でも多すぎる。彼の胸がどれほどなめらかに見えたとしても。

それに、この会話はどこかおかしな方向に向かっている。彼はたわむれを仕掛けているのだろうか？　まさか！　そんなはずはない。伯爵がわたしに目をとめる可能性なんて万にひとつもないのだから。

とはいえ……今の言葉は間違いなく思わせぶりに聞こえた。彼は甘やかされた子供が砂糖菓子を見るような目でこちらを見ている。デリアは相手のまなざしをはねつけるように唇を引き結んだ。

カーライル伯爵とふざけるつもりはない。

貴族との浮ついたたわむれなど絶対にするものか。そんな行為は先の尖《とが》った棒で熊をつつくのと同じくらい愚かしい。運がよければ無事ですむかもしれないが、その可能性は低い。貴族は虚栄心が強い。怠惰で、傲慢で、信用ならない。社交界の紳士たちは庶民よりも狡猾《こうかつ》だ。危険そのものの人物もいる。

「ええ、見たくないものまで見たわ。恥をかかせて悪かったわね」デリアは毒のある猫なで声で言った。「これからはご自分の体を露出するのはもう少し控えたほうがいいのではないかしら。特に人前では」

「おや、ぼくは少しも恥とは思っていないよ、ミス・サマセット」彼はデリアをまっすぐに見つめ返した。「ただ興味が湧いたんだ。ぼくの何がきみの記憶に特に強く焼きついたのか」

デリアは腰に両手を当てた。「その良識のなさこそもっとも強く印象に残っているわ、伯爵」

カーライル伯爵はくすくす笑った。「ミス・サマセット、純情ぶることはない」愉快そうに瞳をきらめかせる。そう、彼はからかっているのだ。それも意地悪く。でも、どうしてだろう。わけがわからない。

ともかく彼は楽しげだった。なんて癪に障る人。純情ぶる、だなんて。いいわ、そういう女性が見たいなら、演じてあげる。「わかったわ、正直に言うわね」デリアは目を伏せた。

カーライル伯爵がわずかに身を乗り出した。「なんだい?」

彼の視線がまっすぐ注がれる。「わたし……」笑いたいのをこらえてデリアは言った。「見てしまったの、あなたの……」そこでわざと間を置く。「背中を」

「背中?」彼はきょとんとした。

「ええ。とても大きかったわ」デリアは伏し目がちに相手を見あげた。ここで巻き毛をひと筋指に絡めるべきだろうか? いや、それはやりすぎだろう。「肩幅もとても広いのね。腕も長くてたくましいし。それも心に残ったわ」

「そうかい？」表情から察するに、カーライル伯爵はすっかり気をよくしている。

「本当よ。最初にあなたを見たとき、あなたの……ええと……お友達が一緒にいるのがわからなかったくらい。あなたは彼女の目の前に立っていたし、しかも……」顔がかっと熱くなった。「しかも体がとても大きいから相手の女性が完全に隠れていたわ」生身の男性がそんな驚くべき肉体を持っているのが信じられないというように、デリアは首を振ってみせた。「最初はあなたが木に向かって何かしているのかと思ったの。そうしたら、彼女が木に背中をつけているのが見えた。あなたが木に押さえつけていたんでしょう」デリアはまつげを震わせた。

伯爵はデリアをしげしげと見つめた。「よく見ていたんだな」少し息がしにくそうに見える。

「わたしはいろいろなことによく気づくの」デリアは甘い声で言った。「でも、何より気になることがひとつあったわ」

「なんだい？」

デリアは唇を嚙んで笑いたいのをこらえた。彼は気の毒なほど話に夢中になっている。「あなたがあそこまで背が高く、肩幅も広く、腕も長く、男らしい体をしていたのに、お友達に簡単に逃げられてしまったこと」

カーライル伯爵がまばたきをした。

「それまでそこにいたのに、次の瞬間にはもういなくなっていたわ」デリアはいかにも腑に落ちないとばかりに下唇を指先で叩いた。「女の人がいたのは気のせいだったんじゃないかと思ったほどよ。彼女にはとても不利な状況だったはずでしょう？　体格的に。だって木に押さえつけられていたんですもの、違う？」

しばらく沈黙があった。やがて、伯爵が背筋を伸ばして一歩さがった。デリアは笑いを嚙み殺した。ああ、彼の表情ときたら！　力ない笑顔としかめっ面がせめぎ合っているようだ！　ようやく彼の唇の片端が上向いた。「彼女は木に無理やり押さえつけられていたわけじゃない」

「もちろんよ。それにしてもあっという間にいなくなったわ。スカートの裾をひったくったかと思ったら、もう消えていた。彼女はもともとあなたから逃げたかったんだと思う？」デリアはつぶらな瞳を見開いて尋ねた。

「さあね。ともかく彼女は何かを求めていた」カーライル伯爵は答え、デリアが顔を赤くするのを見てにやりとした。「何を求めていたかわかるかい？　ぼくにはわかる。彼女はスカートをめくりあげてほしかったのさ」

デリアはあんぐりと口を開けた。なんて最低な男！　手ひどく言い返してやろうとしたものの、考えがまとまらなかった。弾かれて散らばっていくビリヤードの球のように。頭のなかにくっきりとひとつのイメージが浮かんだ。伯爵の手が女性のスカートの裾を持ちあげている。上へ、上へと……。

デリアは伯爵の手にすばやく視線を走らせた。彼はまだ馬の手綱を握っていた。今朝は乗馬用の手袋を必要としなかったらしい。日焼けした大きなたくましい手にはうっすらと黒い毛が生えていた。

デリアはつばをのんだ。記憶の断片が万華鏡のように頭にちらつく。ひょっとして自分は昨夜、彼の手を夢見ただろうか？

カーライル伯爵が鋭く息をのむ音を聞き、デリアはとっさに彼の顔に視線を戻した。彼はデリアを見ていた。瞳が暗い色を帯びている。彼女が自分の手を見たことに気づいたのだ。そうに違いない。心を見透かされてしまった。

沈黙のなか、時間だけが流れた。

デリアの動悸《どうき》が激しくなる。こんなたわむれを仕掛けるなんて自分はどうかしていた。相手は伯爵だというのに。彼は熊なのよ、デリア。わたしはそれを尖った棒でつついている。

カーライル伯爵は狡猾というより危険なタイプだ。「もう屋敷に戻る時間ではないかしら？」彼女は必死に言った。「朝食が用意されている頃でしょう？」

彼女の問いにはかまわず、伯爵が言った。「ぼくにとってきみの何が一番印象的か教えようか」少しかすれた甘い声がデリアの神経を刺激した。

「いいえ！　その……」彼女は懸命に言った。「教えてもらいたくないわ」

「瞳だ」あたかもデリアが何も言わなかったかのように伯爵は続けた。「とても美しい。なぜゆうべは気づかなかったのか自分でもわからないよ」

デリアはうめきたいのをこらえた。「わたしを口説いているの？」

彼は肩をすくめた。「いや。ただ事実を言っているだけだ。きみの瞳を褒めたのはぼくが初めてではないだろう？　めったにない色だ。母上と同じ色だね？」

デリアは身をこわばらせた。「ええ」瞳の色はたしかに母譲りで、そのことを指摘したのも彼が初めてではない。しかしデリアはカーライル伯爵とは自分の目のことも母のことも話したくなかった。

「そうだと思った。ぼくはもちろん会ったことがないが、彼女の青く美しい瞳は社交界で有名だったと聞いている」

「母はほかのことでも有名だったわ」デリアはこわばった声で返事をした。「でも、あなたはくだらないゴシップになんか興味はないでしょう」

「ゴシップとは根も葉もない噂を指すものだ、ミス・サマセット」

「いずれにせよ、取るに足りないことよ」苦々しさをこらえてデリアは言った。「母はもうこの世にいないし、社交界ではとっくの昔に葬り去られたわ。遠い昔の話よ。楽しいゴシップならほかにいくらでもあるでしょう」

「どうかな。きみと母上は似ているのかい？　瞳以外も」

デリアは急ぎ足で屋敷に向かっていたが、足を止めてカーライル伯爵をにらみつけた。「だとしたらなんなの？」冷ややかに尋ねる。

彼も足を止めた。「やはりそうなんだね」

伯爵が落ち着き払っているので、デリアは叫び出したくなった。

「きみが母親似なら」彼は続けた。「今回のハウスパーティーに来る客のなかには、きみがミリセント・チェイスの娘だと気づく者もいるだろう」

ああ、なんてこと。伯爵を見つめているうちに、背筋に冷たいものが走った。おとなしい壁の花のように目立たないようにしているつもりだったのに、そうもいかないようだ。パーティーの招待客が自分やリリーがチェイス家に連なる人間だと気づく可能性は考えてもいなかった。もっとも、実際はチェイス家の人間ではない。少なくとも、貴族社会の考えでは。

伯爵が返事を待っている。デリアは言った。「わたしは母の生き写しよ。妹のリリーもそうだわ」

「そうか」彼はうなずいた。「では、きみたちがベルウッドに現れたことは、古い物語の第二幕の始まりになる。間違いなくこれから数週間はゴシップの種になるだろう。きみも妹も覚悟しておいたほうがいい」

なんて恐ろしい予言だろう。想像しただけで肩がずしりと重くなる気がした。ゴシップ、辛辣な皮肉、陰口、その渦中に自分と妹が立たされるなんて。この先の二週間が果てしないものに感じられた。

突然あがったカーライル伯爵の笑い声に彼女の思考は中断された。「憂鬱そうだな、ミス・サマセット。大丈夫だ。きみが思うほどひどいことにはならないよ」

「あら、間違いなく思った以上にひどいことになるでしょうよ」デリアは平静を装った。「でも、あなたはまったく気にしていないようね、伯爵。覚えておいて。事の発端はわたしの母があなたのお父様を公の場で捨てたことで、それはいつまでも人々の心から消えないわ。ゴシップは甘美なワインのようなものなのよ」

ああ、これで核心部分まで言葉にしてしまった。もう取り消せない。デリアは唇を嚙んだ。わたし、言いすぎたかしら？

驚いたことに、伯爵は軽く肩をすくめただけだった。「たしかにきみの言うとおりだ。今回のハウスパーティーは、恐れていたほど退屈にならなさそうだな」

次のせりふが喉まで込みあげてきたが、デリアはリリーのことを考えてこらえた。「あなたにとっては好都合というわけね。退屈が何よりも苦手らしいから。でも、あなたのお母様にとってはつらいことなんじゃないの？」彼自身は気にするどころか面白がるだろう。自分が噂の的になるわけではないから。「人々の噂に、いずれあなたのお母様が登場することになるわよ」

そしてわたしの名前も。リリーの名前も。母の名前も。そう思うと、胸に痛みが走った。

「ミス・サマセット、きみはまだぼくの母に会っていないだろう？　会えば彼女なら何を言われても平気だとわかるさ。母はもっとひどい経験もしているよ」

そのことに疑問はなかった。社交界の一員であるサザーランド家の人々は、扇子の陰やビリヤード台のまわりで交わされる中傷や陰口を耳にすることに慣れているはずだ。むしろそれに積極的に加わっているかもしれない。充分に考えられる。

けれど、自分やリリーは？　自分たちにはそれこそ針のむしろだ。いっそリリーは何も知らないほうがいい。自分さえうまく立ちまわれば妹は何も知らずにすむ。デリアはため息をついた。まだこちらに来てから半日しか経っていないのに、もう妹に隠さなければならないことができている。

「そういうことなら」彼女はふたたび足早に屋敷へ向かった。「話は簡単ね。あなたはスキャンダルでもゴシップでも好きに楽しめばいいわ」

「そうあわてるな」伯爵が満足そうな笑みを浮かべた。「ゴシップや噂は、チェスよりもずっと楽しいものだよ」

6

デリア・サマセットはくるりと踵《きびす》を返し、こわばった後ろ姿を見せながら屋敷へ向かっていった。アレックは愛馬ケレスを連れ、後ろからのんびりついていった。ぼんやりした何かの記憶が頭の隅に引っかかっているのに、なぜかはっきりと意識にのぼってこない。

朝日が届き始めた。まるで、ヘアピンからこぼれる彼女の濃いブロンドの後れ毛をまばゆく輝かせるためにのぼってきたかのようだ。光が角度を変えながら彼女の豊かな髪を美しくきらめかせるさまを、アレックは存分に楽しんだ。

そこで急に思い出した。

十一歳の頃、彼は父と一緒に馬で出かけた。なんのためだったのかは思い出せない。だが、子供の頃に父と一緒に過ごす機会はめったになかった。おそらくベルウッドの広大な敷地を囲む柵の見回りに出かけたのだろう。あのとき家令は一緒ではなかっただろうか？

あの年頃の少年が皆そうであるように、アレックもまた柵を馬で飛び越す遊びに夢中になっていた。何度か前を行き来し、柵の高さとそれを飛び越すのに必要な助走距離や速度を見積もった。今思い返すと笑みが浮かぶ。あのときは実に真剣だった。十一歳の少年はどんなくだらないことにも真剣になるものだ。

ただ、あのときは目算を誤った。それも大幅に。そして落馬し、したたかに体を打った。

さっきまで嬉々《きき》として柵に突進していたのが、次の瞬間には大地に仰向けに横たわり、息もつけないほどの痛みを感じ、頭上の木の枝が風に揺れながら視界を出たり入ったりするのを見ていた。ようやく立ちあがったものの、しばらく膝に力が入らず、風にあおられてまた倒れたのだった。

今朝になってデリア・サマセットを改めてよく見たアレックは、あのときとまったく同じ気持ちになった。あたかも目算を誤ったかのように。それも、大幅に。あのときと同じく風にあおられ倒された気分だ。しかし今朝は、十一歳のときに感じた目まいは感じていない。それよりもっと……アレックは立ち止まり、適切な表現を考えた。そうだ。年代物の上質なスコッチ・ウイスキーを飲みすぎた気分だ。翌朝はふらふらになっているが、飲みすぎたことを後悔はしない。

アレックは自分自身にあきれて首を振った。太陽がデリア・サマセットの金髪を輝かせるためにのぼってきただと？　なんとも詩的だな。あの〝青い炎の瞳〞と同じくらい感傷的な表現だ。

彼は自分の前をまるで行進中の兵士のごとく歩くデリアのほっそりした後ろ姿を見つめた。彼女の顔立ちが十人並みだろうと考えていた自分が信じられない。まわりが暗すぎたのだろうか？　彼女の顔が泥で汚れていたせいか？　マギーとの行為を邪魔した彼女を貶《おとし》めたいあまりに見落としたのだろうか？　いつもの自分なら大切な物事を見落としたりしない。結婚相手としてはふさわしくないが非常に魅力的な若い女性となればなおさらだ。これまで彼女のことはそれほど気にしていなかった。本当はもっとも気をつけるべきだったのだ。

あの頬の赤らめ方。それは昨夜もアレックの目にとまり、はっとさせられた。ところが今朝、頬だけでなく白い首筋まで赤く染めたデリアの姿を見ると、彼の官能はいたたまれないほど刺激された。彼女はいたるところであんなふうに赤くなるのか？それにしても彼女は全身すべてが鮮やかだ。深みのある濃いブロンド、大きな目、藍色に近いほど深く鮮やかなブルーの瞳。透きとおるようになめらかな白い肌。それにあの体つき……。今朝の簡素なブルーのドレスも昨日の黒っぽい外套と同じく地味だが、田舎くさい衣装でアレックの目をごまかせると思っているなら大間違いだ。彼は口を拭った。彼女が魅力的に頬を赤らめたとき、体はどんなふうになるのかなど想像しないほうがいい。けれど、胸元が大胆に開いた黄色のドレスを着ている彼女の姿を見られなかったのが残念であることは否定できない。

だが、ひとつはっきりしたことがある。アレックがデリアを放っておくことはないということだ。これが事態を余計にややこしくしていた。地味な田舎娘なら気にもとめなかった。相手が計算高い玉の輿《こし》狙いであったとしても、難なく対処できた。ロビンには誰か別の愛人を見つけてやればいい。それで問題解決だ。

しかしこの女性は？　いけない。自分はかなりひねくれたいやな男だが、それでも太陽を浴びてきらめくブロンドにむやみに詩心を刺激された。一方、弟にはひねくれたところがまったくない。ロビンはデリアをとことん追いかけるだろう。息が切れ、膝から力が抜けるまで。ハウスパーティーで最初のシャンパンの木箱が空になるまでに、働かされすぎた種馬のように息も絶え絶えになるはずだ。

これはなんとかしなければ。しかしロビンは彼女をあきらめないだろう。

まったく、ロビンのやつめ。弟が何をしでかすか、もはや予想もつかない。アレックが伯爵になって以来、弟は兄と距離を置くようになった。かつてのあたたかな兄弟愛はすっかり冷め、今ではお互いに冷ややかに距離を取っている。しかもそれが日増しにひどくなっていた。

父が亡くなってからというもの、アレックは弟をなんとか制御しようと無駄な努力を続けてきた。父がいなくなったあとの一年間は、誰もロビンを監督できなかった。アレックが爵位を引き継いで間もなく、それまでの土地活用のまずさが表面化した。ありとあらゆる責任が、ベルウッドの屋根から鉄床《かなとこ》が落ちてくるような勢いでアレックの肩にのしかかったのだ。

その頃からロビンは、ロンドンのいかがわしい若者とつきあうようになった。ロビンは小遣いには事欠かない。そしてサザーランド家特有の黒髪と黒い瞳を持つハンサムな彼は、次男とはいえ貴族だ。そのことは社交界で大きくものを言う。ロビンは社交界の女性たちの憧れの的だ。特に、スキャンダルひとつであっさり奈落に転落しそうな、微妙な地位にいる女性たちから。さらに悪いことに、弟は自分のことを世慣れていると勘違いしている。実際にはデリアとほとんど変わらないほど世間知らずだというのに。

アレックは前を行く彼女にふたたび目を向けた。屋敷に向かって歩き始めてから、まだ一度も振り返っていない。彼の体の部分について尋ねたときの彼女の怒った顔を思い出すと、つい笑みがもれた。あまり男性同士の話の輪に入ったことがないのだろう。そういえば、彼女は何か言っていたな。そう、〝言葉にするのもはばかられるもの〟だ。この愛らしい女性は、やはり根っから純情無垢《むく》な乙女なのか？

しかし、さっきの思わせぶりな態度はどうだ。たわむれではあるまい。若い女性がたわむれを仕掛けるのは、あくまでも男の興味を引くためだ。デリアの目的はこちらの興味を引くことではなく、こらしめることだった。たわむれに見せかけたお説教とは面白い。好奇心をかき立てられた。好奇心だけでなく、別の欲求も。つまりデリア・サマセットは、賢く魅力的な乙女であると同時に、本人も自覚していない小悪魔ということになる。非常に刺激的だ。これはロビンの問題を差し置いても興味深い。ここ最近はすっかり嫌気が差していたハウスパーティーが楽しみになってきた。

「ミス・サマセット！」誰かの声がした。

アレックははっと顔をあげ、立ち止まった。ロビンが彼女めがけて庭を横切ってくる。

アレックは空を仰いだ。太陽がちょうどベルウッドの屋根から顔を出したところだった。時刻はせいぜい午前九時だろう。

もはや詩も太陽も、風になびく繊細な黄金色のほつれ毛もかすんでしまった。今、アレックは本物の奇跡と向き合っていた。いつもは午後にならないと起きてこないロビンがもう起きている。こんな時間帯にもかかわらずしゃっきりと立っている。服も着ている。外に出てきている。

「ミス・サマセット」ロビンは彼女の前まで来て両手を取った。「また会えてとてもうれしいよ」相手の目をのぞき込むようにほほえみ、片手を持ちあげキスをする。そして彼女の後ろに視線を向け、そこでようやくアレックの姿に気づいた。「おや。おはよう、兄さん」気のない挨拶をする。

「おはよう、ロビン」アレックは無表情に返した。だが、内心は驚いていた。

改めて弟をじっくりと見る。ロビンは目を充血させていた。どうやら侍従が大急ぎでひげを剃《そ》ったようだ。服にはしわが寄っていた。なるほど。つまりこれは本当の奇跡ではない。ロビンは早起きしたのではなかった。昨夜の遊びから戻ってきたばかりなのだ。ベルウッドに戻ったら間違いなく弟の悪友のシェファードソンが廊下をうろついているだろう。首巻き《クラヴァット》をだらしなく歪め、酒の匂いをぷんぷんさせて。

とはいえ、ロビンがさわやかな顔で朝食に姿を見せたのはある種の奇跡だ。アレックはひどく当惑した。弟がここまで熱心ならばデリアの思う壺《つぼ》だ。

彼女はといえば、ロビンの大げさな歓迎の挨拶に少し面食らった様子だが、まんざらでもなさそうだった。「おはようございます、ミスター・サザーランド。そしてありがとう。わたしもリリーもこちらに来られてうれしいわ」

「妹たちから聞いたが、道中は大変だったらしいね」ロビンが言った。「車軸が折れたとか、藁を運ぶ荷馬車とか。ゆうべは留守にしていて申し訳なかった。前の用事が長引いてね」

アレックは鼻を鳴らした。今回はどの用事が長引いたのだろう？　さいころを振ること？　ウイスキーグラスを空にすること？　酒場の女のスカートを頭の上までめくりあげること？　おそらくそのすべてだ。

「今朝は散歩に出ていたのかい？」ロビンはデリアを朝食室に連れていくために腕を差し出しながら尋ねた。

「ええ」彼女はその腕に手をかけた。「どうしても敷地を探索してみたくて」

「なるほど」ロビンは彼女を屋敷の玄関に導いた。「兄さんも今朝は出かけていたんだね」ロビンはアレックの泥のついた乗馬ブーツと愛馬ケレスに目を向けた。

アレックはにこやかに答えた。「ぼくはよく早朝に馬に乗っている。おまえが気づかないだけだ」

「ああ、気づかなかった」ロビンは肩をすくめた。「ぼくは兄さんの行動などいちいち気にしないからね。さあ、こっちへ、ミス・サマセット」アレックが返事をする前にロビンはつけ足した。「母さんが兄さんに話があるそうだ。ミス・リリーもわが家の妹たちももう起きている」

デリアは兄弟をけげんそうに見た。緊迫した空気を感じ取ったのだろう。顔に日差しが当たればすぐにわかるように。まあ、あたたかな日差しとは正反対の冷たい空気ではあるが。自分とロビンのあいだに流れる険悪な空気は、太陽をものみ込んでしまう。

朝食室には一同が集まっていた。エレノアとシャーロットはあくびをしながら朝のココアを飲んでいる。その隣のリリー・サマセットは、淡いライラック色のモーニングドレスを美しく着こなしている。昨夜の旅の疲れはもう微塵も見られなかった。アレックの母は娘たちの向かい側の席につき、落ち着き払った顔で紅茶を飲んでいた。

「ミス・サマセットを見つけたよ」ロビンは王族をもてなすかのような大げさな身振りでデリアを導いた。「天気がいいものだから朝の散歩に出かけていたそうだ」

アレックはデリアに注目した。ロビンに大げさに言われたのが恥ずかしいのか、顔を赤らめている。あれをやめてくれないものだろうか。いちいち気になってしまう。

「母さん」アレックがデリアから夫人に視線を向けた。「ミス・デリア・サマセットを紹介します。ミス・サマセット、こちらが母のキャサリン・カーライル伯爵夫人」

レディ・カーライルはデリアにほほえみかけ、礼儀正しくうなずいた。「ミス・サマセット、お会いできてうれしいわ。あなたも妹さんも心から歓迎しますよ」

デリアは深々と優雅にお辞儀をした。「ご親切にお招きいただき、ありがとうございます、レディ・カーライル。お会いできてうれしいです」

アレックは口元を歪めた。表向きは礼儀正しくふるまっているが、彼の母である伯爵夫人はミリセント・チェイスの娘たちに対してレディらしからぬ好奇心を抱いている。母はミリセントを知っていた――彼女と同じ年に社交界デビューしたからだ。今こうして朝食の席についている女性たちは、誰一人死んでも認めないだろうが同じことを考えている。ミリセント・チェイスは婚約者を捨てて夜のロンドンから逃避行した。あの事件がなければ、キャサリン・グレイがハート・サザーランドと結婚することもなかった。

サリーからやってきた小娘たちを苦々しく思う理由はそこだ。ふたりに少しでも分別があるなら、恐ろしくて伯爵夫人に会うことなどできなかっただろうに。とはいえ母は、ミリセントの娘たちに会って内心憤慨していようと喜んでいようと、表向きは顔色ひとつ変えずに落ち着き払っている。実際のところ、たとえカーライル伯爵家のお仕着せを着たヒヒの集団が朝食のテーブルに集まりトーストや紅茶に好き勝手に手をつけたとしても、母は髪の毛一本乱さないだろう。母は、言うなれば厳しい環境下で進化することによりどうにか生き残った新種の生物だった。まわりでどれほど混乱の渦が起ころうと、彼女は動揺を見せることなくハート・サザーランドとの長い結婚生活を続けてきたのだ。

「あなたのお母様を思い出すわ、ミス・サマセット」伯爵夫人が優しく言った。「彼女にとてもよく似ていらっしゃるのね」そこで少し間を置く。「ご両親が去年の春に亡くなったと聞いたわ。お気の毒に」

それはレディ・カーライルが口に出すべき言葉だったし、あとではなく今この場で言ったことは正しかった。「ありがとうございます」デリアが控えめに返事をした。声はしっかりしていたが、彼女の白い顔にふいに影が差した。アレックの母と違い、デリア・サマセットは感情を表に出さない技を習得していないらしい。アレックはデリアの表情の変化を冷静に眺めた。とても興味深い――画家がキャンバスに絵を描いていくのを見るようだ。ただし、それは美しいと同時に恐ろしくもあった。

これほど顔に感情が出るとは、どうしたものだろう？　こうして他人の前に心がさらけ出されてしまうほどの素直さは不利だ。ミス・サマセットはゲームが苦手なのではないだろうか？　特に、ある種の冷酷な戦略が必要とされるゲームは。

たとえばチェスとか。

「今朝は天気がいい」アレックは沈黙を破った。彼は母の隣に座り、従僕に合図してコーヒーを運ばせた。「いい機会だから客人に屋敷の周辺を案内したらどうだ？」アレックはその質問をエレノアとシャーロットに向けた。

妹たちは驚いた顔で兄を見た。

アレックはまず朝食に姿を現さない。現れたとしてもつまらないおしゃべりはしないし、妹たちがその日何をして過ごすか提案することもない。エレノアもシャーロットもぽかんとしていたが、やがてシャーロットがわれに返った。「そんなにいいお天気かしら？」窓に目を向ける。

「ああ」ロビンがにやにやしながら言った。「今日一日の過ごし方を考えたほうがいいぞ、シャーロット。いつもより早起きしているからおまえにとっては長い一日になる」

エレノアがココアのカップを受け皿に戻した。「それを言うなら、お兄様こそ。今朝はいやに早起きしているから、きっとお昼頃にはもう明日かと思うわよ！」

シャーロットとリリーとデリアが笑った。アレックとロビンさえも苦笑し、エレノアは眠気が消えたようだ。

「南の芝地の先にきれいな湖があるの」彼女は言った。「小さいけれど美しい建物《フォリー》があるから、そこでスケッチをするのはどう？」

「今日ならスケッチのための時間がたっぷりあるわ。東の芝地を散歩するのもそれほど大変ではないわよね」シャーロットは大義そうに体を伸ばし、ロビンにちらりと目を向けた。「お母様、今夜は何時までに戻ればいいかしら？　もちろん昼食には一旦戻るつもりだけれど」

「六時で充分よ」レディ・カーライルが言った。「他のお客様の到着はもう少し遅いでしょうから」

母はハウスパーティーに先駆けて身内だけの小さな夕食会を計画していた。明日からの本格的なハウスパーティーを前に、デリアとリリーを隣人たちに紹介する予定なのだ。

「いいわ」エレノアがココアを飲んだ。「ロビンお兄様、一緒に来てくださる？」

「行ってもいいなら」

「もちろんよ。スケッチ道具を運んでちょうだい。アレックお兄様も来てくださるかしら？」

テーブルが一瞬静かになった。全員が一斉にアレックのほうを見る。尋ねられたことにも驚いたが、もし自分が誘いを受けたら皆はもっと驚くだろう。誘いを受けるほうに彼の気持ちが傾いた。その理由はたったひとつ。彼はデリアに目をやった。彼女は静かに紅茶を飲んでいる。

「いや、悪いが行けない。今朝はやることがあるんだ。夕食のときに会おう」

ロビンの安堵《あんど》のため息が聞こえたような気がした。

7

デリアはスケッチブックを小脇に抱え、階段の下に立っていた。白と黒の大理石の床をハーフブーツの爪先で叩きながら。

コツ、コツ、コツ。

執事が扉の脇で直立し、灰色の長い眉の下からデリアを見つめていた。「ライランズ、わたしたちはただスケッチに出かけるだけでしょう?」デリアは彼に向かって尋ねた。「わたしは何も聞き違えていないわよね?」

「さように存じます、お嬢様」

コツ、コツ、ため息。「これほど支度に手間取るなんて、宮廷にでも出かけるつもりかしら」

「おっしゃるとおりでございます、お嬢様」

まずシャーロットが、自分のピンクのボンネットが気に入らないと言い出した。次にエレノアがハーフブーツがきつすぎると言った。そのあとリリーがブルーのリボンを結んでくるのを忘れたことに気づいた。三人それぞれが、こんな格好では出かけられないと階段を駆けのぼっていった。こうしてデリアはひとり玄関ホールに残され、床を爪先でつついている。

コツ、コツ、ぼやき、ため息。

この調子だと、宵闇のなかでスケッチをすることになりそうだ。

「準備はいい？」ようやくシャーロットが上機嫌で階段をおりてきて、全員そろった。いよいよ出発しようとしたとき、急にエレノアが足を止めた。「待って。ロビンお兄様はどこ？　わたしたちのスケッチブックを持ってくれるはずでしょう」

シャーロットが鼻を鳴らした。「ロビンお兄様なら半時間前にお風呂と着替えのために上階に行ったわよ」彼女は別のピンクのボンネットのリボンを顎の下で結んだ。「必ずあとから行くと言っていたわ。道具はジェームズに運んでもらいましょう」彼女は従僕のひとりを手招きし、砂漠を旅するキャラバン並の量の布包みや籠を持たせた。

「こうなると予想すべきだったわ」エレノアが言った。「ロビンお兄様が何かを持ってくれたことなんか一度もないもの。それに、お風呂に入りたがるのも無理ないわ。

夜通し外にいたんだから。朝食前になってようやく帰ってきたのよ」

「まあ！」リリーがあきれた顔をした。「嘘でしょう？」

「残念ながら本当よ」エレノアが言った。「ロビンお兄様は悪人なの」

「わたしは彼を〝悪人〟とは言わないわ」シャーロットが異を唱えた。「なぜそこまで言えるの、エレノアお姉様？」

「そうね、悪人は言いすぎかもしれないけど」エレノアは従僕のジェームズをちらりと見やってから声を落とした。「でも、レディ・オードリーのことを考えてみてよ、シャーロット！」

シャーロットが肩をすくめた。「社交界の男性はみんな愛人を作っているわ」

リリーがあんぐりと口を開け、デリア自身も頬が熱くなるのを感じた。その場の年長者としてこの話題を止めるべきなのだが、きまり悪さ半分と好奇心半分で黙っていた。

「愛人を作るだけならいいわよ」エレノアがこともなげに続け、デリアとリリーにふたたび衝撃を与えた。「お兄様は素行が悪すぎるわ。深酒、ギャンブル、娼館《しょうかん》通い」

娼館通い！　これにはデリアも息をのんだ。しかし残念ながらシャーロットが姉をたしなめ、この興味深い話をやめさせた。「ロビンお兄様は今時の若い男性らしく行動していいるだけよ。もちろん、サザーランド家の人間としては度を超しているけれど」

「この分だとそのうちアレックお兄様が発狂してしまうわよ」エレノアが言った。

シャーロットがにやりと笑った。「かわいそうなアレックお兄様！　でも、お兄様にだって愛人がいたでしょう、お姉様。今もいるかもしれないわ」

まさにそのとおりよ！　デリアは叫びたいのをこらえて唇を噛んだ。

「でもアレックお兄様は目立たないようにしているわ」エレノアが反論した。「お兄様が馬車のレースや賭け事や娼館通いをしているなんて聞いたことがないもの」

「何か言った、デリア？」リリーが尋ねた。

ボンネットをかぶった三つの頭が一斉にデリアのほうを向いた。

「いいえ、何も」デリアは答えた。喉を締められたような声が出てしまい、手袋をはめた手で口を覆って激しく咳《せ》き込むふりをした。「喉に何かつかえたみたい」

真実——喉につかえたのはそれだ。愛人やはだけたボディスのイメージはカーライル伯爵と結びつかないかもしれないが、それを路上で目撃することだってあるのだ。

「たしかに今はもうないかもしれないわね」シャーロットの言葉でデリアの思考は中断された。「でも、お父様が生きていらした頃はアレックお兄様にもいろいろ噂があったわよ。遊び人だったから」シャーロットは楽しげにささやいた。「以前、レディ・コネリーがお兄様のことを〝たまらなくすてきな不良だった〟と言っていたのを聞いたもの」そして顔をしかめる。「本当にそう言ったのよ。たまらなくすてきな不良って。今は変わってしまったことを残念がっているみたいだった」

デリアには遊び人と不良の区別はつかなかったが、カーライル伯爵は間違いなくどちらかに当てはまると思った。もしくは両方かもしれない。だが、それについて考えるひまはなかった。

「レディ・コネリーは大胆な女性だもの」エレノアが楽しげに言った。「もちろん残念だったでしょうね」

「アレックお兄様は気の毒だわ」シャーロットが言った。「お父様が亡くなったとき、まだ二十八歳だった。それなのに、爵位を受け継いでからは楽しむ時間がなくなってしまったのよ」

デリアは鼻を鳴らしたいのを我慢した。**彼は今になって埋め合わせをしているのよ！**

「そうね。アレックお兄様はお父様が亡くなってからすっかり変わってしまったと思わない、シャーロット？」エレノアが少し神妙な声で言った。「もちろん本人は何も言わないけれど」彼女は今やデリアとリリーに向かって話していた。「爵位を受け継いだとき、アレックお兄様は財政の問題も同時に引き継いでいると思うの」

「お父様はサザーランド家を破産させかけたのかもしれない。レディ・コネリーがそう言っていたのを聞いたわ」シャーロットがつぶやいた。

「またレディ・コネリーなの！」エレノアが怒ったように言った。「彼女ったら、よくもまあいろいろと知っていること！」

「そうね」シャーロットがため息をついた。「しかも不愉快な話ばかり」

「あなたたちのお父様は賭け事が好きだったの？」リリーが遠慮がちに尋ねた。「ほかにも、その……愛人とか」最後の言葉を言いにくそうに口にする。

「リリー！」デリアは驚いてたしなめた。

「いいのよ、デリア」シャーロットが言った。「いいえ、リリー。わたしたちのお父様は賭け事もしなかったし、愛人も作らなかったわ。少なくともわたしたちの知る範囲では」

エレノアがそんなことは考えられないというように手を振った。「噂によれば、お父様は投資で失敗したらしいの。詳しいことは知らないけれど、伯爵家の威信にかけていろいろな事業に手を出したみたい」

「家名に誇りを持っていることにかけてはお兄様もお父様と同じだと思うけど、お兄様は利益を重要視しているわ。社交界の噂だと、お兄様は取り引きとなると冷血漢になるんですって。もちろんひどい悪事はしないでしょうけど。まあ……それほどは」シャーロットは少し考えて最後の言葉をつけ足した。

昨日道端で向けられたカーライル伯爵の冷ややかな黒い瞳を思い出し、デリアは背筋が寒くなった。彼が冷血漢というのは容易にうなずける。「レディ・コネリーもその見方に賛成なの？」不安な気持ちを振り払おうと、デリアはいたずらっぽく尋ねた。

エレノアとシャーロットは笑い出した。「本当ね」エレノアが言った。「ぜひレディ・コネリーからお兄様は冷血漢というお墨付きをもらわなくちゃ！」

しばらく沈黙があり、やがてエレノアが口を開いた。「シャーロット、アレックお兄様が屋敷じゅうの彫像を集めて障害物競走をしようと言い出したのを覚えている？みんなで競走して、お兄様のブーツの踵がバッカス像の盃《さかずき》に当たって壊れてしまったの。しかたなくバラ園の東屋《あずまや》の裏に隠したのよ。今でもまだあるわ」

シャーロットがほほえんだ。「仔馬《こうま》の一件もあったわ。覚えているかしら、エレノアお姉様？その仔馬は生まれたときほとんど死にかけていたのよ」デリアやリリーにわかるよう説明した。「体も小さくて。お父様は撃ち殺してしまおうとしたけれど、お兄様が自分で食べさせたり歩かせたり毛づくろいをしてやったりしたおかげで馬は健康に育ったのよ。夏じゅう厩で馬と一緒に過ごしていたわ。アテーナと名づけて」

「覚えているわ。あの頃のお兄様は本当に楽しい人だった！」エレノアは顔をしかめた。「たとえ結婚しても、お兄様は本来の遊び心を取り戻せないかもしれないわね。レディ・リゼットはいたずらを面白がるような人ではないもの。彼女と結婚したら、二度と人生を楽しめなくなりそう」

「結婚？」デリアは唇を嚙んだが、驚きは隠せなかった。足を止めてエレノアを振り返り、喉まで出かかった質問をのみ込んだ。

「カーライル伯爵は婚約しているの？」リリーが尋ねた。

「正式にはまだよ」エレノアが言った。「でもアレックお兄様は、レディ・リゼット・セシルに求婚しているの。ハウスパーティーが終わる頃には婚約すると思うわ」

「でもそれは――」デリアが言いかけた。

「まあ、見て、デリア、リリー！」シャーロットが横から割り込んで指差した。「あそこがスケッチにぴったりじゃない？」

デリアは唇を引き結び、それからシャーロットを見た。「すてきね、シャーロット」かすかに笑みを浮かべる。

ほかになんと言えただろう？　カーライル伯爵が婚約などありえない、なぜなら昨日、村の若い娘とみだらな行為に及んでいたじゃないの。いや、それでも婚約の可能性は大いにある。シャーロットは正しい。社交界の男性には普通愛人がいるものだ。たかが婚約、もしくは結婚で殿方の楽しみに水を差される必要があるだろうか？　ふいにレディ・リゼットという女性に同情心が湧いた。その名を口にするときエレノアは表情を歪めていた。彼のような夫を持つことはどんな女性にとっても不幸だ。

「ここにしましょうか？」エレノアが尋ねた。「ここからの景色は美しいわ。フォリーや芝地、向こうに湖も見えるし」

皆が賛成し、ジェームズが敷物を広げた。デリアはスケッチの道具を受け取って敷物に座った。スケッチブックを開き、目の前の美しい景色に目を向ける。

フォリーは人形のおもちゃのように小さくてかわいらしかった。その奥に陽光を浴びた湖が、青いサテンのリボンのように横たわっているのが木々のあいだから見える。各々が傑作をものにしようと集中していた。聞こえるのは紙の上を走る鉛筆の音だけだ。

紙の上で鉛筆を手にしたまま、デリアは前方の景色を見るともなく見ていた。カーライル伯爵のような放蕩《ほうとう》者が、おとなしいガゼルの群れにまぎれる空腹のトラのように領地を闊歩《かっぽ》しているのに、どうしてのんびりスケッチなどしていられようか？

いや、社会的地位の低い人間の数少ない利点は目立たないことだ。自分をガゼルにたとえるのは間違っている。むしろカメレオンとか、アフリカに生息する奇妙なトカゲだと思ってみてはどうか。そうした生物は環境に合わせて色を変える。デリアが読んだ本にはそう書いてあった。しかし、なぜ自分がトラに狩られるように感じるのだろう？　あたかもカーライル伯爵が彼女の華奢な体を噛み砕こうとしているように。

デリアは鉛筆の先を紙におろし、繊細な縦の線を描き始めた。ほどなく白い紙の中央にほっそりした脚のガゼルが現れた。

今朝伯爵は、彼女がひとりでいるところをつかまえようとしたのではないか。そんな疑惑が頭に浮かんだ。散歩に出て五分もしないうちに彼が同じ場所に現れたのが偶然とは思えない。彼は待ち伏せしていたのだろうか？

デリアは紙の上にさらに鉛筆を走らせた。ガゼルのほっそりした首のまわりに毛が、脚の下にみずみずしい草原が現れたが、それでも心地よさそうには見えない。なぜだろう、今にも猛獣に飛びかかられると思っているような不安なたたずまいだ。

カーライル伯爵は迷うことなくデリアと並んで歩いた。しかもただ話をするだけでなく、気を引こうとした。もちろん自分は社交界の基準からするとうぶなのかもしれないが、男性がたわむれを仕掛けてくればわかる。特にカーライル伯爵がしたように大胆な態度に出られれば。何しろ彼は自分の体の部位について尋ねてきたのだから。彼女の瞳をのぞき、そのなかで溺れてしまうとでも言いたげな表情でじっと見つめてきた。まったくばかばかしい話だ。

デリアははっと鉛筆を握りしめた。ガゼルが不安そうなわけがわかった。かわいそうに。残忍な捕食者が背後から近づいている。その恐ろしい生き物は男性の姿をしていた。男性の肉体、男性の顔、波打つ黒髪。だが、それは同時にトラの鉤爪《かぎづめ》を持ち、大きく開いた口から恐ろしく鋭い牙をのぞかせている。

それにしても、あれはただのたわむれではなかった。紳士はごく普通に女性とたわむれるが、そんなものはカーライル伯爵がしていることと比べればなんでもない。気になるのは、デリアの母に関する古いゴシップが蒸し返されることを彼が面白がっている点だ。あの騒動に彼の母親である伯爵夫人も関係しているというのに、なぜ面白がることができるのだろう？　それに、彼はデリアが母によく似ていることを知って嬉々としていた。そのことが彼となんの関係があるというのだろう？

デリアはむしゃくしゃしながら紙に鉛筆を走らせた。いやらしい目つきをした恐ろしいトラ男は、今やガゼルのすぐ後ろに迫っていた。もう少しで尖った鉤爪がガゼルの首にかかろうとしている。

伯爵が言うように、ハウスパーティーは本当につまらないもので、ゴシップが格好の退屈しのぎなのだろうか？　たしかに、彼のように堕落した貴族たちはあらゆる娯楽に慣れきり、飽きている。たしか彼はチェスについても話していた。

デリアはスケッチブックの余白にチェス盤を描いた。白のクイーンが対角線上にいる黒のキングから顔を背けている。キングは先ほどのトラ男と似たような顔つきでクイーンを見ている。

カーライル伯爵のような男性はチェスが大好きだろう。妹たちさえ冷血漢と評する人なのだから。それでも彼女らは兄の罪深さの半分も知らない。ロビンが悪人だなんて！　その行状を聞いて驚きはしたけれど、ロビンのしていることなど兄に比べたらまだましだ。何しろカーライル伯爵は、婚約者がいるも同然の身でありながら女性と林でたわむれていたのだから。

おそらく結婚相手と目される女性は、今年の社交界で一番の美人なのだろう。そういう相手でなければカーライル伯爵にとっては意味がないに違いない。エレノアとシャーロットによれば、彼は父親と同じくらい家名に誇りを抱いているそうだから。

鉛筆がページの左の隅に走った。デリアはそこに、蹄で空を蹴っている大きな黒い馬を描いた。馬はカーライル家の紋章をつけた黒光りする馬車につながれていた。客車は車軸が折れている。

デリアは手を止め、スケッチを眺めた。静かな笑みがこぼれる。風刺画家トマス・ローランドソンも顔負けの絵だわ！　これは燃やしてしまわなければならないだろう。誰が見てもこのトラ男はカーライル伯爵がモデルだとわかる。

しばらくのあいだトラ男にふさふさの尻尾を描き足して楽しんでいたものの、デリアはふいに不安になった。トラとガゼルをじっと見つめる。何かがおかしい……。彼女はチェス盤で対峙《たいじ》するクイーンとキングの絵に目をやり、さらに下に描いた馬と馬車を見つめ、また中心に目を戻した。ガゼルは草原で不安そうに震え、その背後からトラ男が襲いかかろうとしている。デリアはそれらのまわりを額縁のように四角く囲った。

ふいにデリアの顔から血の気が引いた。いけない！　社交界の紳士たちは基本的に怠惰で見栄っ張りでわがままなものだ。しかし、いくらカーライル伯爵でもここまでひどいことは――。

「スケッチを見せてもらえる、お姉様？」リリーが自分のスケッチブックを脇に置き、人懐っこい笑みを浮かべてデリアの手に触れた。

デリアはスケッチブックをすばやく閉じた。「だめ！」悲鳴にも似た声をあげ、スケッチブックを守るように表紙を手で押さえる。

リリーがじっと見つめた。「どうしたの？」彼女は言いながら立ちあがろうとした。

「なんでもないわ！」デリアは引きつったような声で言った。必死に冷静さを保とうとする。「なんでもないのよ、リリー。まるではかどっていないから恥ずかしくて見せられないだけ」

リリーは敷物の隅にふたたび腰をおろした。「わかったわ」しばらくして言う。「見せたくないのならいいのよ」彼女は心配そうにデリアを見た。「まだ昨日の疲れが残っているの？」

妙なふるまいの言い訳が見つかった。内心ほっとしながらデリアはうなずいた。

「ええ。そうなの、リリー。ごめんなさい。あなたに対して大声を出すつもりはなかったんだけど」

シャーロットがスケッチブックを閉じ、両腕をあげて大きく伸びをした。「わたし、絵を描くのに疲れてしまったわ。お昼を食べに屋敷へ戻りましょうか？　午後は少し昼寝をして、夕食会までにお風呂に入らないと」

「そうね、わたしも帰りたいわ」エレノアが言った。自分のスケッチブックを閉じて敷物から立ちあがろうとする。

「お姉様、わたしたちも一緒に行く?」リリーが尋ねた。

「いいえ、まだいいわ。あなたは先に行ってちょうだい」デリアは顔に笑みを張りつけた。「なんとか仕上げられないか、もう少しだけ粘ってみるわ」

「あまり遅くならないでね」リリーが言った。「お姉様も夕食会の前に昼寝をしたほうがいいわよ」

「わかったわ。たしかに疲れているから」それらしく見えるよう、デリアはしおらしく言った。

三人の姿が見えなくなるまで、デリアはスケッチブックを開かなかった。やがて彼女は、表紙をそっと開いた。待ち構えていたトラ男に飛びかかられ、首に爪を立てられるのを用心するかのように。

しかし、心配すべきは自分の首ではない。引き裂かれそうになっているのは自分の道徳観念であり、世間の評判だ。

そのことは目の前のページにはっきり描かれている。カーライル伯爵はデリアを誘惑しようとしている。もちろん彼女を求めているからではなく、自分の気晴らしのため、そしてサマセット家を永久にサリーの田舎に押し込めておくため。彼にとってうぶな田舎娘を破滅させることなど朝飯前だ。ミリセント・チェイスとハート・サザーランドの人騒がせな物語に最終章をつけ加えるほど楽しいひまつぶしがあるだろうか？　彼にとってデリアが母親似であることは実に好都合ではないか。手の込んだ計画にまさに花が添えられるというものだ。

ああ、お母様。一瞬、涙が込みあげるほどの孤独感に襲われた。しかし、そのあとにはすさまじい怒りがふつふつと湧いてきた。彼女は懸命に呼吸を整えた。涙はガゼルに対する同情心と一緒に消え、デリアはスケッチブックに向かって顔をしかめた。この愚かな生き物は、捕食者が食らいつこうとしているのに首にふわふわの毛を生やしたままただじっと立っていたのだろうか？

このガゼルのようになってたまるものですか。

そのとき、愉快でばかばかしい計画が思い浮かんだ。とんでもない考えだ。デリアはハウスパーティーのあいだは淑女らしくふるまうとリリーと約束していた。それなのに、自分の感情に任せて妹が怒りだしそうなことを企《たくら》んでいる。

とはいえ、リリーに知られなければいいのでは？　もうひとつ秘密が増えたところで何も変わらない。

いいや、やはりいけない。こんな考えは忘れなければ。カーライル伯爵とゲームをするなんて無謀にも程がある。彼は伯爵であり、招待主であり、今はデリアを庇護《ひご》する立場にいる。それに尊大で、傲慢で、人を小馬鹿にするような態度を取る――おとなしくからかわれている人ではない。

でも、だからこそ見てみたい。あの偉大なるカーライル伯爵が、自分の狙った獲物に追いつめられるところを！ 富も爵位もある貴族がサリーの片田舎からやってきた平凡な娘にかなわないと思い知らせてやることができたら、どれほど胸がすく思いがするだろう。本当にいい気味だ。

そのときだ。「遅すぎたかな？」男性の低い声がした。

スケッチブックに影が差し、デリアは心臓が飛び出すかと思った。「まあ！」あわててスケッチブックを閉じ、立ちあがった。

「これは失礼、ミス・サマセット。驚かすつもりはなかったんだ。ほかの三人は？写生大会をするはずじゃなかったのかい？」

デリアはほほえみながらロビン・サザーランドを見あげた。安心したせいで膝から力が抜けそうになる。「ええ、そうしていたのよ、さっきまで何時間も。三人は夕食まで休むために屋敷に戻ったわ。わたしも戻ろうとしていたところよ」

「なるほど」ロビンは残念そうに首を振った。「せっかく一緒にスケッチしようと思っていたのに。この分だとぼくの絵の腕前はいつまで経ってもあがりそうにない」

デリアは彼の黒くきらめく瞳を見ると、同じようないたずらっぽいほほえみを返した。ロビン・サザーランドはたしかに少し不良なのかもしれないが、とても感じがよく魅力的で、好感を持たずにはいられない。「本当ね。お気の毒さま、ミスター・サザーランド。スケッチができない紳士なんて驚きね」

「せめて屋敷までエスコートさせてほしい。恥をかいたぼくを助けると思って」彼がデリアのスケッチブックを持とうと手を差し出した。

少し迷ったものの、彼女はスケッチブックを渡した。

「屋敷に近い庭園を案内してもいいかな？」彼はデリアの手を自分の肘にかけた。「バラの開花にはまだ早いけれど、気持ちのいい場所だよ」

「ええ、ぜひ」デリアは言った。「とてもうれしいわ」

8

アレックは午前中いっぱいと午後の一部を書斎で過ごし、土地関係の仕事に取り組んでいた。扉をノックする音がしたのは、ちょうど家令をさがらせたときだった。母が入ってきてアレックの巨大なマホガニーの机の向かいに座った。

「それで」彼は椅子にもたれた。「客人の第一印象はどうです?」

「サマセット姉妹は母親にそっくりだわ」

「ええ。他の妹たちもよく似ているそうですよ。ミリセント・チェイスはどんな人だったのですか?」

「第一級のダイヤモンドね。社交界デビューから二週間もしないうちに、類まれな美人と評判になったわ。それに、チェイス家の人間である彼女には、英国でもとりわけ高貴な血が流れていたの。あなたのお父様が結婚を望んだのもそのためよ。彼女がデビューするとすぐに求婚したわ」

アレックはウイスキーでも一杯やりたい気分になった。

いかにも父らしい。父はあらゆるものに最上を求めたし、またそうする資格があった。母を見たとき、アレックは少し表情をやわらげた。母という最高の女性を手にしながら、父はそのありがたみをわかっていなかった。

「正直に言うと」レディ・カーライルが言った。「わたしはいつもミリセント・チェイスを興味深い女性だと思っていたの」

興味深い女性。さてはこれもチェイス家の遺伝だろうか。「面白い言葉を選びましたね、母さん。もっと聞かせてください」

レディ・カーライルは片方の肩を上品にすくめた。「ミリセントとわたしは友人だったけれど、競争相手でもあった。社交界で条件のいい結婚を競い合う娘同士があまり仲良くしてはいけないと言われたものよ。チェイス家の人たちは、堅苦しい考え方を持っていたけれど、ミリセントは違ったわ」

「ええ、そう結論づけるのが無難でしょう」アレックはサイドテーブルに近づき、クリスタルデカンターからウイスキーをグラスに注いだ。

しばらく黙っていたレディ・カーライルが、やがてぽつりと言った。「彼女は勇敢だったわ」

アレックはグラスを口から離して母を見つめた。「勇敢?」

レディ・カーライルは息子の黒い瞳を見つめた。「そうよ、アレック。とても勇敢だわ。わからない? 駆け落ちをするのにどれほど勇気が必要だったか」

アレックはウイスキーを飲みくだした。「ぼくには彼女のしたことがとびきり愚かに思えますがね」つい声がきつくなった。

「そうかもしれない」レディ・カーライルが考え込むように言った。「彼女の家族は間違いなくそう思ったでしょう。そして社交界の人々も。でも、一部の友人は彼女の味方になった。たとえばドネゴール伯爵夫人」

「アイルランドの伯爵夫人ですか?」

「アイルランドの伯爵と結婚したけれど、英国人よ。元はダンクレア伯爵の娘、レディ・キャロライン・スワン。彼女はあの夜ミリセントが逃げるのを助けたの。それを知った社交界は、彼女を締め出したわ。彼女はもうおしまいだとみんなが思った。でも、その年のシーズンが終わるまでにドネゴール伯爵が彼女と結婚したの。伯爵はいまだに彼女に夢中よ」

アレックはにっこりほほえんだ。「万事めでたし、ですね。母さんはミリセント・チェイスを愚かだと思いますか?」

レディ・カーライルはふたたび肩をすくめた。「今となってはどうでもいいことだわ。大昔の話だし、ミリセントは死んでしまった。彼女が勇敢でも愚かでも、もしくは両方でも、何が変わるわけでもない」

両開きのガラス扉越しに庭を眺めていたアレックは母を振り返った。「エレノアとシャーロットの話によると、ロビンはデリア・サマセットにのぼせあがっているそうです。彼女を招待したのはあいつの考えですよ。妹たちをそそのかしたんです」

レディ・カーライルはしばらく何も言わずアレックを見つめた。やがて彼女はうなずいた。「今わかったわ。あなたはロビンのためを思い、彼女たちがここにいるのは好ましくないと思っているのね」

「そういうことです」

レディ・カーライルは膝の上で手を組んだ。とても慎重に言葉を選ぼうとしている。

「彼女に財産がないことを問題にしているの？　それともスキャンダルのこと？」

アレックは顔をしかめた。「スキャンダルのほうです。財産がないことも決して望ましいとは言えないが、まあ見過ごせる」

「スキャンダルは遠い昔のことよ、アレック」母が言った。「わが家とサマセット家が縁を結ぶとなれば、たしかに過去のことが蒸し返されるでしょう。それでもふたりのあいだに本物の愛があるなら、その理由だけで阻むことはできないでしょう？」

アレックはしばらくものが言えなかった。彼らのあいだに本物の愛があるか？　そんなことは今まで考えもしなかった。単にロビンが巻き起こす次なる騒動と決め込んでいた。自分はいつからロビンの気持ちを考えなくなっていたのだろう？　良心がかすかに咎めたが、アレックはその思いを引っ込めた。今もっとも気にかけるべきは、家族とサザーランドの名を守ることだ。

「母さん、お忘れですか？」彼は静かに尋ねた。

レディ・カーライルがはっとした。

母は忘れていなかった。アレックも。父が亡くなるまでの数年間、サザーランド家が破産寸前だったことを。

妹たちは何が起きているのか理解できず、ロビンは学業のためほとんど家を離れていた。しかしアレックはあらゆる出来事を克明に覚えていた。債権者からの執拗な脅し。面会を求めて毎日のように訪ねてくる共同出資者。父はウイスキーボトルを抱えて書斎に閉じこもり、自分は不在だと伝えるよう使用人を怒鳴りつけた。ベルウッドを売却するという話さえ出たこともある。

母の〝友人たち〟は、母の凋落《ちょうらく》を心待ちにしていた。表向きは平静を保っていた母も、実際には苦しんでいた。噂や陰口が飛び交うなか、母が懸命に顔をあげていたのをアレックは覚えている。もし家が破産していたら、ロビンやシャーロットやエレノアも同じ目にあうところだったのだ。一家で借金にまみれ、サザーランドの名は低俗なゴシップの餌食となり、母は心労で倒れる寸前だった。

アレックはどうすることもできなかった。

そんなとき、父が亡くなった。それも父の運命とアレックは考えた。だが、現実はそこまでロマンティックではない。人は死を前にして何かしらわかり合えるものとアレックは信じたかった。だが、父の死に方は生き方と同じく身勝手だった。ハート・サザーランドはウイスキーに溺れ、後始末を妻と長男に押しつけてこの世を去ったのだ。

アレックは黙々と処理に当たった。莫大《ばくだい》な債務を少しずつ返済した。強靭《きょうじん》な意志と断固たる決意のもと、サザーランド家を再建した。社交界の常として、財政がもとに戻ると伯爵家の評判はすみやかに回復した。

今のアレックは無力ではない。カーライル伯爵だ。あれから三年しか経っていない。一家がふたたび苦しむようなことを許すわけにはいかない。妹たちはそろそろ適齢期に差しかかっている。またスキャンダルが持ちあがれば、ふたりの将来が損なわれてしまう。デリア・サマセットは勇敢で興味深い女性かもしれないが、スキャンダルの火種を抱えている。彼女は好ましからざる人物だ。どんなに美しい顔をしていても。そしてロビン――弟は自分が何をしているかわかっているつもりかもしれないが、ロビンとデリア・サマセットは異なる世界の人間だ。ふたりが結婚すれば悲惨な後悔の日々が訪れるに違いない。

レディ・カーライルがため息をついた。「ロビンはミス・サマセットを本気で好きなの？」

アレックは肩をすくめた。「わかりません。ロビンはぼくに本心を言いませんからね」

「そうね。あの子は誰にも言わないわ」

さびしそうにそうつぶやいた母の表情を見て虚しい気分がよぎったが、アレックはそれをやり過ごした。「そんなことよりもっと問題なのは、ロビンが本気だった場合、彼女をものにするためにあらゆる手段に出るかもしれないということです」

彼は母をじっと見つめた。

レディ・カーライルはしばらく沈黙した。「あなたは……」

「ロビンが本気だとして、ぼくに結婚を反対された場合に彼女を誘惑するかどうか、ですか?」アレックは首を振った。「ぼくも一年前ならそんなことは起こらないと言えたでしょう。ロビンがそんなひどい真似をするはずがないと。でも今は? なんとも言えない。ぼくにはもうロビンのことがわからない」

最後の言葉には深い悲しみがにじんだ。レディ・カーライルもそれを感じ取ったのだろう、表情をやわらげてアレックを見た。だが、何も言わなかった。ふたりは互いに黙ってそれぞれの思いにふけった。やがてレディ・カーライルが腰をあげた。「それで、どうするつもりなの?」アレックの顔を見つめる。

「ハウスパーティーが終わるまでふたりをなるべく近づけないようにして、ミス・サマセットをまっすぐサリーに送り返します」アレックは言った。「彼女が目の前から消えれば、ロビンもすぐに次の気晴らしを見つけるでしょう」

レディ・カーライルは首を横に振った。「あなた、これから二週間ずっとロビンのあとをついてまわるというの? お互いに頭がどうかしてしまうわよ」

「ロビンじゃありません。ミス・サマセットについてまわるんです。彼女は今回生まれて初めてサリーから出てきたようなものです。ハウスパーティーも初めてだし、これまで男から注目されたこともない。ちょっと機嫌を取って相手をしてやれば、それでロビンから遠ざけておけるでしょう」

デリア・サマセットの目から見て、自分が魅力的に見えているらしいことは黙っていた。同様に、自分にとっても彼女が魅力的に見えていることも。彼女の相手をすると思っただけで股間がこわばることも。

しかしレディ・カーライルは眉をひそめた。「それは感心しないわ、アレック。レディ・リゼットのことはどうするの？　あなたが彼女を招待したのだし、わたしはハウスパーティーが終わるまでにあなたが彼女に求婚するものと思っていたわ。レディ・リゼットは誰より丁重にもてなされることに慣れているわよ。ミス・サマセットと同等に扱われたら機嫌を損ねるんじゃないかしら」彼女は首を振った。「ロビンのことは放っておきなさい。すべてをあなたの思いどおりに動かすことは……」

そのとき彼女が窓の外に目をやり、言葉を切った。アレックはガラス扉の向こうに目を向け、母を黙らせたものを見て凍りついた。

ロビンとデリア・サマセットが庭を歩いている。彼女は弟の腕に心地よさそうに片手をかけていた。もう片方の手にはボンネットをぶらさげている。彼女は笑いながらロビンを見あげ、ロビンもほほえみながら彼女を見おろしている。

アレックが午後の短いひとときを書斎で過ごすあいだに、もうロビンは罠に片足を突っ込んでいたらしい。笑っているデリア・サマセットのバラ色の唇を見るうちに、自分の顔が仮面のように冷ややかにこわばっていくのがわかった。ふたりが一緒にいるところは想像していた。衝撃を受けたのはそこではない。

その光景に対して自分が怒っていることに衝撃を覚えた。

レディ・カーライルが咳払いをし、アレックははっと振り返った。そこに母がいたことをつい忘れていた。彼女はもう窓の外を見ていなかった。不思議そうな表情を浮かべてアレックを見ていた。「とにかくあなたに任せるわ」母は扉を開いたままにして出ていった。

いったいこれからどうしてやろうか？　まさか庭を突っ切ってふたりを無理やり引き離すわけにもいかない。だが心中には手荒なことをしたいという気持ちが湧きあがっていた。たとえばデリアを肩に担いで走り去るとか。行き先はもちろんサリーだ。いや、この状況だともっと巧妙な手が必要だ。しかし、どんな方法がいいだろう？ちょうどそのとき、廊下に物音がした。振り返ると、シェファードソン卿がおぼつかない足取りで階段をのぼろうとしていた。

「シェファードソン！」ふいにある案が浮かび、アレックは呼びかけた。「ちょっといいか？」

振り向いたシェファードソンは、いつもは自分を完全に無視するアレックが呼びかけてきたことに面食らっていた。彼はふらふらと書斎に入ってきた。「やあ、カーライル」疑わしげにアレックを見つめる。

「ゆうべはロビンと大いに楽しんだそうだな」アレックは相手から身を遠ざけたい気持ちをこらえながら言った。シェファードソンはまだ酒の匂いをぷんぷんさせていた。昨夜から一睡もしていないのだろう。

「そうだよ。実に楽しかった」シェファードソンがろれつのまわらない口調で言った。「しかしシェファードソン、五十ポンドとは大金だ。きみが悔やんでいないことを願うよ」

「ああ、まったく大金だ」シェファードソンは愉快そうに言った。しばらくして、彼はアレックの言葉の意味をわかりかねたように尋ねた。「おれが何を悔やむって？」

アレックは驚いたふりをした。「五十ポンドの賭けに負けたことさ。ロビンがきみと〈あざみ亭〉からベルウッドまでどちらが先に着くか競争し、きみが負けたと言っていたぞ。きみは五十ポンドを払うはめになり、すっからかんになったと」

シェファードソンが呆気《あっけ》に取られたようにアレックを見た。「嘘をつけ！」

アレックは他人事のように肩をすくめてみせた。「ロビンにきけばいい」

「ああ、きくとも！」シェファードソンは体を揺らした。「彼をどこかで見かけたかい？」

アレックはあきれた目をした。なんと間抜けな男だろう。「ああ、見たとも、シェファードソン。弟なら今ちょうど表にいるよ」アレックは庭を指差した。

シェファードソンは庭にいるロビンに焦点を合わせた。「あそこか！」彼は足を踏み出そうとした。

シェファードソンがデリア・サマセットの存在に気づいた瞬間をアレックは見逃さなかった。「ところでカーライル」彼はアレックの脇を肘で突いた。「きみの弟と腕を組んでいるのは誰だ？　すごいべっぴんじゃないか」

アレックは相手の腕を背中にねじりあげて部屋から追い出してやりたい衝動を懸命に抑え、冷ややかにほほえんだ。「早く行ったほうがいいぞ、シェファードソン。弟が行ってしまう」

シェファードソンはガラス扉から表に出ていった。「おおい！」大声で呼びかける。

アレックはあとからこっそりついていった。デリア・サマセットは近づいてくるシェファードソンを見て怯《おび》えた顔をし、ロビンの腕から手を離した。ロビンは渋い表情を浮かべたが彼女にお辞儀をし、悪友を紹介するはめにならないよう自らシェファードソンのもとへ行った。急にひとりにされたデリアはどうしていいかわからないとばかりに庭に立っている。

予期しない興奮がアレックの体を駆け抜けた。「またひとりかい？」彼はデリアに近づいた。「なぜきみがひとりでふらふらしているときにばかり会うんだろうな？」

「わたしも同じことを思ったわ。なぜあなたはいつもわたしを見つけるのかしら？」

彼女の口調は何気なかったが、深いブルーの瞳に一瞬怒りがよぎったのがわかった。その表情を期待していたことに気づき、アレックは驚いた。自分はこれを待っていたのだ。

「昨日はぼくじゃなく、きみがぼくを見つけたんだ」彼は静かに言った。

ああ、まただ。この紅潮する頬。彼女の首筋から頬にかけて赤くなるのを見て、アレックは口の渇きを覚えた。

「そうね」デリアが目を合わせ、彼の視線を受け止めた。

デリアはどこかこれまでと違って見えた。頬が赤くなったのは恥ずかしさのためだけではないらしい。何か強い感情を抑えているのか、胸を大きく上下させている。興奮しているか、もしくは怒っているようだ。今のところ、彼女はたわむれを仕掛けてくるそぶりを見せていない。しかし、一心に彼を見つめている。じっとこちらの動きのひとつひとつや息づかいまで確かめるように。それはたわむれよりずっと刺激的だった。まるで手で触れられているような、もしくはブルーのまなざしに吸い込まれていくような気がした。〝青い炎の瞳〟という表現がそうばかばかしいものではないと思えた。まさに、男を石に変えるまなざしだ。

ただ、アレックは、自分が石というより火に変えられたような気がした。

「バラ園を案内させてもらうよ」それは問いかけでも、命令でもなかった。アレックはデリアに手を差し出した。

彼女は手を取らなかった。代わりに曖昧な笑みを浮かべる。

「相手があなただと、ひとりで歩くよりつき添ってもらったほうが危険かもしれないわね」

アレックはデリアの唇に視線を落とした。誘い込まれてしまいそうなそのほほえみ。男を苦しめる笑顔。興奮、それと同時になぜか怒りを感じながら、アレックは彼女の出方を待った。デリアの曖昧な表情はアレックを拒んでいる。満面の笑みや屈託のない笑い声はロビンのために取ってあるのかもしれない。

「ミス・サマセット」アレックは苦労してデリアの唇から目をそらした。「バラは嫌いかい？」

彼女は肩をすくめた。「女性なら誰でもバラが好きでしょう、カーライル伯爵？」

「女性が何を好むのかぼくにはわからない。今はただ、きみを喜ばせることを考えているだけだ。しかもきみは並の女性と違う」

ブルーの瞳が細くなった。「そうかしら。でも、女性なんてどれも似たようなものよ。わたしたちは皆、取り替え可能な存在。そうではなくて、伯爵様《マイ・ロード》？」

デリアはこちらを挑発している。そこが並の女性と違うところなのだろうか？　よくわからないが、彼女のまなざしにアレックは息が止まりそうになった。彼女がどういう反応を予測しているのかわからない。ふたりのあいだの空気が緊張した。手袋で頬を打たれたような気がした。

「いや」アレックはなるべく真実に近いことを言おうとした。相手の挑発に体じゅうの細胞が目覚めようとするなか、落ち着いた声を保つには努力が必要だった。「それは違う。女性もバラも実に多彩だ」

答えを聞いたデリアは、一瞬疑うように目を見開いたが、口の端で消えかかっていたほほえみが顔全体に広がった。深いバラ色の唇が弧を描く。それまで彼女がアレックに心から笑いかけたことはなかった。今のように口と目をすべて使った笑顔を向けてくれたことはない。あれば息苦しさとともに記憶に残っただろう。

そしてデリアは手を委ねてきた。アレックは彼女の指先を優しく握った。「あなたはわたしの知るたいていの紳士よりも多彩な女性を満喫しているんでしょうね」

アレックは驚いたようにデリアを見つめた。このうぶな小娘は、今度はぼくをからかっているのだろうか？　まさかそんなことを言われるとは思わず、アレックは声をあげて笑った。「その満喫するというのは——」彼はガラス扉まで戻り、そこからバラ園に向かった。

「ここに幾何学的配置庭園《フォーマルガーデン》があるなんて驚いたわ」デリアがすばやく言った。先ほどの自分の軽口を後悔し、アレックに仕返しされまいとしているのだろう。「お屋敷から湖まではあまり手を加えられていない自然な雰囲気だったから」

今から庭園について話すことになるか？　なかなか悪くない。女性やバラのこと、夜に何をして楽しむかを語るよりずっと安全だ。そういう話題は、より刺激的な話題につながりやすいから。

アレックは隣を歩くデリアを見おろした。彼女の頭は彼の肩の高さにあった。引き寄せたら顎の下にしっくりとおさまるだろう。日差しに輝く金髪を見て、彼はなぜかあたたかなハチミツを想像した。

デリアは返事を期待するようにアレックを見あげていた。「去年再建させたんだ」彼女の後れ毛が首筋を撫でる様子や、腕にかけられた彼女の指の感触に気を取られないよう、アレックは努めて話に集中した。「ランスロット・ブラウンの風景式庭園が流行していた頃、父が壊してしまってね」

「あなたのお父様は自然の風景を愛《め》でる方だったの？」

アレックは身を固くした。父のことは話したくなかった。「いや。父はなんであれ最上のものが自分にふさわしいと考える人間だった。当時最上とされていたものを手に入れたからそれで満足したんだろう。風景などどうでもよかったんじゃないかな。父が何かを愛でようと考えたとも思えない」

自分の口からそんな言葉が飛び出したことにアレックは驚いた。なんてことだ。バラの美しさや天気のよさなど当たり障りのない話をするつもりだったのに、まるで懺《ざん》悔《げ》室にでもいるかのように醜い真実をぶちまけてしまった。バラ園のことなどそっちのけで。

相手が困惑した顔で見つめているのをアレックは半ば覚悟した。ところがデリアは少し考えてから尋ねた。「あなたは？」しばらく間を置いて続ける。「フォーマルガーデンが好きだから再建したの？　それとも、今はこういうレプトン調の造園が主流だから？」

アレックは黒い眉を片方だけあげた。これまで自分について説明するよう求められたことはなかった。特にさほどよく知りもしない、まったく身分の異なる若い娘からは。彼女はこちらに愛嬌《あいきょう》を振りまくべきなのに。そうでなくとも、せめて相手が自分に関心を示してくれることに控えめにとまどうふりをしたってよさそうなものだ。なんといっても自分は伯爵だ。そして彼女は……何者でもない。

しかしデリアの質問は興味深く、真面目に答える価値があった。「ミス・サマセット、きみはぼくが父親と同じように、自分が何を求めているか理解も考慮もしないいま、流行に左右される人間かどうかを尋ねているのかい？」

彼女は濃いまつげの下からすばやく見あげた。「ええ、そうだと思うわ」ブルーの瞳の奥が挑発的にきらめくのが見えた。強さを宿したその瞳に、アレックはまたしても釘づけになった。彼女はこちらを追いつめようとしている。ただし、慎重に。今にも自分を振り落とそうとする馬を乗りこなすときのように。

デリアが慎重であることは正しい。地位も名もなき存在なのだから。しかもこの屋敷の客として、今はアレックの庇護下に置かれている。情けを受けているとさえ言えるだろう。そう考えたとたん欲望が身を貫き、アレックは半ば自分を恥じた。

このような弱い立場にありながら彼女は自分を挑発している。なぜだ？

いつの間にか歩くのをやめていたことにアレックは気づいていなかった。彼はデリアの二の腕をつかみ、自分のほうを向かせた。とはいえ、相手の顎をつかんで自分から目をそらせないようにしたいという衝動は抑えた。「ミス・サマセット、ぼくは父とは違う。もし何かを愛でるときは、なぜ愛でるのか理解している。何かを求めるときはなぜ求めるのか理解している。そして、自分の求めたものは必ず手に入れる」

相手のほっそりとした体にかすかな震えが走るのが伝わった。しかしデリアはアレックから目をそらさなかった。その濃密なひととき、バラ園も空も太陽さえも遠くかすんで見えた。アレックにはデリアの腕をつかまえている自分の手と、彼女の体の近さ、そして何かを探るように見つめてくるブルーの瞳のほかは何も感じられなかった。

やがてデリアが納得したようにうなずいた。「どんな結果になっても?」それがあまりに小さな声だったため、アレックは身をかがめて彼女の言葉に耳を傾けた。「まさにわたしが予想したとおりの答えね、カーライル伯爵」

9

強い光をたたえた黒い目に射すくめられ、デリアは本当にガゼルになった気がした。

「そうかい?」カーライル伯爵が言った。「簡単に予想のつく退屈な男で申し訳なかったね、ミス・サマセット」鷹揚《おうよう》な口ぶりながら、その声にはかすかに警告の響きが交じっていた。まさに捕食動物、たとえばトラの低いうなり声のようだ。

また振り出しに戻ってしまった。残念なことだ。トラのうなり声はバラ園の散策にはそぐわない。でも……。

デリアは自分の腕をつかんでいるカーライル伯爵の手にすばやく目を向けた。彼はその意味をすぐに理解し、手を離した。自分の手がそこにあったことに驚いたかのように。

これには興味を引かれた。伯爵は少しきまり悪そうにしている。腕をつかまえられたデリアが取り乱すと思ったのかもしれない。気まずさはいい兆候だ。ここで相手の紳士的な心に訴えかければいい。

「失礼」カーライル伯爵は詫びながら髪に手を突っ込んだ。

黒髪と思っていた伯爵の髪は、きらめく日差しの下で見ると濃い栗色《くりいろ》で、ところどころ鳶色《とびいろ》も交じっていた。少し伸びすぎていて、後ろの毛がシャツの襟にかかっている。紳士らしからぬ髪型だ。それに、なぜこの人はいつも服をきちんと着ないのだろう？ 上着は身につけているが前が開き、ベストもクラヴァットもない。開いたシャツの胸元から日焼けしたたくましい喉元と縮れた胸毛の一部が見えている。

ああ。デリアは息苦しさを覚えた。だが、そんなことにはなんの意味もない。今必要なのは理性を保つこと。彼女は伯爵の喉と魅力的な胸毛から無理やり目をそらし、相手の顔を見つめた。

何か言うのよ、デリア！

「あら、お気になさらないで」彼女は努めて軽い調子で言った。「腕をつかんだことを謝るのは正しいけれど、簡単に予測がついたり退屈だったりすることを謝る必要はないわ」

だって、あなたはそのどちらでもなく、むしろ刺激的すぎるくらいの人だから。そのことを謝ってほしいくらいよ。

「ありがたい。ぼくは少なくともなんらかの点では正しかったわけだ」彼が笑みを浮かべた。「しかし、ぼくのことを簡単に予測できる人間でも退屈でもないと言ってくれてもよかったんじゃないか？」

デリアは伯爵を見つめた。この人はうっとりするほど魅力的な笑顔以外に、他人の心を読む能力まで備えているのだろうか？　笑顔でここまで人が違って見えるとは。今朝のような皮肉めかした笑みならまだよかった。彼が初めて見せた少年のように屈託のない笑顔を目にして、デリアの理性は風に吹かれたバラの花びらのように散ってしまいそうになった。昨日は冷酷に見えた黒い瞳にすら今日はあたたかみが感じられる。女性をたらし込む悪人にはとても見えなかった。

いいえ、それは自分には関係のないこと。デリアは胸の震えを抑えた。話に集中しなければ。カーライル伯爵は今なんて言っただろう。ああ、そうだ。簡単に予測できる人間でも退屈でもないと言ってほしいのだったわね。つまりお世辞を言ってほしいのね。なんていい考え！　男女のたわむれにはこれが大事だ。励まし、褒めそやし、ほほえみかけること。うんとまばたきをすること。

「とんでもないわね」言ってしまってからはっと口をつぐみ、途方に暮れた。伯爵は驚いたように大きく眉をつりあげている。

失敗した。「つまりね」デリアはあわてて言い直した。「あなたは決して退屈な人ではないし、とても予想がつかないってこと」

彼女は大きくほほえんでみせた。これでいい。うまく言えた!

「また大げさに持ちあげたな、ミス・サマセット。聞いているこちらが恥ずかしくなる」

そう言いながらカーライル伯爵はまんざらでもなさそうだった。むしろうれしそうに見える。デリアは相手の様子をうかがいながら次の言葉を考えた。ここでもうひと押しするべきかしら? お世辞も忘れてはいけない。しかし、どんなことを言えばお世辞になるのかよくわからなかった。とにかく思いつくままに言ってみよう。

「まあ、あなたは日頃から大勢の若い女性に褒めてもらっているのでしょう、カーライル伯爵?」

一部の女性からはそれ以上のこともしてもらっているはずよ?

そんなせりふがふいに頭に浮かんだが、言ってはならない本音が口から飛び出す前に頭で考えていることと口を切り離すことにした。そもそも男性とたわむれるのに頭を使う必要があるだろうか。

伯爵のなめらかな低い笑い声がデリアの神経を心地よく刺激した。「ああ、折に触れて若い女性から賛辞をいただくことはある」

だからそんなに自信たっぷりなのね。これも実際に口にするべきではない。デリアは何も言わずにまつげをしばたたいた。

伯爵の口が軽く引きつった。「けれど、きみほど細やかに、心を込めて言ってくれた人はいなかったな」

デリアはひそかにほくそ笑んだ。自分は思ったよりお世辞が得意のようだ！「若い女性の多くは社交界でも財産や爵位のある人を持ちあげるでしょう。そういう男性はたいていみんな耐えがたいほど自信家よ。お世辞を真に受けるから」

しまった！　台無しだ！

もう遅かった。止める前に本音が飛び出してしまった。これまでデリアが会話をしたことのある家族以外の男性といえば、サリーの地元の集会にやってくる年寄りか、既婚の農夫くらいだった。それでも、貴族の男性とたわむれるときに一番やってはいけないのが真実を告げることだということくらいはわかっていたのに。

だが、もう取り返しがつかない。どう言い訳すればいいのだろう？　深く息を吸ってなんとか取り繕おうとしたとき、カーライル伯爵が頭をのけぞらせて笑い出した。

デリアは飛びあがりそうになったが、相手がいつまでも笑っているので次第にやけっぱちな気分になってきた。胸の前で腕を組み、伯爵が笑い終えるのを憮然《ぶぜん》とした表情で待つ。

「いつまで猫をかぶっているつもりだろうと思っていたよ」ようやく伯爵が言った。「癪に障ることに、笑いすぎて目尻ににじんだ涙を拭いている！　「やはり長くはもたなかったな」

デリアは腹立たしげに息を吐いた。「あなたの言う意味がわからないわ」

「もちろんわかっているはずさ、ミス・サマセット。ぼくの気を引こうとしただろう。きみはそういう駆け引きが恐ろしく下手だな。心にもないお世辞を口にして。ただし、最後に言った言葉は別だが」

「わたしのことをひそかに笑っていたの？」

「きみが正直でないから、ぼくも合わせたまでだ」

彼を紳士として見るのはやはり無理があったようだ。「あなたがいつも一緒にいる女性たちのお世辞はずっとお上手だということを忘れていたわ。わたしの演技なんてしょせん子どもだましね」

「そうさ」蹴ってやりたくなるほど愉快そうな声で彼が言った。「だが、あきらめることはない、ミス・サマセット。もう少し練習してみるといい」伯爵はにやりと笑ってデリアを見おろした。「ぼくが練習台になってあげよう」

彼女は腰に両手を当てて伯爵をにらんだ。その人の悪そうな目つきがまったくもって気に入らない。「やめたほうがいいと思うわ」

「そんなことあるものか。さて、まずきみの間違っている点は」彼はできの悪い生徒を導く教師のように説き始めた。「男女の駆け引きを言葉でするものと思っているところだ。そうじゃない。言葉ではなく行為でするんだ」

デリアはふてくされたような目で彼を見た。「わたしの間違いはそれだけじゃないでしょう」とはいえ、カーライル伯爵が練習台にしてはいやに鋭いことを認めないわけにはいかない。

「舞台の設定は正しかった。バラ園は雰囲気を盛りあげるのにうってつけの場所だ。相手の男にどんなバラが好きか尋ねたり、自分の好みのバラを教えたりするところから始めるといい」

「わたしが選んだんじゃないわ。あなたがこの場所を選んだのよ、カーライル伯爵」

「そう。ぼくはこういうことが得意だからね。しかし今は話の都合上、きみが途方もなくみだらな目的のためにぼくをここへ誘い出したことにしよう」

途方もなくみだらな目的？　デリアはつい笑ってしまった。何をばかなことを言っているのだろう。伯爵はいたずら小僧のような顔をしている。「わかったわ。今はわたしが途方もなくみだらな女で、悪《あ》しき目的のためにあなたをバラ園に誘い出したことにすればいいのね」

実際に彼の気を引いてみようとしたものの、こちらの拙さを逆手に取られてしまったようだ。誘惑が得意な男性がいかにもやりそうな手口ね。こちらがみだらな女にされてしまうなんてあんまりだわ。

どのみち自分がみだらになるわけがないから、どうでもいいことではあった。

「よろしい。さて、さっきも言ったように、バラ園は男女がたわむれるのにぴったりの場所だ。ふたりきりになれるし、かといって非常識なほど人目を避けることにもならない」

デリアは重々しくうなずいた。「非常識にならないように気を配ってくれているみたいでうれしいわ、カーライル伯爵。どこか人里離れた道で続きをしようと言われないかとびくびくしていたの」

なぜそんなことを言ったのか、自分でもわからなかった——ひょっとして、彼が唇の端に浮かべるあの皮肉っぽい笑みを見たいからだろうか？　とにかく言わずにはいられなかったのだ。

カーライル伯爵は驚いた顔をしたが、やがてゆっくりと笑みを浮かべた。「ミス・サマセット、きみが昨日見たのは単なるたわむれではない。それとこれの違いもわからないのに、きみがどこまで大胆になるつもりなのか、心配になるよ」

あなたに求められる限り、どこまでも大胆になってみせるわ。

そんな自分の危うさを自覚しておくのが賢明なのだろうが、デリアはだんだん楽しくなってきた。「冗談はよして」彼女はばかばかしそうに手を振ってみせた。「わたしにだってその違いくらいわかるわよ。単なるたわむれと……」そこで口ごもり、レディとしての品位を保てる言い方を探す。

「姦淫、かい？　それを聞いてどれだけほっとしたことか。さて、次だ。紳士に向かってお世辞を言ったところで相手の気を引くことはできない。特に、日頃から若い女性に注目されることに慣れている相手の場合はね」

「しかも、女性から見てたわむれる価値があるのはそういう男性ばかりだわ」

「いいぞ、ミス・サマセット」伯爵がふたたびいたずら小僧のような笑みを浮かべた。

「なかなか優秀だ。では次。相手の気分をよくすること以外言ってはいけない。きみはこの部分で苦労しそうだな」彼は眉をあげた。「ただし、真のたわむれはきみの言葉ではなく、体から生まれる」

「体？」デリアは緊張して尋ねた。カーライル伯爵と体のことなど話さないほうがいいのではないか。

「そうだ。少し赤くなったね、ミス・サマセット。ここでやめておくか？」彼の黒い目が明らかに挑発的に光る。

「まさか」デリアはむきになって見つめ返した。今さら引きさがれない。

「いいだろう。手始めは、目だ」

デリアは少しほっとして深く息を吸った。目ならそれほど危険ではないだろう。

「そうなの？」

「ああ、そうだよ。特にきみにぴったりのアドバイスだと思うのだが」

どういう意味だろう？　口が悪すぎるから目に頼れということ？　「それはなぜ？」

彼女は腹立たしげに尋ねた。

「きみがめったにないくらい美しい目をしているからさ」

デリアの息が止まった。口を開いたものの言葉が出てこない。まさかお世辞を言われるとは思わなかった。特にこんなすてきなお世辞を言われるとは。

「言葉もないかい、ミス・サマセット？　本当のことだよ」カーライル伯爵は静かに笑った。ただ、その笑顔はもういたずら小僧のそれではなかった。「きみの目にかかれば、名うての遊び人も詩人になる。その青は青藍《インディゴ・ブルー》色に近い。まさにサファイアだ。泉のごとくどこまでも青く、底知れない」彼はそこで鋭く息を吸い、なぜか怒ったように言葉を続けた。まるで自分の意に反して言いたくない言葉を体から引っ張り出されたように。「きみは男の目をじっと見つめるか、上目づかいにちらりと見あげるといい。憐れな男は自分の名前も忘れてしまうだろうよ」

デリアは驚き、目まいを覚えた。この人は今、少し体を近づけてきただろうか？それともこちらが近づいたのか。彼女は目を大きく見開き、彼の次の言葉を待った。

「それからきみの口」伯爵がかすれた声で続けた。視線をデリアの口元に移す。「きみの唇。そこに相手の注意を向けさせるといい。ほほえんだり、笑ったりして」

一瞬、カーライル伯爵に唇に触れられるかと思った。親指で優しく撫でられるのではないかと。彼女は何かに誘われるように口をわずかに開き、舌ですばやく下唇をなめた。

「そうだ」うめき声にも近い声でカーライル伯爵が言った。「それでいい。まさに今の仕草だ」

胸が痛いほど激しい動悸がした。ふいにデリアは、自分たちがバラ園にふたりきりでいること、冗談のつもりで始めた遊びがいつの間にか危険な空気を帯びていることに気づいた。もう止めなければ。彼がこれ以上何か言う前に。しかしデリアは止めなかった。止めることができなかった。彼が次に何を言うか、期待と不安を感じながら一心に見つめて待った。

「それから手も使うといい」伯爵が息を乱しながら言った。「相手に触れてごらん。肩が触れるくらい近づいて。男の腕に手をかけるか、手を握られたときに指先で相手のてのひらを撫でるといい。ほんの軽く、焦らすように触れるんだ。相手は心をかき乱され、もっと触れたいと思う」

シルクのようになめらかな声で言われたとき、デリアの肌が、指先で優しく撫でられたように赤みを帯びた。伯爵のまなざしを見ても同じ感覚が呼び起こされた。彼の目は細くなり、瞳は暗く陰っている。デリアの脳裏に昨日の女性の姿が浮かんだ。そのドレスの胸元に滑り込むカーライル伯爵の手。乳房を愛撫する手。甘い拷問を受けているような女性のため息。

熱くなった自分の肌は、彼の手をどんなふうに感じるだろう？　あの熱いため息を耳にして以来、すべてを見透かしたような彼の手の動きを頭のなかで繰り返していた。もしもあんなふうに触れられたら、もっと触れてほしくなるのだろうか？

かすかに身を震わせながら、彼女はカーライル伯爵が自分に触れるのを心待ちにした。自然と彼の手に目を向ける。

　伯爵の両腕は体の脇にまっすぐおろされていた。彼はこぶしを握りしめ、ふたたび開いた。何かただならぬ感情を抑えつけるように。デリアの視線に気づいたカーライル伯爵が、喉から苦しげな声をもらした。

　デリアは思った。彼に触れてほしい。

「相手は……」デリアの言葉が途中で喉につかえた。深く息を吸って言い直す。「相手はわたしに触れてくれるかしら？」ほとんどかすれ声しか出なかった。

「そうしたいと思うだろう」カーライル伯爵が低い声で言った。「きみの手にキスをするかもしれない。しかし本物の紳士なら――」彼はそこで口をつぐみ、何かを振り払うように頭を振った。そしてかなり長いあいだ黙ってデリアを見つめていた。驚いたような、怒ったような表情で。やがて口を開いたとき、カーライル伯爵はまるで何かの憑《つ》き物《もの》が落ちたように見えた。「本物の紳士なら、求婚するまで相手に触れることはない。少なくともぼくはそのように聞いている。知ってのとおり、ぼくはまったく紳士ではないのでね、ミス・サマセット」

　彼の声はとても冷ややかだった。

　嘲るようなその言葉に、デリアは殴られたような衝撃を受けた。本能的に後ずさり、相手の不可解な怒りから遠ざかる。今の思いは、ちょうど昨日、馬車の車軸が折れたときの驚きに似ていた。それまで車窓からの美しい景色を楽しんでいたのに、いきなり床に投げ出され、馬車が鋭い音とともに急停車するまであちこちに体をぶつけた。

伯爵はデリアの呆然とした表情に気づこうともしなかった。「男女のたわむれの秘《ひ》訣《けつ》は、あくまでも幻想を保つことだ。一旦それが崩れると――」彼は冷ややかに彼女を見おろした。「男は不愉快な自問を始めることになる」大きく一歩踏み出し、デリアが取った距離を縮めた。「たとえば、なぜきみがぼくとたわむれようとするのか、とか」

その静かな声に、デリアは脅威を覚えた。

あなたをこらしめてやるためよ。心のなかでは素直に本音が出た。

「きみはぼくのことなど好きでもないし、信用もしていない」デリアが答えずにいると、彼は言った。「そもそもきみは社交界を軽蔑している。ということは、ぼくの注意を引くのは何か特別な理由があるからだと結論づけざるを得ない」

「なぜわたしがあなたを好きになったり信用したりしなければならないの？」彼女は言い返した。

張りつめた沈黙のあと、カーライル伯爵が言った。「そんなことにはなるべきじゃないね」

「今日はいやに忠告ばかりくれるのね」デリアは声の震えを抑えるのに苦労した。

彼が咎めるような目を向けた。「きみのゲームの目的はなんだ?」

「ゲーム?」デリアの両手が小刻みにわなないた。蠟燭《ろうそく》の火に近づきすぎた蛾《が》のように。彼女は両手を背中の後ろに隠した。「あなたの言う意味がわからないわ」

嘘だ。実際デリアはゲームをしていた――彼と一緒に。ただし、敵として。ふたりはチェス盤の対面に陣取っている。もし彼が勝てば、ハウスパーティーの客たちはカーライル伯爵がミリセント・サマセットの娘を誘惑し、かつて辱めを受けた父の復《ふく》讐《じゅう》を果たしたと知り、満足して帰るだろう。サマセット家などしょせんはその程度の家で、サリーの片田舎がお似合いなのだとささやき合いながら。

デリアは伯爵に、自分が彼に誘惑され夢中になっていると勘違いさせてやりたかった。みずみずしく熟れた果物をもぎ取るように手を伸ばさせる。そして、すんでのところで身を翻し、サリーに戻るのだ。純潔を失うことも、世間の評判を落とすことも、彼の手にかかることもなく。

カーライル伯爵が目を細めた。「いや、わかっているはずだ」

デリアはどうでもいいことのように肩をすくめた。「あなたが言うような特別な理由があるなら、他人に明かしたりしないわ」

もし自分が彼の誘惑を逆手に取って……負かすことができたら！　片田舎から出てきた小娘が、絶大な力を誇るハンサムなカーライル伯爵をひざまずかせることができたら！　さすがサマセット家の女性だ、やはり歴史は繰り返されるのだと社交界は噂するだろう。

「ミス・サマセット、ひとつ忠告するが――」

「昼食に遅れてしまうわ」デリアは冷ややかに言った。忠告など聞きたくない。聞けば従わなければならないと思うだろうし、どのみちもう手遅れだ。「喉が渇いたの。失礼するわ」

デリアはスカートをたくしあげて向きを変え、背筋を伸ばしまっすぐ前を向いてその場から去った。一度も後ろを振り返らなかったが、屋敷に入るまで彼がずっと自分を見ているのがわかった。

10

「きみがそんな嘘つきとは知らなかったぞ、カーライル」

アーチボルドがゆっくりと葉巻たばこを吸い、天井に向かって煙の輪を吐いた。「きみは実に不愉快な男だ」にこやかに続ける。「短気で、傲慢で、ビリヤードに強い。だが、嘘つきと思ったことはなかった」

アレックは友人のたばこの先端が薄暗い書斎のなかで赤く光るのを見つめた。人生で一番長く感じた夕食のあと、アーチボルドと一緒にここへ退避したのだった。

そして、ため息をついた。友人と争っても意味はない。「ぼくがどんな嘘をついたというんだ、アーチー？」

アーチボルドは椅子から身を乗り出した。「もちろんミス・デリア・サマセットのことだ。美人ではないと言っただろう。口は達者だが、醜いと」

アレックはあきれたように上を向いた。「ぼくはよくわからなかったと——」

「口が達者で醜い」アーチボルドは繰り返した。「恐ろしい組み合わせ、と言った」

「そっちが言ったんだろう」内心うんざりしながらも、アレックはかすかにほほえんだ。「アーチー、きみは彼女が口達者だと思わなかったのか?」

アーチボルドは椅子の背にもたれ、考えながらふたたび煙を吐いた。「そんなふうには思わなかった。むしろ可憐《かれん》だ。実に魅力がある。それに、決して醜くはない」

たしかに彼女には魅力がある。男を破滅に導く、心をかき乱すような種類の魅力が。

「ああ、醜くはない」それだけははっきり言える。

「妹もだ」アーチボルドがにやりと笑った。「姉妹そろって美人だ」

「〝青い炎の瞳〟か」つぶやいたアレックは、言い終わらないうちに自分を滑稽に思った。

アーチボルドがうなずいた。「そうだ。きみにしてみれば厄介だな。違うか?」

「まったくだ」可憐だろうと口達者だろうと、恐ろしかろうと魅力的だろうと、そんなことは二の次だ。何よりの問題は、デリア・サマセットが厄介な存在であることだ。

「夕食のあいだ、ロビンは彼女から目を離さなかった」アーチボルドが言った。「シェファードソンも同じだ。あいつは妹にも見惚《みほ》れていたが」

アレックは口元をこわばらせた。今夜の夕食会が内輪だけの堅苦しくないものであったことをシェファードソンは幸運に思うべきだ。さもなければ、彼は無傷ではすまされなかった。あのろくでもない男が獣じみた下品な目でデリアを見ていたのが、アレックにはなんとも腹立たしかった。もちろん、彼女に限らず自分の庇護下にある若い女性には同じように気を配るが。

それは言うまでもなく当然のことだ。

明日は食事の席次を変えるよう母と話し合わなければ。何かを企んでいるにせよ、デリアがシェファードソンのような飲んだくれの間抜け男に向かいの席から下品な目で見られていいわけがない。

「きみも彼女のほうをかなり見ていたぞ、カーライル」アーチボルドが言った。何気ないふうを装っている口調だ。

それ以上じっとしていられず、アレックは乱暴に席を立って暖炉に近づいた。ああ、体じゅうの筋肉がこわばっている。午後にバラ園を歩いてから、首吊《くびつ》り縄をかけられたように全身が緊張していた。それにしても、アーチボルドはいつからこんなに察しがよくなったのか。

アーチボルドはアレックの急な動きに驚いた。「別に責めているわけじゃない」弁解するように両手をあげた。「誰だって見るさ」

「彼女は特に注意して見る必要があるんだ、アーチー」その声は、アレック自身にも感情的に聞こえた。「あの女性をロビンに近づかせないためには、そうするしかない」

そう、見なければならないから見るのだ。見たいと思ってはならない。

それなのに、見たくなる。

「きみはよくやっているよ」アーチボルドが控えめに言った。

アレックは片腕を炉棚についた。「ミス・サマセットは何か企んでいる」

「企む？」アーチボルドは指に挟んだたばこを吸おうとしたのも忘れてアレックを見た。「どういう意味だ？」

アレックは肩をすくめた。「よくわからない。ぼくに気があるふりをした」

少なくともデリアはそう思わせようとした。気分が落ち込んでいるにもかかわらず、アレックはついほほえんだ。彼女は男の気を引くのが恐ろしく下手だった。こういうことには少なからず演技力が必要とされる。今日の午後、彼女はものの五分で馬脚を現し、真実を吐露した。

あくまでもデリアなりの真実だが。

「しかしきみは、気分を害しているようには見えないな」アーチボルドが言った。

「むしろうれしそうだ」

アレックの笑みが消えた。「まったく理解できない。彼女がなぜぼくの気を引こうとする？　なんの意味があるんだ？」

「きみを魅力的だと思ったんじゃないのか」

「違う」それだけはたしかだ。

「ああ、違うかもしれない」アーチボルドはたばこを見つめながら顔をしかめた。「より大きな魚を狙っているんじゃないか、カーライル？」

暖炉の火を見つめていたアレックはすばやく友人を振り返った。「どういう意味だ？」

「せっかく伯爵を狙えるチャンスがあるのに弟で手を打つことはあるまい？」

アレックは凍りついた。「なぜぼくを狙えるチャンスがあるなんて思うんだ？」

事実、自分はデリアから目を離せないでいる。

アーチボルドは物わかりの悪い子供を見るような目でアレックを見た。「よく考えてみろ、カーライル」たばこの灰を指で落としながら言う。「あの瞳。あの髪。肌。体つき。あの体ひとつとっても……」

アレックはもはや聞いていなかった。

あの唇。彼は目を閉じた。ああ、あの唇。

「どうした、カーライル？　どこか痛むのか？　苦しそうだぞ」

ああ、苦しいとも。「大丈夫だ」

「彼女がきみを釣りあげようとしていると思い当たったか？」

「ああ。可能性は捨てきれない」

もっともな理屈だ。だが、それがデリアの目的なら、このゲームは始まる前からすでに勝負がついている。そもそも彼女は何かを企む柄ではない。それだけで不利だ。なぜなら、自分は生まれながらの勝負師だから。

そして、どんな戦いにも勝つ。

デリアは興味深くそそられる女性だが、しょせんそれだけのこと。厄介だろうとなんだろうと、簡単に勝てるゲームなどつまらないではないか？　チェスにしても難しい勝負のほうが面白い。相手が生身のクイーンならなおさら楽しめるというものだ。いや、あの娘はクイーンではなく歩兵《ポーン》か？　そうだ、あれはかわいいポーンだ。アレックは目を閉じ、自分の指先に触れる象牙のポーンを想像した。ただしこの象牙は人肌のようにあたたかく、やわらかく透きとおっている。

もちろんデリアの体を奪うことはできない。物事には限度がある。しかし幸い、罪のないキスと乙女のスカートをめくりあげることのあいだには、いろいろとできることがある。

アレックはそのあいだを楽しむのが得意だった。これまでも大いに楽しんできた。自分のような男に——欲望を追求するためなら残酷にもなれて、富や社会的地位を存分に利用できる男に勝負を挑むとどうなるか、デリアに思い知らせてやろう。ただし、処女のままサリーに送り返す。

かろうじて処女のまま。

デリアは、伯爵が自分の処女を奪えなかったのではなく、意図的に奪わなかったのだと知ることになる。彼女は恥じ入り、次からは身の程をわきまえるだろう。

「ミス・サマセットはロビンを嫉妬させようとしているのかもしれないな」アーチボルドが思いがけないことを言った。「もしくはきみで練習し、ロビンとふたりきりのときに試そうとしているか」

アレックの胸に冷たい怒りが込みあげた。「彼女がロビンとふたりきりになることなどないさ。絶対に。ロビンは自分を抑えることができないからな」

今日の午後、自分もバラ園で危うく理性を失いかけたことは言わなかった。デリアがあと一度でもため息をつくか、はにかんだ笑顔を見せるかしたら、きっと彼女に触れていただろう。触れたらキスもしただろう。そして、一度キスをすればもう止められなくなっただろう。

「なあ、アレック」アーチボルドが何かを言おうとし、なんと続けていいかわからなくなったように黙った。

アレックは注意を引かれた。アーチボルドが彼をファーストネームで呼ぶことはめったにない。

「きみの父上が、きみについて同じことを言っていたぞ。覚えているかどうか知らないが、きみはひどく怒っていた」

アレックは身を固くした。「どういう意味だ、アーチー？」殺気を帯びた静かな声で尋ねる。

アーチボルドがまっすぐ目を見つめた。「ロビンのことはかまうな。そういう意味だよ」

アレックはしばらく黙っていたものの、やがてゆっくりと首を振った。「そうはいかない、アーチー。ぼくはあいつに責任がある。ほかの全員についてもだ」

アーチボルドは何か言いたげにまばたきもせず見つめていたが、やがて同情するような顔で、黙ってうなずいた。

張りつめた空気のなか、アーチボルドはたばこの残りを吸い、アレックは暖炉の炎を見つめた。やがてアーチボルドが言った。「ロビンはどこだ?」

アレックは扉を顎で示した。「シェファードソンとビリヤードをしている」

「女性たちは、今夜はもう部屋に引っ込んだだろうか?」

「妹たちとリリー・サマセットは庭を散歩している。デリア・サマセットは夕食のあと間もなく部屋に戻った」でなければ自分はここにいない。紐をつけられた幼児のように彼女のあとをついていっただろう。想像すると楽しくない。

アレックは向きを変え、フォーマルガーデンを望む背の高いガラス扉の前に立った。冷たくじめじめした冬が去り、春が来ていた。四月の夜にしてはあたたかく、月は満月に近い。それが青白く幻想的な光をバラ園に投げかけていた。

なんとロマンティックなのだろう。デリアが誘惑を仕掛けるのに絶好の夜だ。自分に手ほどきしてもらった今は特に。あの青く輝く瞳とみずみずしいバラ色の唇を前にして、ロビンはなすすべもないだろう。アレックはこぶしを握りしめた。彼女の誘いかけるようなまなざし、ほほえみ、焦らすような触れ方……。

見るともなく庭を見ていたアレックの目に、何か濃いブルーのものが動くのが映った。バラ園にブルー? 自分の思い違いでなければこの世に青いバラはない。

しかし、デリア・サマセットは夕食時に青紫色のドレスを着ていた。

アーチボルドに挨拶もせず、アレックはガラス扉を開けてテラスに出た。建物からもれる弱い光を頼りに、先ほど自分が見たと思った青いシルクのドレスを探して庭をさまよう。

彼女は庭の中央近くで背中を向けて立っていた。バラが絡む背の高い東屋に半ば姿を隠すように。深いブルーのドレスがそよ風に吹かれていた。青白い月の光が肩と首のなめらかな白い肌を照らし出している。

「今夜はもう部屋に戻ったと思っていたよ、ミス・サマセット」

ほっそりした後ろ姿がこわばり、背中にかすかな震えが走った。彼女が振り返った。

「ここにスケッチブックを忘れたの。午後にあなたと散歩したときに……」声が途切れた。「……それを取りに来たのよ」身を守るように胸の前でスケッチブックを抱えた。

「どのバラが好きか、まだ教えてもらっていなかったね」そう言ったアレックの声には、静けさと荒々しさが同居していた。

彼女はふたたびバラのほうを向いた。「それより、あなたの好きなバラを当ててみせましょうか？」

アレックは深く息を吸い、呼吸を止めた。デリア・サマセットはいつも彼が予想したのとは違うことを言う。ふたりで話していると、自分はいつも息を詰めて彼女の次の言葉を待つことになる。何を言われるか期待しながら。

ふいにお互いの距離がもどかしくなり、アレックはデリアに近づいた。自分の上着の縁が彼女のドレスに触れるほど近くに。彼は目を閉じ、ふたりを包んでいるバラの芳香よりもさらに魅力的な彼女の繊細な髪の香りを深く吸った。これはジャスミンだろうか？　かすかにハチミツの香りもする。

「そうしてくれ」何を頼んでいるのかよくわからないまま、アレックは彼女の耳元でささやいた。

デリア・サマセットが動きを止めた。一瞬アレックは、彼女が自分たちの体の近さを感じているような気がした。やがて彼女は庭の中央に向かって歩きだし、真っ赤に咲き誇る背の高いバラの前で立ち止まった。「これよ」彼女はアレックに向き直った。「この見事な赤。ほかにない色だわ」真紅の花びらを指で撫でる。

アレックは瞬時に理解した。濃厚な香りを放つこの鮮やかな赤いバラは、このバラ園の主役だ。ほかのバラは引き立て役にすぎない。フォーマルガーデンのすべての通路は、中心に位置するこの豪華な株に向かっていた。

しかしアレックは、その派手な赤いバラに見向きもしなかった。ただデリアだけを見つめ、やがて手を伸ばして華奢な手首をつかまえた。そしてバラ園のさらに奥へ向かった。東屋を通り過ぎ、月の光も届かない場所へ。

「ここだ」アレックはデリアの手首を強く握り、自分の隣に引き寄せた。「これがぼくの好きな花だ」

そのバラはまだ開ききっていなかった。一番外側の、ベルベットのようなクリーム色の花びらの中心部分から、濃い金色の花柱がはにかむようにのぞいている。

「とても繊細だろう」アレックはささやいた。「クリームの壺に浮かぶハチミツのように」

彼は手を伸ばし、乳白色の花びらに触れた。手を引っ込めたとき、指先に花の露がついた。アレックは握っていた彼女の手を裏返し、濡れた指先で彼女のてのひらをなぞった。

デリア・サマセットが小さく息をのんだ。そのとき、鋭い欲望がアレックの身を貫いた。危うく地面に膝をつくかと思うほど強烈な一撃だった。ここでデリアのやわらかなてのひらに舌を這わせたら、彼女はどうするだろう？　大声をあげるだろうか？彼女はどんな味がする？

ハチミツとクリーム。

アレックはデリアの顔を見つめた。唇をわずかに開き、浅く速い呼吸をしている。アレック自身も呼吸が乱れていた。

しかし彼女の瞳は……大きく見開かれ欲望に潤んでいるものの、青白い顔のなかで不安な色をたたえている。アレックのなかにたちまち理性が戻った。彼は改めて冷静に彼女を見つめた。

月明かりのなかで彼を見あげているデリア・サマセットは幼く見えた。実際に彼女は若く、両親を亡くしたばかりだ。自ら危険なゲームを仕掛けてきたものの、まだ汚れを知らない存在だ。アレックは顎をこわばらせた。身の内に渦巻く欲望が恥ずかしさに洗い流されていく。

〝彼女は勇敢だったわ〟

母の言葉が耳にこだました。あのときは鼻で笑った。母はミリセント・チェイスのことを言っていたのだが、目の前で震えているこの若い娘にも同じことが言えるだろう。サリーからやってきた世間知らずの小娘が、伯爵を挑発するほどの勇気をどこで得たのだろう。彼女には親もなく、富もなく、社会的地位もない。この屋敷の客として扱ってもらうのがせいぜいで、守ってくれる人もいない。それなのに彼女はアレックにゲームを仕掛けている。度胸を競い合い、自分が勝つつもりでいる。

ほとんどお笑い草なのだが、アレックはおかしいとは思えなかった。むしろ、すっかり魅了され、痛いほど欲望をかき立てられている。デリアから目が離せなかった。しかしそれだけではない。アレックは腹の底でわかっていた。今ここで彼女にキスをするということは、チェス盤のキングを動かしてクイーンを取ることに等しい。まだゲームを終了させる気にはなれなかった。たとえ自分が勝てるとしても。

だから、アレックは彼女の手を放し、魅力的に開いたバラ色の唇としなやかな曲線を描く体から離れた。「遅くなってしまったね、ミス・サマセット」脇にどき、頭で屋敷を指した。「もう部屋に戻りなさい」

彼女は驚きを隠せない様子でしばらく迷っていたが、やがて無言でアレックの前を通り過ぎた。その腰に両腕をまわして引き戻したいのを、アレックは懸命にこらえた。

「デリア」

手を伸ばしても届かない距離まで相手が離れると、彼は低く呼びかけた。

彼女はその場に凍りついた。アレックの次の言葉を待っている。

「いい夢を見るんだよ」

11

デリアはたしかに夢を見た。クリーム色のバラと、こちらを見透かすような黒い瞳の夢を。てのひらに軽く触れる、濡れた長い指。声。ささやき。〝バラは嫌いかい？〟……〝自分の求めたものは必ず手に入れる〟……〝デリア、いい夢を見るんだよ〟

それは甘い拷問のような夢だった。

「お姉様？」

デリアは片目を半分開いた。

「お姉様！　どうしてこんな大切なことをわたしに隠すの？」

耳元で声がして、肩を揺さぶられた。デリアは開きかけた片目を完全に開き、うなった。リリーがベッド脇に立ち、傷ついた様子で姉を見おろしている。

「これまでわたしに隠しごとなんかしたことなかったのに」リリーが腰に両手を当て

て言った。

「いったいなんの――」デリアは身を丸めた。もう片方の目も無理やり開き、仰向けに転がる。「隠しごとって……」

というより、どの隠しごとだろう？

リリーがあきれた目をした。「ロビン・サザーランドに求愛されていることよ！」

デリアは口をぽかんと開けて妹を見つめた。「ロビン？」

これで完全に目が覚めた。

リリーがもどかしげにため息を吐いた。「まあ、正式にはまだかもしれないけど、日に日にお姉様に思いを募らせているわ。彼が今朝何を贈ってきたか見てごらんなさいよ」したり顔で扉近くのテーブルを指す。

デリアはベッドの上で跳ね起きた。小さなテーブルいっぱいにクリーム色のバラの花束が置かれている。窓から差し込む遅い朝の光を受け、花びらの内側で繊細な金色の花柱が輝いていた。

「わ、わたし――」デリアは口ごもった。まだ夢を見ているの？

「メッセージカードを読んでみましょう」リリーが注意深く花束を探った。

これは夢ではない。悪夢だ。デリアは目を閉じて祈った。

神様、お願いです。カードが見つかりませんように……。

「ないわ」リリーががっかりしたように言った。

よかった。デリアは天を仰いだ。神様、わたしはこの先ハウスパーティーが終わるまでずっとおとなしくしていることを誓います。

「すごいわ、お姉様。まだここへ来たばかりなのに、もうロビンから花束をもらうなんて！」リリーは満面の笑みを見せた。「なんてロマンティックなの」

ああ、なんということだろう。上掛けを頭からかぶりたいのをこらえる。「リリー、ロビンはわたしに求愛なんかしていないわ。おかしなことを考えるのはやめて！　彼はただ、わたしがバラを熱心に見ていたので気をきかせてくれたのよ」

〝彼〟が本当は誰なのか、ここではっきりさせる必要はない。

「本当にすてきな心づかいだわ」リリーがうっとりと言った。

「リリー」デリアは釘を刺すように言った。「このことは誰にも言わないで。特にエレノアとシャーロットには絶対に内緒よ。約束して」

「わかったわ、約束します。さあ、早く着替えて。もう朝食の時間は過ぎてしまったわ。急がないと、昼食まで食べそびれるわよ。こんなに朝寝するなんて珍しいのね。体調はいいの？」

まったくよくないわ。「ええ、大丈夫よ。あなたもゆうべは充分休めたようね」リリーの血色のいい頬と澄んだ瞳に気づき、デリアはつけ足した。「きっとあなたの体にはケントが合っているのよ」

リリーは糊《のり》のきいたスカートを両手で払って整えた。「ええ。調子がいいし、今はとてもおなかが空いているの。だからお姉様の着替えを待ってあげないわ。朝食室で会いましょう」リリーはいそいそと続き部屋の扉に向かった。自分の部屋に引っ込む前に、彼女は言った。「もうわたしの心配はしなくても大丈夫よ、お姉様」

心配しない。それができたらどんなに楽か。

デリアはあたたかな毛布から出て床に足をおろした。裸足《はだし》の指先がスケッチブックの角に当たり、はっとする。昨夜、気持ちが高ぶって床に放り出したのだった。今はそのままベッドの下に蹴り飛ばしたい気分だ。自分が無事にサリーへ戻ったあと、メイドが見つけてカーライル伯爵に見せればいい。

まったくいまいましい。デリアはスケッチブックをひったくり、問題のページを破り取って、それをじっと見つめた。このスケッチブックを目にするのが怖くて、できれば部屋にいたくなかった。昨日の午後にカーライル伯爵とバラ園で会ったあとは特に。それで夕食後に部屋を出たのだが、そのせいで今度は夢と現実の両方でカーライル伯爵に悩まされることになってしまった。

もし彼が本気でデリアを誘惑するつもりだったなら、昨夜その機会はいくらでもあった。デリアは目を閉じ、てのひらに残された燃えるような彼の指の感触を思い出した。あのとき彼女の頬はかっと熱くなった。しかし彼は、デリアを部屋に戻らせた。抱きしめることもキスすることもなく。

もちろんそうするのが正しい。自分は少しもがっかりしていない。でも、月明かりに照らされたバラ園で遊び人が若い娘とふたりきりになったときにキスをしないのなら、そもそも最初からそのつもりがないということなのだろう。こういうことには法則があるはずだ。何かの本に書いてあるかもしれない。ないなら書かれるべきだ。影響を受けやすい若い乙女のために著名な貴婦人が贈る『色男への対処法』といった書名で。

もちろん、自分がカーライル伯爵の魅力に影響されやすい乙女と言いたいわけではない。けれど、彼はどういうゲームを仕掛けたのだろう？　ただ自分をからかって面白がっただけとは思えない。田舎娘を誘惑するという残酷な計画をあきらめたようにも見えなかった。ただ、ひとつはっきりしていることがある。指でてのひらを撫でられたこと、それからバラの花束のプレゼントは、悪質な誘惑ではないということだ。

デリアは問題のスケッチを細かく破いてしまおうとしたが、すんでのところで思い直し、枕の下に隠した。それから顔を洗い、淡いピンク色の昼用のドレスに着替えた。まわりに溶け込むような目立たない色だ。カーライル伯爵がチェスの次の駒を動かすまで様子を見るのにちょうどいい。

デリアは階段をおり、朝食室に足を踏み入れた。テラスに続くガラス扉が開け放たれ、昼の日差しとさわやかな風が室内に入ってきていて、気分がいい。デリアはテラスに出て太陽を仰ぎ、リリーに起こされてから初めて体の緊張を抜いた。

「おはよう、ミス・サマセット」

とたんに体が凍りついた。カーライル伯爵がテラスに置かれたテーブルに座っていた。長い指でカップを持ち、脚を前に伸ばして足首あたりで交差させている。いかにもくつろいだ様子だが、ためらいながらテーブルに近づくデリアを黒い瞳でじっと見つめ続けた。

彼はひとりだった。なお悪いことに、今日は一段と魅力的だ。仕立てのいい深いグリーンの美しい上着が広い肩幅を際立たせ、淡黄色のブリーチズがたくましい太ももをぴったりと包んでいる。髪は風呂から出たばかりのように濡れていた。彼がしなやかな体をあたたかい湯を張った浴槽に横たえている姿が思い浮かび、デリアは頭を振った。

いやだわ！　彼はなぜこれほどハンサムなの？　それに、リリーはどこに行ったのだろうか？

「教えてくれ」カーライル伯爵が今日は機嫌よさそうに言った。「ゆうべはいい夢を見られたかい？　ぼくは見たよ」

「見なかっ――」デリアは咳払いをした。「夢は見なかったわ」少しきつい言い方になってしまった。

「おや。それは残念」彼は魅力的な笑みを浮かべた。「ぼくはとても鮮やかな夢を見た。おかげで目が覚めたとき、無性にハチミツが食べたくなった」

思わせぶりな言葉に、デリアはぎょっとして伯爵を見た。彼は昨夜何もせずにデリアを解放したが、今日はしっかり誘惑を仕掛けるつもりらしい。「ハチミツ？」彼女はカーライル伯爵の席からいくつか隔てた場所に座った。これだけ離れていれば少しは気が楽だ。

しかし彼はデリアの正面の席に移ってきた。「ああ。舌触りのなめらかな甘いものを食べる夢を見たんだ」椅子にもたれ、デリアが赤くなるのをさも愉快そうに見た。

伯爵が〝舌〟という言葉を口にするのをできれば聞きたくなかった。「なぜわざわざそれをわたしに言うのかしら」デリアは機転をきかせた。「わたしより料理人に言ったほうがいいんじゃない？」

彼が笑った。「そうしよう」しばらく見つめられたデリアはいたたまれなくなって目をそらした。「今朝贈ったバラは温室のものだよ。満開の花を見たいかと思ってね。気に入ったかい？」

ええ。でも、あれがあなたの好きなバラだからじゃないわ。

「女性のほとんどはバラが好きでしょう？」困ったことに、かすれたささやき声になってしまった。

「きみはほとんどの女性とは違うということでぼくたちの意見は一致したはずだ」伯爵は不思議そうに眉をひそめ、謎の答えを探すようにデリアの顔をつくづくと見た。

「きみにはまったく驚かされる。花の真ん中に浮かぶ蜜のようだ」

動悸が激しくなるのを感じたものの、デリアは返事をせずにすんだ。ちょうどロビンがテラスにひょっこり現れたからだ。

「おはよう」ロビンは兄から離れた席に腰をおろしながら言った。「兄さん、今朝はやけにきざな格好だな。まあ、いつもとそう変わりないか」

「こんにちは、ロビン。午後のお茶の時間より早くおまえに会えると、いつもながらた。「デリア、今日のきみはなんてすてきなんだ」大きな笑みを浮かべ、彼女の手を取って唇を近づけた。

「こんにちは、ロビン」笑顔を返そうとしたデリアは、カーライル伯爵の殺気だった表情を見てとまどった。伯爵は全身をこわばらせ、長い指で磁器のカップを握りしめている。器が割れないか心配になるほどの力を込めて。

いったいどうしたというのかしら?

ところが、リリーとシャーロットがロビンを追ってテラスに出てきたとたん、カーライル伯爵は表情を消した。まるで窓に鎧戸《よろいど》をおろしたように。

「どこにいたの、リリー?」デリアは隣の席に座った妹に厳しい調子で言った。

リリーは驚いた顔をした。「シャーロットを呼びに行っていたのよ。彼女が帽子を気に入らなくて、取り替えに戻っていたの。そのとき、わたしも帽子を忘れたことに気づいて……」言いながら肩をすくめる。

「ミス・サマセット、ベルウッドの屋敷内まで妹さんにつき添ってもらうことはない」カーライル伯爵がゆったりと言った。「いつでも思う存分ひとりで探索するといい。邸内だけでなく、庭も」

伯爵は赤くなったデリアの顔から皿の横に置かれた彼女の手に視線を落とした。熱いまなざしを受け、デリアはてのひらに触れられたような気がした。とっさに相手の顔を見る。彼の黒い瞳には秘められた熱が感じられ、デリアは息が止まりそうになった。伯爵は昨夜、彼女のてのひらに触れたときのことを思い出しているに違いない。

「特に庭をね」彼は小さな声で言い添えた。

デリアは欲望を秘めたカーライル伯爵の目をただ見つめ返した。彼が指の力を抜いた。ほんの一瞬、デリアは彼に触れられたような感覚に襲われた。

しかしエレノアが現れ、リリーの隣に腰をおろしたとたんに魔法が解けた。「今日もいい天気ね」空を見あげてため息をついた。「いやだわ。天気がいいと何かしなくちゃいけないような気になるのよ。でも今日は何もする気が起きないわ」

「一日テラスに座り、やってくるお客様を笑いものにするのはどう？」シャーロットが提案した。「ほとんど体力を使わなくてすむし、楽しいわよ」

「賛成」ロビンが椅子に深々と身を沈めた。「今日はくたくただ」髪を注意深くかきあげる。「ああ、頭痛がひどいや。髪に触るのも痛いくらいだ。ゆうべはどこにいたんだい、デリア？　夕食のあと探したのにどこかへ消えてしまったね」

カーライル伯爵がデリアに向かって眉をあげた。どんな夜を過ごしたかロビンに教えてやれと言わんばかりに。「ミス・サマセットは、ゆうべはバラを見ていたと思うが」

デリアは伯爵をにらみつけ、ロビンに視線を移した。「昨日は早めに休もうと思ったの」

「しかしそれほど早くはなかった」カーライル伯爵がさえぎった。「違うかい、ミス・サマセット?」

「そうよ」はねつけるように言ってしまってから、デリアはリリーが驚いた顔でこちらを見たので後悔した。今度はデリアが小さくなる番だった。自分のコーヒーカップをひたすら見つめ、カーライル伯爵の皮肉に気づかないふりをする。

「それなら今朝ぼくの気分が優れないのはきみのせいだよ、デリア」何も知らないロビンが言った。「ぼくはしかたなくシェファードソンと過ごしたんだ。あいつはとんでもないばか騒ぎをした。きみがいてくれたら――」そこでウインクをした。「ぼくももう少しおとなしくできたのに」

エレノアが鼻を鳴らした。「どうかしら」

「エレノアの言うとおりだ、ロビン」カーライル伯爵が頭を振りながら言った。「ミス・サマセットがいたら、男は余計に調子に乗ってしまうと思うね」

伯爵がデリアに向かって大きくほほえんだ。デリアは眉をあげてみせたものの、最初に浮かんだ言葉をぶつけることはなかった——昨夜はわたしといても調子に乗らなかったじゃないの、と。

もちろん、それでよかったのだ。自分は少しもがっかりしていない。

ただ、今朝の伯爵はどうやら調子に乗っているようだ。デリアは顔をしかめ、ふいに例のスケッチブックのページを破り捨てなくてよかったと思った。彼がデリアをからかう対象に選んだことには何か理由があるに違いない。あのスケッチは、彼が信用ならない相手であることを忘れないようにするのに役立つ。たとえうんざりするくらいハンサムでも。

「デリア、ゆうべはわたしたちと一緒にいればよかったのに」シャーロットがリリーとエレノアを示した。「お母様がハウスパーティーのために敷地の一角を改装したの。林の奥にすてきな小さな離れ家を作ったのよ。きっとお母様が、若い女性がしつこくつきまとう紳士から隠れられるようにと考えてくださったのね」ロビンをじろりと見ながら言った。

「なぜぼくを見る？」ロビンが抵抗した。「デリアが部屋に戻ってから、ぼくはずっとシェファードソンとビリヤードをしていたんだぞ」

「そしてしたたかに酒に酔い、誰かにしつこくつきまとえるような状態ではなくなったわけだ」カーライル伯爵が言った。

「実を言うと、わたしたちが避けていたのはアーチーなの」シャーロットが言った。

「夜遅くに現れて、ずっとリリーのあとをついてまわり、熱心にお世辞を並べていたものだから」

「そうなの？」デリアはリリーに鋭い目を向けた。

リリーは紅茶をかき混ぜた。「ええ、でも心配はいらないわ、お姉様。エレノアとシャーロットがいい隠れ場所を見つけてくれたから」

しかしデリアは心配だった。伯爵とたわむれるのに気を取られ、ついリリーをほったらかしにしていた。

エレノアがデリアの気持ちに気づいたらしい。「とてもいい隠れ家なのよ。まわりに何もない場所で、女性しか入れないの。今夜一緒に行きましょうよ、デリア」

「もちろん行くわ」

ロビンが聞きとがめた。「林の奥にある女性しか入れない隠れ家だって？　エレノア、シャーロット……」懇願するような声になる。

エレノアが首を横に振った。「だめよ、ロビンお兄様。あなたはシェファードソン卿と同じくらい質が悪いし、あの人はお兄様のあとをどこまでもついてくるもの。入るのを許したらすべてぶち壊しになるわ」

「おとなしくすると約束するよ、エレノア」ロビンが食いさがった。「そこにいることすら気づかれないくらいに。シェファードソンは追い払う。今夜だけでなく、ハウスパーティーが終わるまでずっとだ」

「まあいいわ。入れてあげる。でも、少しでもお行儀悪くしたら追い出すわよ」

「その決まりは全員が守るのか？」カーライル伯爵が尋ねた。「女性が行儀悪くしても追い出されるのか？　たとえば、ミス・サマセットがぼくの気を引こうとしたら？　彼女も追い出されるのかい？」

エレノアが長兄に目を向けた。「最低なことを言うのね、アレックお兄様。そういえば夕食のあとはまったく姿を見なかったわ。いったいどんな悪いことをしていたのやら。今夜もまた雲隠れするつもり？」

「いや。今夜はおまえたちとそこへ同行することになりそうだよ、エレノア。ミス・リリーをアーチーから守り、ミス・デリアをロビンから守るために。もしくは、ロビンをミス・デリアから守るか」伯爵は意地悪な黒い目でデリアを見つめた。

「あなただって聖人からほど遠いわ、お兄様」シャーロットがぴしゃりと言った。

まったくそのとおりよ！　デリアは伯爵ににやりとほほえんだ。

伯爵も笑い返した。しかもうれしそうに。「おや、少なくともロビンと同程度にはおとなしくするつもりさ」彼は椅子にもたれて脚を伸ばした。ブーツの先がデリアのスカートに触れる。

彼女はすばやく脚をどけ、伯爵をにらみつけた。

「大丈夫さ、シャーロット」ロビンが言った。「兄さんはずっと聖人らしくふるまうはずだよ。ハウスパーティーが終わるまでに婚約したいだろうからね。どうしてわざわざ結婚なんていう足かせをはめられたいのか、ぼくにはさっぱりわからないが――」

そのとき朝食室で声がした。レディ・カーライルの低い穏やかな話し声だ。それからデリアの知らない別の誰かの甲高い神経質そうな声が続く。「それはもうひどい土埃《つちぼこり》で！　耐えられないほどでしたわ。母は気分が悪くなったので部屋で休んでおります」

レディ・カーライルがいくぶん疲れた顔でテラスに出てきた。「あら、みんなここにいたのね」四人の子供たちを見て、安堵の表情を浮かべる。

夫人の後ろから黒髪の若い女性がしゃべりながら現れた。グリーンのドレスの裾を上品にたくしあげている。ドレスの裾とウエスト部分には同色の太いシルクのリボンが縫いつけられていた。

そう。今日はカーライル伯爵の花嫁候補がやってくる日だった。彼女はまさに完璧な装いで到着した。デリアはその魅力的なドレスに目をやり、次に自分の地味なピンクのドレスを見おろしてため息をついた。レディ・リゼットは、絵のなかから抜け出してきたかのように美しかった。

レディ・リゼットが登場すると、カーライル伯爵とロビンが席を立った。ロビンはお辞儀をしてすぐ席についたが、伯爵は彼女の手を取ってほほえみかけ、何かデリアに聞こえない言葉をささやいた。

レディ・リゼットが今年社交界にデビューした令嬢たちのなかで一番の美女であることは間違いなかった。すっと伸びた首の後ろで大きく結ったまっすぐな漆黒の髪。クリームのようになめらかな肌。濃いまつげに縁取られて輝く、とろけるような濃い茶色の瞳。ほっそりとした華奢な体にドレスが申し分なく似合っている。彼女はカーライル伯爵に魅力的な微笑を投げかけた。伯爵は、今にも相手が失神してなよなよと倒れてしまうかのように寄り添い続けている。

デリアは天を仰ぎたいのを我慢した。お上品でか弱い女性たちは、男性の保護本能を引き出すようだ。カーライル伯爵のばかばかしいふるまいを見る限り、彼もまた例外ではないらしい。

結局カーライル伯爵もこれみよがしに派手で豪華な赤いバラがお好みなのね。

今や伯爵の関心は完全にレディ・リゼットに移っていた。デリアがそこにいることすら忘れてしまったようだ。いや、自分は別にがっかりなどしていない。ほんの少しも。ただ、彼がこれほど簡単に女性たちのあいだを行き来できることが衝撃だった。まるでひとつのバラから次のバラへ移るように。今日の彼は、まさに典型的な貴族の男性だった。二日前は道端で村娘と逢い引きする不良だったのに。

昨夜の彼は、一瞬だが本物の紳士だった。明日はどんな人になるのか。気晴らしのために無垢な娘を誘惑し、辱めてサリーに送り返す人でなしだろうか。

カーライル伯爵がレディ・リゼットを自慢すべき褒美のように一同の前に引き出した。「レディ・リゼット。弟のロビンと妹のエレノア、シャーロットは知っているね。こちらはミス・デリア・サマセットとその妹のミス・リリー・サマセットだ。こちらはレディ・リゼット・セシル」

デリアとリリーは礼儀正しく頭をさげた。一方、レディ・リゼットは大きな茶色の瞳を細めた。デリアとリリーを細かく値踏みしている。「ああ、レディ・カーライルが話してくださった女性たちね」やがて彼女はそっけない調子で言った。「遠くの田舎からいらしたとか」

最後のひと言に憐れむような響きがあった。まるで〝遠くの田舎〟がダンテの『神曲』に出てくる地獄界の第七圏と同等だとでも思っているかのような。デリアは紅茶を静かに飲んでいる妹をちらりと見た。リリーは小さく肩をすくめて軽くほほえんだ。〝彼女がどう思おうと関係ないでしょう?〟と言わんばかりに。

エレノアがふたりの目配せに気づき、椅子から身を起こした。「そう、デリアとリリーはこのハウスパーティーに参加するためにわざわざサリーから出てきてくれたの。わたしたちのとても大切な友人なのよ」

その言葉は警告とも取れた。レディ・リゼットもそう受け止めたのだろう。彼女の目が石のように冷ややかになった。「そう、おふたりに来てもらえてよかったわね、エレノア。ハウスパーティーにご招待するなんて親切だこと。あちらでは社交の機会など多くないのでしょうね、ミス・サマセット」

最後の言葉はデリアに向けられていた。しかし返事をする前にシャーロットが口を開いた。「レディ・リゼット、実はエレノアお姉様とわたしはサリーから戻ったばかりなの。あちらに行ったらあなたも驚くと思うわ。本当に楽しいところよ」

このあからさまな嘘に噴き出しそうになったリリーがナプキンで口元を隠したが、レディ・リゼットは気づかなかった。彼女はまだデリアを見つめていた。「ええ、きっと驚くでしょうね」どうでもいいことのように言い、それからカーライル伯爵のほうを向いて小さく頭を振った。「アレック」甘えた声で呼びかけ、彼の腕に手をかける。「ずっと馬車に揺られてきたから、少し体を動かしたいわ。西の芝地にアーチェリーの練習場がなかった？　来るときに見えたような気がしたけれど」

伯爵が優しくほほえんだ。「アーチェリーでもクリケットでもボウリングでもなんでもできるよ。お客さんがこの先何週間も楽しめるよう、母が念入りに準備したのがわかってもらえると思う」

まるで自分のためだけに数々の楽しみが用意されているかのように、レディ・リゼットが首をかしげた。「すてき！　連れていってくださる？」明らかにアレックとふたりだけでテラスを出ていく気で、彼女は一同にくるりと背を向けた。

カーライル伯爵がテーブル席を振り返った。「昼食前にアーチェリーをしたい人はいるかい？」

デリアはレディ・リゼットが弓を引く姿など絶対に見たくなかった。しかし、面倒くさがり屋だったはずのエレノアがすばやく立ちあがった。「ちょうどいいわ。みんな、行きましょう！　レディ・リゼットを待たせちゃ悪いわよ！」

ロビンが低くうめいたが、大義そうに席を立ちデリアに腕を貸した。「では、ぼくたちも少しばかり的を狙うとしようか？」

デリアはレディ・リゼットに腕を貸して前を行くカーライル伯爵をちらりと見た。

わたしを本気にさせないで。

12

エレノアの望みとは裏腹に、太陽はさんさんと照りつけた。招待客たちが次々と到着し始め、日差しに誘われるように連れ立って戸外へと出てきた。色とりどりのモスリンのドレスを着た女性たちが緑の芝をそぞろ歩き、パラソルの下から男性たちを眺める。男性陣は芝生の球技場やクリケット場を無秩序な鳥の群れのように行き来し、女性たちに腕前を披露している。とてもロマンティックで美しい眺めだった。それを台無しにしているあるものさえ目に入らなければ、デリアも心から楽しむことができただろう。

あるものとは——レディ・リゼットだ。カーライル伯爵の腕につかまり、おしゃべりに耳を傾けてもらっている。伯爵は彼女の話にいちいち感心しているらしい。ここへ来るまでの土埃の話？　彼女の母親が体調を崩した話？　それとも、サリーが英国のどこにあるのかという話？　なんであれ、カーライル伯爵がレディ・リゼットを退屈に思っていればいいのに。デリアはそう願った。

デリアたちはアーチェリーの練習場に向かうカーライル伯爵とレディ・リゼットの後ろを歩いていた。

「エレノアお姉様、ひとつ尋ねてもいい？」シャーロットが不機嫌そうに口を開いた。「どうしてまた急にアーチェリーなんてする気になったの？　今日はテラスに座って、やってくるお客さんたちを見物するつもりだったのに」

「まったくだよ」ロビンが応じた。「客の悪口を肴《さかな》にして一日じゅうテラスでのんびりするはずだった。今朝は二日酔いでふらふらなんだ、エレノア」

デリアが見たところ、それは本当らしかった。ロビンは気をきかせて腕を貸してくれているが、それさえ今朝は苦行のようだ。長く歩けば歩くほど、彼がまっすぐ立っていられるのは自分のおかげではないかと思えてくる。

「ロビンお兄様は毎朝二日酔いでしょう」エレノアがぴしゃりと言い返した。

デリアが気になって見てみると、エレノアは唇を引き結んでいた。

「どうしたの、エレノアお姉様？」シャーロットが姉のもとに駆け寄り、肘に軽く手をかけた。

妹の優しい仕草に、エレノアは少し態度をやわらげた。「わたしだってアーチェリーに興味があるわけじゃないのよ。あんなの世の中で一番つまらないスポーツだわ。でも、アレックお兄様をふたりきりにしたくないの、あの、あの……」

彼女はそこで言葉を失った。

「あの高慢ちきなメギツネと？」シャーロットが尋ねた。

「そうよ」エレノアが暗い声で言った。「レディ・リゼットが高慢ちきなメギツネから伯爵夫人に変身するのを遅らせるためなら、午後じゅう退屈なアーチェリーにつきあってもいいわ」

リリーが驚いた顔をした。「まあ、レディ・リゼットのことが嫌いなの？」

デリアは黙っていた。ロビンをしっかり支えながらあとからついていくふりをしつつ、エレノアの一言一句に耳をそばだてる。

「嫌いよ」エレノアが短く答えた。「彼女が義姉になるなんて考えたくもないわ。もちろん、彼女がお兄様を幸せにしてくれるならわたしの意見なんてどうでもいいんだけれど」

デリアは深く静かに息を吐いた。胸のなかで心臓がひっくり返った気がした。まわりに音が聞こえたのではないかと思うくらい勢いよく。伯爵と美しい同伴者はカーブした道を進み、ふたりの姿は見えなくなった。しかしデリアの脳裏には、レディ・リゼットのほうにわずかに傾いた伯爵の黒い頭と、見ていて心穏やかでいられないほど彼女に夢中になっているらしい彼の表情が焼きついていた。二日酔いのロビンと違い、相手を気遣うことが伯爵には苦痛ではないようだ。

ロビンが不思議そうな顔で妹を見た。「でも、彼女を招待するよう母さんに頼んだのは兄さんだぞ。なんといっても彼女は今年の社交界の花形だ。兄さんが〝高慢ちきなメギツネ〟と結婚したいなら、それも本人の選択だろう。これまで兄さんが自分の望まないことをしたことがあるかい、エレノア？」

「わからないの、ロビンお兄様？」エレノアが言った。「アレックお兄様は〝自分は彼女と結婚したい〟と思い込んでいるだけよ。でも、今のお兄様は心が正常ではなくなっているのよ！」

「心が正常ではないだって！」ロビンが繰り返した。「それにしてはずいぶん正気に見えるぞ。心を病んでいながらあそこまで自分に自信を持てる人間などぼくは見たことがない」

「ロビンお兄様、怒るのを承知で言うけれど」エレノアが言った。「ウイスキーの飲みすぎで頭が働かなくなったんじゃなくて？　さもなければ、お父様が亡くなってからのアレックお兄様の変わりように気づくはずよ」

一瞬沈黙が流れた。それからシャーロットが言った。「今やアレックお兄様はカーライル伯爵なのよ。昔と違って責任があるわ」

「そうね」エレノアが言った。「だからこそ、カーライル伯爵として社交界の花と結婚するのが重要なのかもしれない。でも、レディ・リゼットのこれみよがしの美貌を、お兄様自身は本当に魅力的だと感じているのかしら？」

カーライル伯爵とアレック。デリアは思った。そのふたりは違うのだろうか？　自分とたわむれた男性はどちらなのだろう？　どちらにしてもレディ・リゼットに求愛している男性とは別人に違いない。

「お姉様、早く」シャーロットがエレノアの腕を取った。「アレックお兄様たちに追いつかないと」

ふたりはリリーを引っ張って行ってしまった。デリアとロビンはその場に取り残された。ロビンは急ぐ気がなさそうで、デリアが支えてやらなければアーチェリー場にたどりつくのもおぼつかない様子だ。物思いに沈んだように黙っていたロビンが、しばらくしてデリアを見た。「きみは兄を異常だと思うかい？」

「レディ・リゼットとの結婚を考えるのは異常だという意味かしら？」言ってしまってから、われながら口さがないと思った。

お願い、そうだと言って。

彼は肩をすくめた。「とんでもない。彼女に求婚する紳士は大勢いるよ。彼女の父親は裕福な伯爵だし、本人はとびきりの美人だからね」

わかりやすい条件だこと。

「カーライル伯爵が異常だとは思わないわ」遊び人ではある。皮肉屋なのも間違いない。低俗で良心に欠ける女たらし？　それもあるかもしれない。けれど、レディ・リゼットが到着した今となってはそのことを確かめるすべはなさそうだ。

それでいい。わたしは少しもがっかりしていない。

ハウスパーティーのあいだ、あの令嬢が自分の獲物であるカーライル伯爵を目の届かないところに行かせるとは思えない。彼女は飢えた獣のように彼の腕をがっちりつかまえるだろう。レディ・リゼットにとって彼は、やわらかくておいしそうな牛肉なのだ。

ロビンは眉間にしわを寄せたまましばらく黙っていた。「もし父が生きていたら、自分の跡継ぎには社交界一の美女と結婚させようとしただろう。おそらくエレノアはそのことを言っているんだと思う——アレックは立派な伯爵にふさわしく、絢爛豪華《けんらんごうか》な結婚式を挙げるつもりでいる。ぼくはカーライル伯爵でなくて本当に助かったよ」

「そうかもしれないわね」デリアは応じた。これまで、カーライル伯爵のたくましい体や皮肉めいた黒い瞳、からかうような低い笑い声が夢に出てくるだけでも問題だったのに。こんな話を聞いてはますます、彼のことを〝絶大な力を持つ傲慢で信用ならない伯爵〟と思いにくくなってしまったではないか。今までは彼の人となりを単純にとらえ、パズルのピースのようにぞんざいに組み合わせてはこんなものだと思い込んでいた。しかし今はそのピースもうまく見つからない。もしくは、別のパズルから無理やりピースを当てはめているような気がする。

そうこうするうちに、西の芝地にたどりついた。デリアはあたりを見て憂鬱になった。ほとんどの客は昼食をとりに屋敷へ戻っており、姿が見えなかった。エレノア、シャーロット、リリーが三つの的に向かって横一列に並んでいた。その隣のひとつ空いた空間は、カーライル伯爵とレディ・リゼットが使っている場所の隣でもあった。しかたがない。デリアはそこに行こうとしたが、ふいに大きく目を見開いて立ち止まった。

カーライル伯爵が黒い目に怒りをたぎらせて、こちらをにらみつけている。「どこに行っていたんだ？」デリアにしか聞こえないくらい低い声で問いかける。

デリアは驚いて彼を見つめ返した。ひょっとしたらこの人は本当に精神に異常をきたしているのかもしれない。

「何を言っているの？　みんなと一緒にテラスから歩いてきただけよ」

「時間がかかりすぎだ！」カーライル伯爵が鋭く言った。歯を食いしばっている。ロビンが近づき兄の肩に手を置いた。「そうかっかするなよ、兄さん」口から泡を吹く猛犬をなだめるかのようにカーライル伯爵を見る。「心配ないよ。みんなそろった。待たせて悪かった」

それからロビンはデリアのほうを向いた。「きみはアーチェリーが得意かい？」言いながら弓と矢を持って控えている従僕に歩み寄る。従僕が前に出てロビンに弓と矢を選ばせた。

「残念ながら、得意ではないわ」デリアは、殺気だった表情のカーライル伯爵を無視してロビンに笑いかけた。

しかしカーライル伯爵は黙っていなかった。「勝つ自信がないなら勝負なんてしないほうがいいぞ、ミス・サマセット」彼はレディ・リゼットの肩越しにデリアをにらみつけた。レディ・リゼットが振り返り、デリアが誰だったか思い出そうとするように顔をしかめた。

「あなたは勝てると思う勝負しかしないの、カーライル伯爵？」デリアは次第に募るいらだちを隠そうと、静かに尋ねた。こんな人に世の中の何がわかるというの？

「ぼくは勝負するからには必ず勝つ」伯爵は黒い瞳で彼女を見据えながら言った。

「もちろんそうよね」レディ・リゼットが伯爵の注意を引こうとして横から口を出した。

けれど伯爵はデリアから目を離さなかった。

「それはどうかしら」デリアはロビンが選んでくれた弓を構え、射る姿勢を取った。「過度な自信は成功ではなく失敗を招くものよ。それに、毎回必ず勝つ人間などいないわ」

「その弓はきみには大きすぎるね、デリア」ロビンが口を挟んだ。そして従僕から別の弓を受け取った。「こっちを使ってごらん」彼はデリアの後ろにまわり、胸を彼女の背中に触れ合わせるようにして両腕を前に出した。彼女の手を取って弓の中央部を握らせ、自分の手を重ねて一緒に矢を引く。「これでいい」デリアの耳元でささやいた。

デリアは矢を引き絞り、カーライル伯爵を無視して的に意識を集中させた。彼がこちらを見ているのは見なくてもわかった。顔にも体にも焼けつくような視線を感じる。彼女は体が震えそうになるのをこらえた。

「誰が勝つか最初からわかっていたら、たしかにゲームはつまらない」場の緊張をまるで意に介さないかのようにロビンが言い、デリアから離れた。

「それはどうかな、ロビン」カーライル伯爵が余裕たっぷりに言った。だがデリアには、彼が必死に怒りをこらえているのがわかった。「勝とうが負けようが参加するだけで心躍るゲームはある。きみはそんなゲームをしたことがあるかい、ミス・サマセット？」

デリアは弓をおろし、カーライル伯爵のほうを向いた。だが、怒りで青ざめた彼の顔を見たとき、思わず後ろにさがりたくなった。彼はまるで細い糸一本でかろうじて理性を保っているかのようだ。彼女は息をのんだ。やはりロビンの言うように伯爵は正気を失っているのだろうか。それとも自分たちは、もはやアーチェリーとは別のことを話しているのか。

「あら、わたしにはよくわかるわ」レディ・リゼットが勢い込んで口を挟んだ。「当たろうと外れようと、わたしは矢を射るのが大好きよ」

シャーロットが笑いを押し殺すような声を出した。しかし伯爵はレディ・リゼットも妹も無視してデリアを見つめ続けた。デリアは羽をピンでとめられた蝶《ちょう》になったような気分だった。

「ミス・サマセット」カーライル伯爵が声を荒らげる。

どうしても答えさせたいのね。「あるわ」デリアは頭にきて叫んだ。「ただし、楽しいかどうかは相手次第ね。気持ちのいい相手なら楽しいけれど、失礼な人や不機嫌な人が相手だと、同じゲームでも台無しよ」

カーライル伯爵は笑った。「残念だがそれには賛成しかねる、ミス・サマセット。ぼくは戦い甲斐《がい》のある相手とゲームをするほうが何倍も楽しい。互いに挑発し合ってこそ刺激が生まれる」

カーライル伯爵の肩越しに、レディ・リゼットがけげんそうな顔をするのが見えた。リリーとシャーロットは弓をいじりながら聞かないふりをしているが、エレノアはぽかんと口を開けてデリアとアレックを見つめている。すべて聞いているのだ。おそらくいろいろと憶測もしている。デリアは自分の首筋から頬にかけて肌が熱くなるのがわかった。

ロビンが咳払いをした。「ああ、そうだ。対戦相手は大事だ……さて、みんな、準備はいいかい？」明らかに話題を変えるのが一番だと考えているようだ。

女性たちは控えめに返事をした。デリアは弓の中央を握って構え、指が痛くなるほど強く矢を引き絞った。矢の先端が細かく震えていることに気づいたものの、そのまま的に狙いを定める。

彼女は矢を放った。矢は的の外側の白い部分に命中した。失敗だった。不思議はない。怒りと恥ずかしさで手が震えていたのだから。左側のレディ・リゼットに目を向けると、相手はさも得意そうにしていた。勝ち誇った顔がかすかにピンク色に染まり、腹立たしいほど愛らしい。放った矢が的の中心部分に見事に命中したのだ。

ロビンと伯爵が礼儀正しく拍手をした。しかし、カーライル伯爵は的を見ていなかった。彼はデリアを見ていた。片方だけ眉をあげ、唇に薄笑いを浮かべて。

デリアはすぐさま自分の的に目を戻した。

ロビンが次の矢を渡し、後ろにさがって励ますようにほほえんだ。弓を構えて矢を放とうとしたデリアの視界の隅に、自分のすぐそばに立っているカーライル伯爵の姿が映った。弓を構えたまま体をこわばらせていると、彼が近づいてきた――背中に彼の体温を感じるほどすぐそばに。「ぼくらのゲームは気に入ったかい、デリア？」ささやき声がデリアの耳をくすぐった。「そうであることを願うよ。きみを喜ばせたくてたまらないから」

デリアは鋭く息を吐き、弾みで手を弓から離した。矢は的を大きく越え、後ろの木立まで飛んでいった。それが見えなくなると同時に、レディ・リゼットの矢が的に命中した。

「すばらしい！　レディ・リゼット」伯爵が歓声をあげ、矢が当たるはずだった自分の的を呆然と見つめるデリアを置いてレディ・リゼットのところへ戻った。「とても上手だったね」相手に称賛のまなざしを向ける。

いいわ。どのみち今の矢で最後にするつもりだった。午後の遊びはこれで充分だ。

「気にしなくていいよ、デリア」ロビンが言った。彼女にもう一本矢を差し出す。

「エレノアが言うとおり、しょせんはつまらないスポーツだ」

デリアは矢を見た。「わたしがいなくなれば、少しはつまらなくなくなるでしょう」ロビンに力なくほほえみかける。「このあたりを歩いてくるわね。さっきの矢を探してこないと」

「ちょっと待っていて。ぼくも行くよ」ロビンはデリアから弓を受け取り、従僕に返しに行くためにその場を離れた。

デリアは誰にも何も言われないうちに抜け出したかった。しかしその望みは彼女が弓を手放したとたん伯爵に打ち砕かれた。「もうやめるのかい、ミス・サマセット？」

彼はさもがっかりしたようにわざとらしく喉を鳴らした。「すぐにあきらめるんだな」

力なく首を振る。「そんなに簡単にあきらめるようでは、この先もゲームに勝てるはずがない」

エレノアとリリーとシャーロットが一斉にデリアを見た。レディ・リゼットまでが、ひやりとするほど悪意に満ちた視線を投げかけてきた。恥ずかしさのあまり、デリアの頰がかっと熱くなった。

「カーライル伯爵、どうやらわたしはあなたのゲームを楽しめないみたい」デリアは歯を食いしばりながら言った。「だからもうやめたくなったの」そして彼の後ろにいるレディ・リゼットに視線を移しつつ続けた。「あなたには別のゲームがあるようだから、そちらに専念したほうがいいのではないかしら」

傲然と言い放ったデリアを見つめ、カーライル伯爵は表情を冷たくこわばらせた。彼は背後のレディ・リゼットを振り返ることなくデリアに近づいた。「今さら手遅れだよ、ミス・サマセット。このゲームはすでに始まっていて、これからが本番だ。ほかのゲームなど考えられない」

デリアはしばらく黙り、何か見えない謎が解き明かされるのを待つように彼の肩の上を見つめた。

ここで刺激してはだめよ、デリア。何も言わないで。黙って立ち去りなさい。

しかし彼女は頭にきていた。カーライル伯爵だけでなく自分自身に対しても。なぜなら、そもそもこのばかげたゲームを始めたのは自分だったから。彼女は内なる警告の声を無視し、小さく肩をすくめて相手の黒い瞳を見つめ返した。「つまり」無理やり笑ってみせる。「すでにわたしが勝ったということかしら？」

そのときロビンが従僕に弓を返し、急ぎ足で戻ってきた。「では、行こうか？」デリアに腕を差し出す。

「ええ」デリアはロビンの腕を取ったが、目は伯爵から離さなかった。

カーライル伯爵はロビンの腕にかけられたデリアの手に視線を落とし、ふたたび彼女の顔を見た。黒い瞳が射すくめるように見つめる。「ゲームは始まったばかりだ、ミス・サマセット」立ち去ろうとするデリアとロビンに向かって低く押し殺した声で言った。「勝利にふさわしいほうが勝つことを祈る」

13

アレックは小道を用心深く進んでいた。頭上に紫のパンジーの花籠がいくつもつりさげられ、彼の額をくすぐっている。それらを払いのけながら、暗闇に目を凝らす。これが今日の昼食のときにエレノアが言っていた離れ家へ続く道だといいのだが。あれは本当に今日の午後のことだったのだろうか。もう何日も経ったような気がする。

今日の午前中、生娘《きむすめ》を誘惑するのは危険だと、自分自身を厳しく戒めた。おかげで昼食の時間に階下へおりていったときには、完璧に自分を取り戻していた。ところがそのときデリアがテラスに現れた。彼女の肌は朝露を浴びたようにしっとりと潤い、顔のまわりで濃い金色の小さなカールが誘うように揺れていた。モスリンのドレスを着た彼女は、まるで彼のためだけに用意された砂糖菓子のようだった。そしてその瞬間、アレックの強い自制心は突きあげる欲望によってもろくも崩れ去り、彼は目まいのような感覚に悩まされた。その場でデリアにかぶりつきたいくらいだったが、そうする代わりに彼女をからかい、挑発することで自分をなだめたのだ。デリアのきらめく瞳と赤く染まった頬が、自分の体のある部分に大きく影響を及ぼすことにアレックが驚いていたそのとき、リゼットが到着した。

そのあとは事態は悪くなる一方だった。あのくだらないアーチェリー遊び。最初はいい考えだと思えたのだ――アーチェリーをさせておけば、さほど努力をしなくともリゼットの気をそらしておける。そのあいだ、思う存分デリアを観察できるという寸法だった。

それなのに、なぜあれほどひどい状況になったんだ？

たしかに彼はデリアを観察できた。彼女がアーチェリー場をあとにして姿を消すのを、むざむざ見送ったのだから。そして彼女のあとをロビンが急いで追うところも。そのあとはまったくの時間の無駄だった。アレックはリゼットの相手にかかりきりになった。的に矢を放っては思わせぶりなまなざしを寄こすという動作を繰り返すリゼットを見て、魅了されているふりをしなければならなかった。ほほえんで、矢を打って、ほほえんで、矢を打って……。

リゼットがこれほど退屈な娘だとは思わなかった。前に会ったとき、アレックはリゼットの流れ落ちる滝のような黒髪や、とろけるような茶色の瞳をとても美しいと思ったし、彼女と踊ったときには、その快活さも気に入っていた。彼女は優雅に踊り、常に適切な場面で笑った。その話術は軽妙で魅力にあふれ、血筋も非の打ちどころがない。彼女自身の資産だってかなりのものだ。ベッドの相手としてもなんの問題もない。簡単に言えば、リゼットは財産と権力のある伯爵が妻に選ぶべき若い令嬢だった。

リゼットが奇術師の帽子からポンと飛び出したかのごとく突然ハウスパーティーに現れたのも、アレックが母に彼女を招待するよう事前に頼んでおいたからだ。あとは彼が自分の役割をこなせばいいだけだ――彼女にほほえみかけ、楽しませ、口説き文句をささやき、そしてしかるべきときが来たら彼女の前でひざまずき、カーライル伯爵夫人となってくれるよう彼女に請うのだ。リゼットもそれを期待している。彼女の両親も期待している。アレックの母だって、この計画に大喜びしているわけではないにせよ、期待している。

問題は、アレックが飽き飽きしていることだ。彼自身の女性の好みも明らかに変わってしまったらしい。というのも、黒髪よりも濃い金髪のほうが好ましく思えるし、茶色の瞳よりも長いまつげに縁取られたブルーベルの花の色の瞳をのぞき込みたいと思うようになったからだ。

今日の午後は、ロビンがデリアに触れるたびに怒りで頭がおかしくなりそうだった。ロビンは彼女のすぐそばに立っていた。アレックにはロビンがデリアの髪の香りを嗅いでいるのだとすぐにわかった。ロビンは彼女の体に手をまわし、自分の体を彼女に押しつけていた。アレックは今にもロビンに殴りかかりそうになった。デリアとロビンがアーチェリー場を去ったときには、危うく彼らを追うところだった。

そのときの自分の姿を思い出してアレックはこぶしを握りしめた。今日の自分は自制心を失いかけていた。だが失いはしなかった。決して。サリーからやってきた取るに足りない娘に対して、アレックが自制心を失うなどありえない。デリアがどれほど魅力的だとしても。

ありがたいことに、これは一瞬の気の迷いでしかない。ハウスパーティーが終わり、デリア・サマセットが田舎に戻りさえすれば、この迷いだって消えるだろう。彼女が本来の場所に戻れば、自分も本来の自分に戻れるはずだ――リゼットを口説き、そしてしかるのちにリゼットがレディ・カーライルとなるのだ。

そして、そのあとは？

あまりうれしくない光景がアレックの頭に浮かんだ。どこまでも続く緑の芝地と次々現れるアーチェリーの的。矢でいっぱいの矢筒を持つ自分。矢を放っては完璧に的の中心を射抜くリゼット。一本、また一本と。

ふん、それがどうした？　それこそが自分が望んでいたものだ。今はこの血をわきたたせるゲームのせいで癇癪《かんしやく》持ちの子供のようなふるまいをしてしまっているだけだ。デリアのような口が達者なだけの田舎娘が、いったいどうしてこれほどの大勝負を挑めるのだろうか。だが彼女が到着した日から、まるでこのベルウッドが巨大なチェスボードに姿を変えてしまったかのようだった。そしてこれまで経験したことがない最高に興味をそそられるゲームに、自分は夢中になってしまっている。

挑戦に背を向けることはできない。こうして暗闇のなか、垣根のあいだの曲がりくねった小道を手探りで歩きまわっているのもそれが理由だ。挑戦。ブルーベルの花の色の瞳は関係ない。濃い金色の豊かな髪も、強情っぱりな小さな顎も。なめらかでやわらかそうな白い肌も。おいしそうなバラ色の唇も。予想外の方向に飛んでいく矢も。ハチミツとクリームも。

いったいその離れ家とやらはどこにあるんだ？　アレックは立ち止まり、耳を澄ました。魚のような形に刈り込まれた左手の低木の向こうから低い笑い声と話し声が聞こえた気がした。それにあれは……そうだ。甲高い歓声がたしかに聞こえた。

女性たちが歓声をあげているということは、ロビンもその近くにいるはずだ。

アレックが葉をかきわけて進むと、小さな草地に出た。やわらかな明かりが灯《とも》された木の下には、小さな離れ家があった。レースのように小さな青い花と緑の葉を垂らした花籠がいくつもつりさげられている。若い令嬢と紳士の小さなグループがクッションが置かれた椅子に座ってくつろぎ、軽口を叩き合ったり、からかい合ったりしている。

アレックはその集団を見まわした。彼の妹はふたりともそこにいた。リリー・サマセットの姿もある。ロビンとアーチーもいて、女性たちをおだてたりしながらささやかなパーティーの盛りあげ役となっているようだ。くすくす笑いや歓声から判断するに、ふたりの紳士は礼儀正しくするという約束を守っていないらしい。

ヴォクソール庭園を模して造ったこの庭園の一番奥にあるこの隠れ家はすばらしかった。とはいえ、ひとつだけ欠けているものがあった。

ミス・サマセットだ。ロビンの近くに彼女の姿がないことを喜んでもよさそうなものだったが、アレックは予想外にがっかりしている自分に気づいた。

「お兄様！」エレノアがアレックに気づいて声をあげ、彼を手招きした。アレックが草地を奥まで進んでいくと、エレノアが彼を迎えるために建物から出てきた。「あんな暗いところで何をしていたの？」エレノアは問いかけるように片方の眉をあげた。

「泳いでいたというか……」アレックは自分を囲んでいた魚の形に刈り込まれた生け垣に目をやった。「正確には溺れていたと言うべきだな」アレックはもごもごと小声で続けた。

「レディ・リゼットが探していたわよ」エレノアの不穏な口調はむしろ、〝逃げて！レディ・リゼットにつかまってしまう前に！〟と言っているように聞こえた。

「エレノア、そんな恐ろしげな言い方はないだろう」

エレノアは肩をすくめた。「好きなようにとらえればいいわ。だけど泳ぐにしても溺れるにしても、水中に漂ってる〝釣り針〟には気をつけることね」エレノアはアレックの顔の前で指をうごめかせた。「思いもよらないときに足を引っ張られるわよ」

アレックはあきれたように目をぐるりとまわした。彼は抜け目ない妹の相手をする気分ではなかった。

「レディ・リゼットには、今夜はまだお兄様には会っていないって言っておいたわ。その時点では本当のことだったもの。彼女はお兄様を探しに客間へ戻ったようよ。彼女を探しに行く？」

アレックの今の気分としては、リゼットを探しに行くよりも、別の誰かを探しに行きたかった。「あとで行く」

「あらそう」エレノアはアレックに退屈そうな笑みを向けた。「でもその前にお願いがあるの。少し前にデリアがひとりで庭園のほうに戻ったから、彼女を探してきてくれないかしら？」

「なぜ彼女はひとりで行ったんだ？」アレックはロビンに鋭いまなざしを向けながら尋ねた。

「リリーを探すためよ。アーチーがまたリリーにちょっかいを出してね。だからリリーはアーチーの関心から逃れるために少し席を外したの」エレノアはいらいらと指を振りながら言った。「リリーがひとりで庭を歩きまわっていることを心配したデリアは、彼女を探しに行ってしまったの。でもごらんのとおり——」エレノアは込み入った状況を完璧に説明できたと言わんばかりの口ぶりで続けた。「リリーは戻ってきた。アーチーもお行儀よくしているって約束したわ。でもデリアがまだ戻ってこなくて。そこにレディ・リゼットがお兄様を探しに来たというわけ」

アレックは目をしばたたいた。「なんだか複雑な隠れんぼみたいだな」

「まさにそうよね。でもお兄様が今すぐレディ・リゼットを探しに行くというのなら、ロビンにデリアを探しに行ってもらうわ」

ロビンを行かせる。デリアを探しに。やわらかな光のもとに花籠がつりさがるロマンティックな庭園でひとりさまよっている彼女を。小道の角や突き当たりに、人目を避けられる隠れ場所がひそんでいる庭園に。

その瞬間だ。またしてもあの身を焼くような怒りがわき起こり、目の前が赤いもやでかすんだ。「だめだ！　そんなことは……」アレックはかろうじて声を落とした。「その必要はない。ぼくが探しに行こう」

「よかった」エレノアはアレックが今しがた来たばかりの方向に彼をそっと押しやった。「デリアはそっちに向かったわ。まだ遠くまで行ってはいないはずよ」

アレックは植え込みのあいだに続く小道へとまた向かった。エレノアは間違っている。デリアは行きすぎたのだ。まずい方向へと。それは彼も同じだった。今すぐに客間へ向かうべきだった。リゼットを探して、あんずのリキュールを彼女のグラスに注いでやり、彼女とそのすばらしい弓矢の腕前を讃《たた》えて残りの夜を過ごすべきだったのだ。自分がすべきなのは――。

アレックは小道の真ん中で立ち止まると、生い茂る木々の枝のあいだをのぞいた。あれはつりさげられた花籠だろうか。それとも木に垂らしたバラ色のシルクの布飾りか？　いや違う。あれはシルクのドレスだ。デリアが今夜の夕食の席で、あれと同じ色のドレスを着ていた。アレックが知っているのも当然だった。そのドレスをずっと眺めていたのだから。

隣の小道まで生け垣を飛び越えていくのはなんとか思いとどまった。そこにいる人物を確かめようと、アレックは数学の家庭教師から逃げ出そうとしている生徒のように小道を走って角を曲がった。

彼女は背中を向けて立っていた。青々と茂った木々に囲まれた、深いバラ色のドレスをまとった、すらりとした後ろ姿がアレックの目に飛び込んできた。その髪は緩やかにねじって編み込まれ、暗めのピンク色のリボンで結われていた。やわらかな濃い金色の後れ毛がうなじで揺れている。

アレックの心臓が早鐘を打ち始めた。どくんどくんと熱い血が狂ったように体じゅうに駆け巡るごとに、真実が彼の胸に突き刺さった。彼をおかしくさせているのはゲームなんかではない。デリアなのだ。

アレックはデリアを求めていた。狂おしいほどに。デリアの背後に近づいて、彼女の白くやわらかなうなじに口づけしたかった。そしてそのほっそりした体を自分の体に抱き寄せて、この熱と欲望をデリアに感じさせたかった。唇でデリアのうなじや首元に触れたら、彼女はあえぐだろう。彼女の体を包み込んでいるのは誰か、デリアにはきっとわかるはずだ。

自分のどす暗い所有欲にアレックは愕然《がくぜん》とした。新たな真実――この午後じゅうずっと、意識の奥深くに隠れていた真実が彼の前に突きつけられた。今日、西の芝地にいたときに感じていたのは怒りだけではなかった。あれは嫉妬でもあったのだ。

アレックは呆然としたまま前に進んだ。だがアレックが触れるよりも早く、デリアが振り返った。アレックにはわかった、庭の人気のない場所で自分が彼とふたりきりになっているという事実に彼女が気づいた瞬間が。デリアが目を見開いた。パニック、断固とした決意、期待――そのすべてが一瞬のうちにデリアの顔をよぎる。

期待？　アレックは息をのんだ。

だがすぐにそれは消えた。デリアは波が砂の上の足跡を消し去るように、すぐさまそのすべての感情を顔から消し去った。それもとても巧みに。数日前までは、感情を率直にあらわにしていたというのに。大理石の彫像のように冷たい、上流階級の連中と同じような表情をデリアが身につけるまで長くはかからなかったようだ。そう気づいたとき、アレックは腹部をこぶしで殴られたような衝撃を感じた。

アレックは咳払いをして言った。「エレノアがきみを探している。庭園にいるきみを探してきてほしいと頼まれたんだ」

「エレノアが？」デリアは手を伸ばし、頭上の枝から垂れさがっている葉を引っ張って言った。

アレックはみずみずしい緑の葉をつまんでいるデリアの指を見つめた。「きみが戻ってきていないことにエレノアが気づいたんだ。リリーはもう戻っているし、アーチーも最高に行儀よくしている。エレノアは庭をひとりきりで歩きまわっているきみを心配していた」

「エレノアの心配も的外れではないみたいね」デリアは葉を指に巻きつけながら言った。

アレックは否定せず、デリアに数歩近づいた。彼女が小道の奥まった場所から逃れるには彼の脇をすり抜けなければならないことに気づいていた。

「伯爵」デリアが言った。「この庭園では小道の曲がり角という曲がり角に不埒な紳士が待ち構えているのかしら？」

「アレックと呼んでくれ」アレックはさらに一歩デリアのそばに近づいた。バラ色のドレスが彼女の瞳の青さをさらに際立たせているのがわかるほどに。「紳士はみんな不埒というわけか」

デリアは眉をひそめた。「どういう意味かしら？」

アレックはデリアの頭の後ろに手を伸ばし、そこに垂れさがる葉をつまんで、その冷たくツルツルとした感触を楽しんだ。「きみは人をひとくくりにするのが好きなようだから。女性はみんなバラを好むとかね。そして紳士はみんな不埒だ。そのほうが簡単なのだろう」

デリアが首を振って言った。「あら、わたしは紳士の全員が不埒だなんてひと言も——」

「口にはしていないが、きみが上流階級を軽蔑しているのは明らかだ」

デリアは否定しなかった。意外にもそれがアレックを喜ばせた。

「上流階級を蔑むのには理由があるわ」デリアは言った。「母の件は別にしても、社交界での評判がほかの何よりも——個人の幸福よりも、大事だと考えるような人たちをわたしは信用できない」

アレックは顔をしかめ、自分の花嫁候補のことを考えた。彼女は客間で自分を待っている。彼が、腹立たしくも抗えない魅力を持つデリアを探して庭じゅうを駆けずりまわっているあいだにも。そしてアレックは不幸な結婚生活の犠牲になった母のことを考えた。そしてロビンと目の前に立っている女性を近づかせないために、自分がこれまでにしたことや、今現在していることを考えた。自分はロビンの幸福を犠牲にしているのだろうか？

いや違う。デリアは間違っている。アレックの家族に対する義務や、サザーランドの名に対する義務をデリアは理解できないのだ。ほんの一瞬、アレックはデリアの単純な人生と彼女の自由をうらやましく思った。

アレックはデリアを見つめながらゆっくりと首を振った。「きみが言うほど簡単なことではないんだ。貴族であろうとなかろうと、われわれは皆、自分の家族を守るために行動している」アレックは声を落とし、かすれた声で続けた。「きみだって今、リリーを探して庭をさまよっていただろう。不埒な紳士から彼女を守るために」アレックは指でデリアの顎を持ちあげた。「庭園のなかでも、ここはとりわけ薄暗く、人気がない場所だ。そこにきみはひとりきりでいた。きみが勇敢なのか単に愚かなのか、判断に迷うところだ。ぼくがきみを探しに来るとわかっていてもいいはずなのに」

アレックはデリアの顎から首に指を滑らせた。そしてどくどくと脈打つ首元で指を止める。「リリーのことは、あとでアーチーに話をしておこう」首を触れられて頬を赤く染めるデリアの様子に目を奪われながらアレックはつぶやいた。「軽薄に見えるだろうが、彼は無害だ」

「あなたは、アレック？」デリアは大きく息をつくと、ふたたび口を開いた。その声は低くかすれていたが、挑発の響きを帯びている。「あなたも無害なの?」

デリアが彼をアレックと呼んだのはこのときが初めてだった。「きみにとっては無害とは言えないな」アレックはデリアの濃い金色の髪をひと房手に取ると、そのやわらかな髪を指で撫でた。

ふたりはただそこに立っていた。アレックには永遠にも思えた。庭園のなかのこの静かな一画にたたずむ彫像のように、ふたりはじっと動かずに立っていた。だがふたりの呼吸は徐々に速く、浅くなっていき、時が流れるほどにいっそう互いから目がそらせなくなっていった。

アレックはつかんでいたデリアの髪を放し、てのひらを彼女の顔に添えた。彼は中指で彼女の耳の後ろに触れ、震える脈を確かめた。デリアが小さく息を吐いた。庭園の静寂のなか、その音が官能的に響く。

「なんてやわらかいのだろう。まるであたたかなシルクのようだ」アレックはそっとデリアの顎のラインを指でなぞった。

彼はさらにデリアに近づいた。彼女のシルクのスカートが彼の腿をかすめている。デリアはその深い青色の目を大きく広げたが、後ろにさがることはなかった。

「デリア、やめろと言ってくれ」アレックはささやいた。切羽詰まったその声は、命令していうようにも、請い求めているようでもあった。「だめだ」視線を落とすデリアに、アレックは言った。「ぼくを見るんだ」アレックは目をそらせないようにデリアの顔を両手で挟んで上に向けた。

「ぼくのような男に勝負を挑むべきではなかったんだ」アレックはかろうじてささやくと、身をかがめてデリアに口づけた。

ああ、彼女はなんて甘いんだ——とてもやわらかで、甘い。そして無垢だ。体じゅうに激しい欲望が駆け抜け、アレックは激流のなかに放り込まれたような気がした。脳裏をよぎる言葉とは裏腹に、アレックは荒々しくデリアの唇を求めた。彼女の口のなかに侵入しようと舌で唇の割れ目をたどる。

デリアが小さな悲鳴をあげて口を開き、彼を迎え入れた。とたんにアレックの下半身がこわばる。デリアの舌がアレックの性急な舌におずおずと触れてくると、彼はうなり声をあげた。熱いハチミツのようなデリアの口のなかで、アレックはわれを失い始めた。唇でデリアの唇を広げ、キスの仕方を教えるように彼女の舌を丹念に愛撫する。するとデリアの舌が彼の舌に熱心に絡み出した。そのなめらかな濡れた舌の動きが彼の自制心を粉々にした。

アレックはまだまだ足りないというようにデリアの口を、肌を求めた。アレックは彼女のなかに身を沈めたかった。その海のようなぬくもりと、彼女がまとっているバラ色のシルクの感触に自身が溺れてしまうまで。意識のどこかでは自分が自制心を失っていると自覚していた。

これはただのキスだ。今までも何人もの女性とキスをしてきたではないか。

でもこんなキスではなかった。これは過去に交わしたキスとは比べものにならない。デリアの優しい舌の動きがアレックを惑わせた。いったい彼女はぼくに何をしているのだろう。

落ち着くんだ。

アレックは夜気を肺いっぱいに吸い込み、自分自身をなだめた。自制心を取り戻そうとする彼の努力は報われた。ところがそのとき、デリアが息をつきながらアレックにもたれかかってきた。彼女は両手を彼の首にまわし、指を髪に絡め、てのひらで首の後ろをそっと撫でている。アレックはどうにかなりそうだった。もっともっと彼女に触れてほしいと感じた。

アレックはデリアの下唇をからかうように優しく噛んだり、舌を浅く差し入れたりしながら、指で首から喉へとたどった。デリアは苦しそうな、切羽詰まったような声をあげ、彼の頭にまわした手に力を入れて引き寄せる。もっと深くキスしてほしいというように。

「落ち着いて」アレックはデリアをなだめた。

デリアの首に指で触れ、そのやわらかな皮膚をそっと撫でる。荒々しく脈打つ血管と浅い呼吸を感じ取ったアレックは、デリアの唇にキスしながら満足げにほほえんだ。もう一方の手でデリアの腰に触れる。シルク越しに感じるぬくもりを撫でながら、自分の体へと引き寄せた。

デリアの体はとてもあたたかかった。彼女のどこに触れてもあたたかくて、生き生きとしている。この指で、そして舌で触れるたびに、デリアはため息をつき、あえぎ声をもらし、歓《よろこ》びに震えた。そのたびに彼はデリアの情熱の深さに驚嘆し、彼の体も歓びに震えるのだった。

アレックは自分の指が触れたあとを唇でたどり、彼女の首筋に熱いキスの雨を降らせていった。耳の後ろの敏感な箇所で動きを止めてそこをなめたあと、首元へとおりていき、忙しく脈打つ肌を味わった。そしてさらに下へ下へと進んだ。震える指でデリアの胸元のレースの紐をなぞると、指先が生地の下にある彼女の熱を帯びた肌に触れた。

「美しい」アレックはつぶやいた。「なんて甘く、愛らしいんだ」彼はもう一方の手を彼女の肋骨《ろっこつ》へと滑らせた。デリアの体がアレックのほうに倒れかかる。彼の手が彼女の胸を包み込むまであとわずかだった。

デリアは胸元が大きく開いたドレスを着ていた。このドレスを選んだとき、彼女はぼくのことを考えたのだろうか。この白く盛りあがった完璧な胸がぼくの口を渇望でからからにさせるとわかっていたのだろうか。それを狙ってあえてこのドレスを選んだのか？　熱に浮かされていたアレックの脳にふと正気が戻ってきた。だとすれば、それは彼を欲望で無力にするうまい手だ。彼をひざまずかせれば、彼女の勝ちなのだから。

それともデリアはロビンのためにこのドレスを選んだのか？

ああ――自分はいったい何をしているのか。

アレックは悔しげにうなり声をあげると、デリアの肩をつかんでそっと押しやった。震える手で髪をかきあげる。アレックは欲望でかすれる声を絞り出した。「離れ家に戻るんだ」デリアをロビンのもとに送り出すという考えに怒りが湧きあがったが、ほかに選択肢はなかった。今すぐ彼女から離れなくては。もしまた一瞬でもデリアの瞳や、キスで腫れた唇に目をやったら、ふたたびこの腕のなかに彼女を抱き寄せてしまうだろう。そしてふたりはどちらもゲームに負けるのだ。

デリアは返事をしなかった。彼の言葉が届いていないようだ。彼女は震える両手で自分の顔に触れた。自分の体の一部とは思えないかのように。そして恥ずかしそうに頬をかっと赤らめた。アレックがそれ以上の言葉をかける間もなく、デリアは彼の横をすり抜けると、小道へと駆け出していった。

アレックはデリアを目で追った。バラ色のシルクが暗い緑の海に消えた。

14

「ブラシを貸して。自分でやるわ」リリーが鏡のなかのデリアに向けて顔をしかめながら、いらだたしげに手を伸ばした。

デリアはリリーにブラシを渡した。「言ったでしょ。あなたに必要なのはヒアシンスだって。わたしには髪を結う才能がないのよ」デリアは妹の目を避けながら、ベッドに座り込んだ。「あなたの髪を梳《と》かしてあげることはできるから、そのあとグリーンのリボンで結うのはどう？　それだけでも充分きちんとして見えるわ」

リリーは顔を左に向けたり右に向けたりしながら鏡のなかの自分をじっくり確認している。「まあ、いいわ」ため息をついて、リリーはようやく返事をした。「今夜はきちんと見えるだけじゃなくて、いつもより少しでも美しく装いたかったの。サリーでのカントリーダンスとは違うんですもの。わかるでしょう？」

デリアは立ちあがると、化粧台の前にいるリリーの隣に腰をおろした。ふたりは鏡に映るよく似た自分たちの姿をしばらくのあいだ眺めていた。「わかるわ。でもあなたはいつだって美しいわ。どんなドレスを着ていようと、どんな髪型だろうと」デリアはにっこりほほえんだ。

「さて、お姉様の髪型はどうしましょうか？」リリーはデリアの髪にブラシを滑らせた。緩いウェーブが背中に垂らされたままになっていた。

「いつもと同じでいいわ」デリアは興味なさそうに答えると衣装簞笥《だんす》に向かった。気が乗らないまま、数少ない夕食用のドレスを選ぶ。ブルーのドレスが適当だろう。でもリリーは正しい。すてきなドレスを着られたらどんなによかっただろう。デリアはレディ・リゼットが到着したときに着ていた美しいグリーンのシルクのドレスを思い出した。そのドレスを着たレディ・リゼットはまるで蝶のようだった。気難しく、傲慢な蝶だけれど、それでも美しいのは間違いない。

アレックはレディ・リゼットから目が離せなくなっていたほどだ。

デリアはブルーのドレスを衣装簞笥から必要以上に力を込めて引っ張り出し、それをベッドの上に広げた。そして軽く顔をしかめながら、一歩さがってドレスを眺める。

リリーは結った長い髪を一方の肩にかけ、ブラシで毛先を梳かしながら、鏡に映る姉を見て眉をひそめた。「顔色が悪いわよ、お姉様。よく眠れなかったの？」

ええ、たしかに眠れていないわ、とデリアは思った。彼女は本来よく眠れる体質だった。まるで母の腕に抱かれた赤んぼうのように。シルクのクッションを置いた籠に入れられた子猫のように。殻からまだ出てきてもいない、ふわふわの羽のヒヨコのように。冬眠中の熊のように。だがそれも三日前までのことだ。あの日、デリアはアレック・サザーランドにキスされた。しかも一度ではなく、何度も何度も。そして彼女は眠れなくなった。ベッドに横たわったまま思い出すのだ。彼を見あげながら抵抗もできずに唇を開いたときのことを。彼の熱い舌がどんなふうに自分の口のなかに忍び込んできたか、自分の体がキスによってどんなふうに震え、どんなふうに熱く燃えたかを。ようやく浅い眠りが訪れても、今度は夢にさいなまれた。アレックの指でボディスから胸の頂までをそっとなぞられるという夢に。目が覚めたとき、デリアの呼吸は乱れ、アレックを求めて体はうずいていた。

あのとき、アレックがデリアを誘惑するつもりだったのであれば、彼には充分チャンスがあった。だとしたらなぜ、彼は途中でやめたのだろう。アレックは自分の体を彼女から無理やり引きはがすようにして離れた。また彼女に触れてしまうのではないかと、自分自身が信用できないとばかりに。デリアは怖くてアレックの顔が見られなかった。彼が勝ち誇ったような表情や満足げににやけた顔をしていたらと思うと怖かったのだ。それでもなんとか顔をあげてアレックに目をやったとき、彼はとても苦しそうな顔をしていた。アレックはデリアを求めていた。デリアにはそれがわかった。彼女の本能のすべてがそう叫んでいた。アレックは彼女にそっと触れ、とても優しい声でささやいた。その姿は計算ずくで誘惑している男のようにはとても見えなかった。

しかしそういったことについてデリアに何がわかるというのか。多分、それが男性の誘惑の手口なのだろう。うぶな女性が自分を夢見るように仕向け、その気にさせるのだ。このおかしなゲームを始めたときには考えもしなかった。自分がアレックをこんなふうに求めるようになるとは。そしてアレックが彼女にそうさせることができるとは。実際、アレックは成功した。そのことがデリアを震えあがらせた。あの夜、デリアは軽い好奇心に突き動かされてアレックといちゃついていたわけではない。彼女はアレックが自分を求めているのと同じくらい、彼のことを求めていた。夜中に目覚めたときに何よりも彼女を苦しめるのはそのことだった。

おそらくアレックも震えあがっているのかもしれない。あの庭園での破滅的で強烈なひとときい以来、アレックはデリアに近づいてくることも話しかけてくることもなかった。この数日間、彼はレディ・リゼットにつきっきりだった。ふたりは秘密を分かち合うかのように、互いに頭を寄せ合いながら歩いていた。アレックはレディ・リゼットを庭園や湖に案内してまわった。毎晩、夕食にもエスコートした。レディ・リゼットに対するアレックの関心はこれ以上ないほど明白だった。アレックは熱心な求愛者そのものだった。デリアは、アレックが自分とのゲームや、庭園での情熱的なキスのことを忘れてしまったのではないかと信じかけていた。けれど、あの夜以来、毎日あらゆる瞬間に、アレックの熱を帯びた強い視線をデリアは感じた。ドレスに穴が開きそうなほどの熱を放ちながら、アレックの黒い瞳は彼女のあとをどこまでも追いかけてくるのだ。

リリーが化粧台にブラシを置き、ベッドに近づいてきた。姉妹は並んで立ち、青いドレスを見おろした。リリーがつぶやく。「濃紺のサテンの縁取りが青に映えるわね。おしゃれと言ってもいいと思うわ。ねえ、こうしてじっと見つめていれば、この辺にブリュッセル・レースが生えてきたりしないかしら?」

「そんなこと起こりっこないわ」デリアはぴしゃりと言った。「奇跡を願って突っ立って見ていてもしかたがないと思うの」

リリーは驚いたように目を見開き、姉を見つめた。「お姉様が何かに悩んでいるのはわかっていたけど——」リリーの言葉はドアをノックする音にさえぎられた。急いでドアを開けたリリーは何かに驚いて後ずさった。するとメイドたちの一団が次々と部屋に入ってきた。そのあとからエレノアとシャーロットがメイドたちに指示を出しながら入ってきた。

「ブリジット、ミス・デリアの髪を先にやってちょうだい」エレノアはデリアに近づいて、その頬にすばやくキスをして言った。「これが今夜着る予定のドレス？」ベッドに広げられたドレスを見おろしたエレノアは、ファッションに精通したその目でドレスをチェックした。「すてきな色ね」エレノアは頬を指でトントンと叩いた。「あなたにとてもよく似合うと思うわ、デリア」

エレノアは待機していたメイドを振り返って言った。「ブリジット、シルクの造花とリボンをミス・デリアの髪に編み込んでね。でもその前に、わたしが持っている濃紺のサテンのリボンを持ってきてちょうだい。ドレスのこの部分に縁取りを加えたいわ」エレノアはドレスの襟ぐりを指差しながら言った。「それとここにも」エレノアはボディスを指差した。「彼女はとても美しい胸をお持ちだもの」エレノアはいたずらっ子のような笑みを浮かべた。「シャーロット、あなたのアイスピンクのシルクドレスをリリーに貸してあげたらどうかしら？」

デリアとリリーは口をぽかんと開けたまま、メイドたちがせわしなく動きまわるのを眺めていた。ピンクのドレスはリリーにぴったりだった。髪はカールされ、うずたかく結いあげられた。リボンやシルクの造花やサテンの縁飾りが次々と部屋に持ち込まれ、やがてデリアとリリーの華やかな装いが完成した。ふたりは美しいドレスを身にまとい、髪にはシルクの造花やリボンがあしらわれていた。

「お姉様、さっきはあきらめの言葉を言うのが早すぎたわね」リリーは鏡に映る自分の姿を満足げに見つめながら言った。「奇跡ってときどき起こるものなのよ」

今夜を無事に終えることができたなら、それはまさに奇跡だ。

アレックは集まった人々を見渡した。ほとんどは近隣の領地に住む者と、このパーティーに参加するためにロンドンから駆けつけた友人たちだった。パーティーは彼の期待どおりに進んでいるようだ。アーチーはミセス・アシュトンにお世辞を言っている。リゼットとその母親はバロウ卿夫妻と熱心に話している。これはアレックの意図と完璧に合致していた。今はリゼットに邪魔されたくなかった。

余計な飾りのない黒の夜会服を申し分なく着こなしたアレックは、暖炉のそばに立っていた。手にブランデーのグラスを持つその姿は、どこから見ても洗練された領主そのものに見えるはずだった。

だがアレックは爆発寸前だった。

この三日間、デリアとはひと言も口をきいていない。庭園で彼がぶざまにも自制心を失ったとき以来、彼女に触れていなかった。だが今でもデリアのぬくもりや、そのシルクのような肌の触り心地や、ハチミツのような唇の甘さをまざまざと思い出すことができた。まるでこれまでは存在すら自覚していなかった自分の体の末端神経が、デリアに触れ、味わうというのがどんな感覚だったかを思い出すためだけに急速に成長したかのようだった。デリアといるときの自分をアレックはもう信用することができなかった。今ではそれを自覚している。だが自分がデリアと過ごしていないということは、ロビンが彼女と過ごすことを意味する。この数日間がそれを証明していた。

アレックは首元のクラヴァットを引きちぎりたいという衝動に抗いながら、部屋の対角に目をやった。友人たちを出迎えていたロビンは、いたずらっぽいまなざしで友人らを見つめ返しながらも、そわそわと落ち着かず、気もそぞろな様子だった。ロビンの視線は何度も入り口に向けられていた。彼がやきもきしながらブランデーをあおるように飲んでいる姿をアレックはじっと見ていた。弟は、まるで馬蹄《ばてい》を打たれるのを待つ種馬のように落ち着きを失っている。日を追うごとにますますデリアに夢中になっているようだった。

デリアにはすぐにでもベルウッドから去ってもらわなくては。

そのとき、静かな興奮がさざ波のように部屋じゅうに広がった。アレックは入り口に顔を向けた。その瞬間、彼はロビンのことも、ブランデーのことも、窮屈なクラヴァットのこともすべて忘れた。デリアがエレノアと腕を組んで部屋に入ってきたのだ。シャーロットがリリーとともにあとに続いた。室内の空気が変化した。魅力的な招待客が到着したときと同じだ。いくつもの顔が入り口に向けられている。目を輝かせた男性客がひとりではないことにアレックは気づいた。

デリアの髪は高く結いあげられていた。波打つ髪のあちらこちらに小さな紺色のシルクの造花があしらわれ、カールした長い後れ毛が白くなめらかな肩へと落ちている。淡いブルーのドレスはふんだんに縁飾りがあしらわれているわけでも、目新しいスタイルでもない。この部屋のほかの女性のドレスと比べて襟ぐりは浅く、慎み深く見えた。それにデリアは宝石をひとつも身につけていなかった。その白い首に、短い青いリボンを巻いているだけだ。笑ってしまうほど古風だったが、その効果は宝石に引けを取らなかった。アレックはデリアを貪るように見つめた。彼女から目が離せなかった。

「デリア!」ロビンが部屋の向こうからデリアに駆け寄った。その熱意はほかのゲストたちの目を引いた。白い手袋をはめたデリアの手にキスをするロビンを見て、アレックは体を硬直させた。

アレックは部屋の反対側から彼らに近づいていった。もう充分だ。今すぐに行動を起こさなければ。「こんばんは、ミス・サマセット」アレックは頭をさげ、親しみのかけらもない儀礼的な口調で言った。「今夜はとてもお美しい」彼はぞんざいな態度で続けた。

デリアは膝を曲げてお辞儀をすると、首元のリボンを神経質に触りながら言った。「こんばんは、伯爵。ありがとうございます」

「ロビン、母さんが今夜はおまえにエスコートしてもらいたいと言っていたぞ」アレックは弟に向かって言った。「リットン少佐にかまわれたくないんだろう」アレックは部屋の反対側で軍服を着た白髪の年配紳士と話している母親のほうへと顎をしゃくった。

「もちろんいいとも」ロビンはデリアの手をゆっくりと持ちあげてもう一度キスをし、お辞儀をすると、母をエスコートしに向かった。

「ミス・サマセット、エスコートさせていただけますか?」アレックはデリアに腕を差し出した。

デリアは驚いたように彼を見つめたが、わずかにためらったあと、彼の腕を取った。

アレックの思惑どおりだ。礼儀正しく、育ちもいいデリアにはアレックのエスコートを拒むことなどできないのだ。ふたりは連れ立ってダイニングルームに入っていった。アレックはデリアをテーブルの一番端の席に案内すると、あえて自分は彼女の向かいの席に腰をおろした。デリアの右隣に席はない。

左隣の席に座るのが耳の遠いリットン少佐だと気づいたとき、デリアはいったいどんな反応をするだろうか。

デリアはその青い瞳でアレックに問いかけるような視線を投げたあと、周囲を見渡した。リゼットとその母親は、レディ・カーライルの近くの席に座っていた。アレックたちの席からはかなり離れた席だ。ふたりとも突き刺すような視線でデリアをにらみつけている。デリアは恥ずかしそうに頰を赤らめている。視線を膝の上のナプキンに落とし、スープの給仕が始まるまで、デリアは顔をあげなかった。

アレックはデリアの表情に胸が締めつけられている自分に気づかないふりをするのに必死だった。彼は給仕係に合図を送り、ふたりのグラスにワインを継ぎ足させた。

「ミス・サマセット、サリーでの狩りについてご存じかな？　少佐は熱心な狩猟愛好家なんだ」

「いいえ、残念ながら」デリアはアレックから視線をそらしたまま答えた。「わたしは狩りに興味がありませんので」

リットン少佐が急に目が覚めたかのように口を開いた。「なんと？　狩りと言ったのかね？」リットン少佐は大声で言った。「すばらしい、カーライル。なんともすばらしい！　この冬は大いに狩りを楽しめるとわしは期待しているのだよ」

デリアは驚いて飛びあがった。そしていぶかしむように目を細めてアレックを見た。彼女の深い青い瞳のなかで嵐が吹き荒れ始めている。奇妙にもアレックはほっとしていた。デリアの怒りには対処できるが、傷ついている彼女を見るのは耐えられない。

給仕係が蓋つきのスープ皿を彼らの前に置いた。「馬には乗れるのかな？」アレックはあえて疑うような口ぶりで尋ねた。

コンソメスープを口に運ぼうとしていたデリアは、カシャンと音を立ててスプーンを置いた。「わたしには乗馬を習う機会がなかったと思っていらっしゃるの？」デリアは言った。「もちろん、サリーにはハイドパークはありません。それで、田舎の若い娘たちには乗馬を習う理由がないと思われるのかもしれませんね。もちろんロットン・ロー（ハイドパーク内の乗馬用道路。ヴィクトリア時代の上流階級の社交場でもあった）もありませんし、血統のいい馬もいません。流行のドレスを身につけて二頭立て馬車に乗っている貴族たちの行列もありませんし、そんな光景を見る機会も、逆に誰かに見せつける機会もありません。あら、それとも！」デリアはたった今気づいたというようにつけ加えた。「もしかしたら、あなたがおっしゃる狩りとはそのことかしら？」

「ハイドパークで狩り？」リットン少佐がみるみる顔を赤くしながら叫んだ。「しかもロットン・ローで？　まさか、それはありえない。危険すぎる。そんなことをしたら、間違いなく怪我人が出ますぞ」リットン少佐は非難するような目でデリアを見つめた。

「少佐のおっしゃるとおりです」自分も耳が遠くてデリアの皮肉が聞こえなかったかのように、アレックが言った。「たしかに危険だ」アレックはワインをひと口飲んだ。

「乗馬服をケントにも持ってきたのかい？」アレックはデリアに関心を戻して尋ねた。

当のデリアはすっかり食欲を失っていた。

「ええ、もちろん」その口調にはわずかに敗北の響きがあった。「こちらの領地を馬に乗って見てまわりたいと思っていたので。歩いてまわるには広すぎますし」

「あなたは乗馬は得意なのかな、ミス・サマセット？」

「乗馬が得意かだと！」デリアが答える前にリットン少佐が憤慨したように声を張りあげた。「何を言っているんだ、カーライル！　女王陛下の家臣たる紳士は皆、乗馬ができるに決まっておる！」

「もちろんです、リットン少佐。失礼を申しあげました。それで、ミス・サマセットはいかがかな?」

デリアはリットン少佐を見ながら答えた。「ええ、得意ですわ」

コンソメを飲むのに没頭し始めた少佐はふたたび会話から離脱した。

「明日の朝、小作人のひとりと会うために馬で出かける予定なんだ」アレックは言った。「かなりの距離を馬で走らなければならないから、同行者がいてくれたらうれしいのだが」

デリアは驚いたようにアレックを見つめた。直後に彼女の顔に期待の表情が無防備によぎった。あの奇妙な、虚しいような感覚がふたたびアレックの胸に湧きあがった。だが彼は無理やりその感覚を拭い去った。このゲームを仕掛けてきたのはデリアのほうだ。彼女はアレックのゲーム相手として不足がないことを自分で証明しなくてはならない。アレックは今、デリアにゲームを続けるよう強いているのだ。期待に輝く彼女の顔を見て、彼自身が呼吸を忘れそうになっていようとも。非情にも彼女を操ろうという考えに、急に嫌気を感じていようとも。

「ロビンも一緒に?　エレノアやシャーロットは?」

ロビンの名が出たとたん、アレックは顔をこわばらせた。良心の呵責《かしやく》も消え失《う》せた。

「もちろん、一緒でかまわない。だが弟たちが明日の早朝から長距離の乗馬ができる状態だとは思わないが」アレックはテーブルの反対側の端に顔を向けながら言った。

デリアもアレックの視線を追った。エレノアは注ぎ足されるワインを飲みながら、ロビンやアーチーとおしゃべりしている。シャーロットとリリーは互いの額をくっつけるようにしてくすくす笑っている。彼らが今夜、早寝するとはとても思えなかった。

「明日は小作人に会わなければならないんだ」アレックは言った。「きみがぼくとふたりきりで乗馬をするのが不安だというなら、領地の見学は彼らと一緒に行けるときにするといいだろう」アレックは、そんな機会など訪れることはないと匂わせる口ぶりで言った。アレックの見立て違いでなければ、デリアは自分自身には恐れるものなど何もないと考えているはずだ。

アレックはどちらでもかまわないというように肩をすくめたものの、実はデリアをじっと観察していた。自分が息を止めて彼女の答えを待っていることに気づいてアレックは驚いた。

「不安？　伯爵、わたしが不安にならなければいけない理由があるのですか？」

アレックはデリアの唇に目を落とした。いくらでも理由はあげられたが、彼の口からは簡単に嘘が飛び出した。「理由なんてないさ。きみがマナー違反さえ心配していなければね」アレックはマナーという言葉をわずかに強調しながら言った。なんともばかげた形式的な習慣だというように。

「領地を馬で見てまわるだけですもの。マナーから外れることなんて、何もないはずよ」

アレックは満足げにほほえんだ。上流階級の連中がどれほど悪意に満ちているか、彼女はまったくわかっていない。明日、ふたりが乗馬から戻る頃には、デリアは悪意に満ちた噂話の中心人物になっていることだろう。リゼットと母親のレディ・セシルはそのスキャンダルを喜んで触れまわるだろう。ことに、今夜の夕食の席順の問題があったあとだからなおさら。明後日、それもできるだけ早い時間に、デリアはサリーへ向けて出発することになるはずだ。

デリアが上流階級の嘲笑の的になると考えると胸が痛むが、それは無視しよう。アレックはこぶしを握りしめた。これでいいのだ。デリアは傷つくだろうが、最終的には彼女のためでもある。デリアとリリーはこの世界に属する人間ではないのだから。

「伯爵は領地やこちらの地方について豊富な知識をお持ちでしょう。あなたのお話を拝聴できることをわたしは幸運に思うべきね。あなたはガイドはお上手かしら？」

「上手なんてものではない。それは保証しよう、ミス・サマセット」

「上手だと！」会話の一部だけを聞き取ったリットン少佐が怒鳴った。「ああ、もちろんだとも。本当に上手だ。カーライルは熟知しておる。彼以上のやり手はほかにおらんよ。カーライルほどの腕を持つ者はほかにおらん」

「ありがとうございます、少佐」アレックはデリアに向けてグラスをあげた。「心から感謝しますよ」

15

ようやくレディ・カーライルが立ちあがり、それを合図にほかの女性たちも退出し始めた。永遠に続くかと思えた夕食がついに終わったのだ。デリアはまるで長年幽閉されていたニューゲート監獄から釈放され、久々に太陽の日差しを浴びた囚人のような気分だった。奇妙なことに、あれほど長い時間を夕食の席で過ごしたというのに、ほとんど料理を食べた記憶がなかった。

スープが出たのはたしかだけれど、どんな味だったかしら?

テーブルの一番上座にわたしを座らせるなんて、アレックは頭がおかしくなったに違いない。それにあのリットン少佐ときたら！　気の毒な少佐は今この瞬間にも、実現されることのない今年の冬のキツネ狩りの日程について思いをめぐらせていることだろう。

「お姉様！」客間の入り口で追いついたリリーが声をかけてきた。その後ろにいるのはエレノアとシャーロットだ。リリーはデリアの腕を取って尋ねた。「いったいどうしてテーブルの一番端に座るはめになったの?」

「それもリットン少佐の隣なんかに」シャーロットが同情するような目でデリアを見つめた。「わたしが以前少佐の隣に座ったときには、そのあと丸一週間ほど胃の調子がおかしかったわ。ほら、あの大声のせいで、本当にまいってしまって」

「あんなふうに隣でがなりたてられたら、食欲も失せるわよね」エレノアが言った。

「あんなに遠くの席にあなたを案内するなんて、アレックお兄様ったら本当にひどいわ。いったい何を考えていたのかしら」

　デリアは興味津々の表情で自分を囲んでいる三人の顔を見つめ、力なく肩をすくめた。デリアも彼女たちと同様に不思議に思っていたものの、単なる偶然ではないことはわかっていた。おそらく今夜の席の配置も、庭でのキスとその後の無視に続く、複雑な誘惑の次の一手に違いない。デリアにわかっているのは、これが放蕩者が若い娘を誘惑する手口なのだろうということだけだ。

「ひどいなんて言葉じゃ足りないわよ」シャーロットが言った。「最悪の場合はエチケットにも反するわ。わたし、レディ・リゼットが話しているのを聞いてしまったの」シャーロットはそこで一旦口をつぐむと、さっと周囲を見まわした。「レディ・

リゼットと彼女のお母様が話していたのだけど」シャーロットは声を落として続けた。四人はさらに顔を寄せ合った。「おふたりはとても腹を立てていたわ。デリアがアレックお兄様とふたりきりでテーブルの上座に座っていたから」

「ふたりきりなんかじゃなかったわ」デリアは抗議の声をあげた。「リットン少佐だって――」

「少佐はティーポット並に耳が聞こえないでしょ」エレノアがデリアをさえぎって言った。「デリア、あなただって気づいたはずよ。少佐は十の言葉のうち、ふたつくらいしか聞き取れていないことには」

「ええ、まあ、それには気づいたわ。驚きのあまり、椅子から跳びあがってスープ皿のなかに頭を突っ込みそうになったもの」

シャーロットはくすくす笑いながら言った。「わかるわ。でも少佐に耳元でがなりたてられるよりスープ皿のなかのほうが静かでよかったかもしれないわね。それはともかく、あの母娘《おやこ》は意地悪な猫みたいにずっと悪口ばかり言っていたわ」

「でもどうしてなの？」リリーが尋ねた。「あのおふたりのどちらかがリットン少佐の隣に座ってスープ皿のなかで泳いで、消化不良になりたかったのかしら？」空気を節約するかのようにリリーがひと息に言った。

「なぜかというと、お兄様がデリアをエスコートしてテーブルの上座に座らせたからよ。本来ならもっとずっと下座に座らなければならなかったのに」シャーロットがささやいた。「お兄様はレディ・リゼットをエスコートすべきだったのよ」

リリーが上品に鼻を鳴らした。「ええ、もちろんそれはそうよ。でも今夜は内輪だけの気軽な夕食会だったのでしょう？　なんでもないことに大騒ぎしすぎているように思えるわ」

「レディ・セシルとレディ・リゼットは、マナーにはとてもうるさいのよ。特に階級に関することには。デリアのような若い娘がテーブルの上座についた場合にはなおさらよ」シャーロットが冷笑するように言った。「あのふたりがいらいらしていたのはそういう理由なの。ふたりとも憤慨するのが当然というアピールがとってもうまいのよね」

「ええ、そのとおり」エレノアが言った。「彼女たちが家族になるかもしれないと思うとうれしい限りだわ」

シャーロットは肩をすくめた。「ある意味ぴったりな縁組みよね。財産と社交界でのつながりを考えれば」

エレノアが顔をしかめた。「でも性格や相性はぴったりとは言えないわ」

シャーロットが不機嫌な顔で応えた。「アレックお兄様がそんなことを気にかけると思う？」

「以前はいろいろなことを気にかけていたわ」エレノアは言った。「でももしお兄様が財産や上流階級の評判しか気にかけない大ばか者なら、レディ・リゼットと結婚して残りの人生を彼女にひどく悩まされることになってもしかたないわね。彼女と結婚したら絶対そうなるもの」

「しぃっ！　お母様がいらっしゃるわ」シャーロットがささやいた。「あらいやだ、見て！　お母様ったら、誰を引き連れていると思う？」レディ・カーライルが部屋の向こうからやってきた。その後ろに続くのはレディ・セシルと娘のリゼットだ。その姿はまるで航路を奪い合いながら白波を立てて進む、怒れる二隻の船のようだった。

「まったくいやになっちゃうわ！」エレノアが小声で言った。「今夜のお兄様はいったいどうしてあんなことをしたのかしら」

それについて四人が議論する間もなかった。レディ・カーライルと憤懣《ふんまん》やるかたない様子の二隻の船が港に到着したからだ。「みなさん、ご機嫌いかが？」レディ・カーライルがにっこりほほえんで言った。「ミス・デリア、ミス・リリー、レディ・セシルがぜひともあなたがたとお話ししたいそうよ。レディ・セシルはあなたがたのお母様のことを覚えていらっしゃるんですって」

レディ・セシルの苦々しい表情からすると、いい思い出ではなさそうだ。若い頃は美しかったであろうレディ・セシルの顔には、怒りっぽく、常に不満ばかり抱えているその性質のせいだろうか、すっかりしわが定着している。

デリアは礼儀正しく膝を曲げてお辞儀をした。リリーも同じようにお辞儀をした。レディ・セシルは不躾《ぶしつけ》なほどじろじろとデリアの顔を見つめた。茶色の小さな目を寄せているせいで、残念なことに斜視が強調されてしまっている。彼女はデリアの顔をじっくり見たあと、視線をリリーに移し、そしてふたたびデリアへと視線を戻した。

ようやくレディ・セシルはさっとお辞儀を返した。レディ・リゼットも母に続いて浅くお辞儀をしてみせた。

「ミス・サマセット」レディ・セシルが丁寧ながらも冷淡な口調で言った。「わたくしはあなたがたのお母様のレディ・ミリセント・チェイスを覚えています。実を言うと、とてもよく覚えているのですよ。誰もが彼女のことを覚えているでしょうね。彼女は長年ロンドンに顔を出していませんでしたけれどね」

デリアは体を固くした。彼女の隣でリリーが息をのんだ。その一瞬、デリアは体じゅうの感覚が遠のき、頭は真っ白になった。だが直後に、まぎれもない怒りが彼女のなかに湧きあがった。「わたしの母はロンドンには飽き飽きしていたんです。母はできるだけ上流階級の方々と過ごすのを避けていたようです。延々と続く退屈な社交行事にも飽き飽きしていました」

母はあなたのような人間にうんざりしていたのよ、レディ・セシル。

レディ・リゼットがぐいっと顎をあげて言った。「その点に関して、あなたはお母様と意見が一致していらっしゃらないようね。わたしが見たところ、あなたは上流階級の夕食をとても楽しんでいらしたみたいだもの」その甘ったるい口調の裏には悪意が込められていた。

「そうよ、デリア」エレノアがわざと咎めるような口調で言った。「リットン少佐のお相手をあんなふうに独り占めしたりしちゃだめよ」

シャーロットが喉の奥で奇妙な音を立てたあと、あわててゴホゴホと咳き込んだふりをしてから言った。「エレノアお姉様ったら、デリアを責められないわよ。若い女性なら誰だってリットン少佐と一緒に食事をしたら会話に夢中になってしまうもの」

エレノアがドレスのスカートを直すふりをして顔を背けた。だがエレノアが唇を嚙みしめ、肩を震わせているのにデリアは気づいていた。

レディ・リゼットがデリアをにらみつけた。「ミス・デリアが夢中になっていたのは、リットン少佐ではなかったと思うけれど」

　その言葉にデリアが応えようと口を開きかけたとき、リリーが声をあげた。「レディ・カーライル」リリーはレディ・リゼットを無視して尋ねた。「今夜、ダンスはありますか？」

「あるかもしれないわね」レディ・カーライルは笑顔で答えた。「今夜のパーティーではまだ庭園をご披露していないわ。ぜひともみなさんに庭園をごらんになっていただきたいと思っていたのよ」

「お母様、ここの庭園はとてもすてきなのよね」エレノアが母の手を握りしめた。

　シャーロットが一歩前に出て母の頬にキスをした。「ええ、とってもきれいだわ。お母様、庭園を開放してくれてありがとう」

　レディ・カーライルの顔が喜びで輝いた。「ライランズ、従僕たちに言って網戸を片づけさせてちょうだい」笑いながらそう言って手を叩くと、従僕たちが部屋の隅に網戸を片づけ始めた。

　デリアはレディ・リゼットのことも、彼女の怒りっぽい母親のこともすべて忘れて、レディ・カーライルを見つめた。レディ・カーライルの表情が喜びで変化する様子を見つめるうちに、デリアは喉の奥から感情が込みあげてくるのを感じた。

レディ・カーライルは笑うとずっとお若く見えるわ。

女性たちは客間の中央に集まり、興奮ぎみにおしゃべりしながら従僕たちが網戸を次々に片づけるのを見守った。全員がガラスのドアに視線を向けている。そして網戸がひとつ取り払われるたびに、驚嘆の声があがった。

一瞬の沈黙があったあと、シルクの衣擦《きぬず》れの音を響かせ、女性たちは一斉にテラスのドアに突進した。先を競うように外へと駆け出す。

「なんてすてきなの！」若い女性が叫んだ。興奮しすぎて、今にも気を失いそうに見えた。「まるでミニチュアのヴォクソール庭園だわ！」

「さあ、わたしたちも行きましょう」庭に殺到する女性たちの様子を見ていたシャーロットが言った。シャーロットは片方の腕をリリーの腕に絡ませ、もう片方の腕をエレノアに絡ませた。「はぐれないようにみんなで一緒に歩きましょう」

エレノアがデリアの腕を取った。「驚いた。ミス・エントウィッスルを見て！ あの子、完全にわれを失っちゃっているみたい。気の毒なミセス・ペニーワースをハイヒールで踏みつけそうになっていたわ。きっと庭でロマンティックな出会いがあるんじゃないかと期待しているのよ。でも期待どおりにはならないわね。殿方はみんな、まだなかでブランデーを飲んでいるもの」

「わたしたちは離れ家に行きましょう」エレノアが言った。

デリアはエレノアに腕を取られたまま、庭園からのやわらかな明かりに誘われるようにぼんやりとした足取りでテラスのドアを通り抜けた。頭上では木の葉のあいだにつるされたランタンの明かりが揺らめいている。ランタンは足元にも小道に沿うように並べられていた。デリアはこれまで蛍を目にした経験はないが、その体に小さな明かりを灯すというちっぽけな虫のことは本で読んだことがあった。もし何千もの蛍が集まり、その明かりで周囲を照らしたら、まさにこんな光景になるだろう。

デリアはどこに向かうでもなく庭園のなかを歩いた。エレノアはすでにデリアの腕を放していた。デリアは気まぐれに小道の角を曲がっては、あちこちで足を止めて、優美なアーチや美しい花々を見てうっとりとため息をついた。前を向くと、小道の先にランタンと白いシルクの布で装飾された離れ家が目に入った。小道の角には白い花が豪華に飾られている。デリアは離れ家に向かって歩きながら、いつの間にか自分が庭園の一番奥でひとりきりになっていることに気づいた。エレノアやシャーロット、そしてリリーの姿も見えなかった。

「お姉様！」どこかでリリーが声をあげている。だが妹の声は音楽にかき消された。その優しい音色はどこか遠くで奏でられているように聞こえたかと思えば、次の瞬間には庭じゅうのいたるところで奏でられているようにも聞こえた。まるで庭園の空気自体がその音色を生み出しているかのようだった。演奏者たちが垣根のあいだや、離れ家や優美な彫像の裏で演奏しているのだ。

「向こうにある中国風の東屋は見逃せないわよ……」リリーの話し声は次第に遠ざかり、最後には聞こえなくなった。

デリアは初めてこの庭園に訪れたかのような気分だった。今夜の庭園はかつてないほど美しく見えた。多分、レディ・カーライルの喜ぶ顔を見たことが、デリアにそう感じさせているのだろう。彼女のあの表情――従僕たちが網戸を片づけたときと、娘にキスされたときのレディ・カーライルの表情は、この庭園のどの明かりよりも輝いていた。

自分でも驚いたことに、デリアの目から涙があふれた。だがその涙がこぼれ落ちる前に、背後から足音が聞こえた。あたたかな手が置かれたかのように、うなじがぞくっとするのをデリアは感じた。

振り返るまでもなく、そこにいるのがアレックだとデリアにはわかっていた。

「あなたのお母様は……」デリアは言いかけたが、喉に込みあげるものを感じ、その先を続けられなかった。レディ・カーライルの顔が何歳も若返ったように見えたことや、娘たちと一緒にいる彼女を見て、感情を大きく揺り動かされたことを、うまくアレックに説明できるとは思えなかった。

「妹さんたちはお母様ととても仲がよいのね。今夜のレディ・カーライルはとてもお幸せそうだったわ」デリアはなんとか言葉を絞り出した。

「母がいつも幸せそうだったわけではないんだ。母は以前とはすっかり変わった。あの日から……」アレックはその先を言わなかった。

アレックは父親のことをはっきり言葉にしなかったが、デリアには彼の言いたいことがわかった。

デリアの声がわずかに戻った。「幸せそうなお母様を見られるようになって、本当にうれしいでしょうね」デリアは震える声で言った。

しばらく沈黙が続いたあと、アレックが口を開いた。「きみの母上は……」自信なさげなアレックの声にデリアは驚いた。「きみたち姉妹は、母上と仲がよかったのかい？」

デリアは体をこわばらせた。両親のことに触れられるといつもこうなった。両親について話していいのかどうか彼女にはわからなかった。デリアは小声で答えた。「ええ。とても仲がよかったわ。母とも父とも。両親のことが恋しいわ」

「そんなふうに感じられることがうらやましいよ」アレックの口調には苦々しさが込められていた。「ぼくは父を恋しく思ったことがない」

「誰かを愛するのが難しく感じることも、愛する両親が不幸な結婚に長年苦しんでいるのをすぐそばで見ているのもつらいでしょうね。両親を早くに亡くすのと同じくらい。わたしの両親はとても仲がよかったわ。わたしたち姉妹が覚えている両親はいつも幸せそうだった」

空中に漂う自分の言葉を耳にしたとたん、デリアはひどくばつが悪くなった。彼女の母親がレディ・カーライルの立場に置かれ、ハート・サザーランドとの愛のない結婚生活を送るはめになっていた可能性もあったのだ。「あの、わたしが言いたかったのは――」

「ぼくたちは知り合って間もない」黒い瞳をやわらげてアレックが言った。「それはこれまでデリアが見たことがないほど優しいまなざしだった。「だが、きみが残酷な人間でないことはわかっている」

次の瞬間、アレックはお辞儀をして背を向けた。そのまま立ち去るかに見えたが、ぎりぎりまでためらったあとアレックはデリアの手を取って、そこに唇をつけた。

「明日の朝、六時に玄関口で会おう」

そのキスは完全に礼儀にかなっていた。短いキス。彼女の手袋に唇がわずかにかすめただけのキス。彼の手はデリアの素肌に触れてもいなかった。それなのに、デリアはまるで胸から腹部、そして足の爪先までキスをされたかのように感じていた。

16

アレックはつややかな黒いブーツに乗馬鞭をぴしゃぴしゃと当てながら、いらだたしげな様子で黒と白の大理石が敷かれた玄関ホールを歩きまわった。

六時と言っておいたのに、いったい彼女はどこにいるんだ？

「おはようございます、伯爵」

アレックはさっと階段のほうを振り返った。首元と胴の部分に黒い縁取りのある、ぴったりとした濃紺の乗馬服を着たデリアが階段をおりてきた。青いサテンのリボンが揺れる上品な黒の帽子の下からは、輝くような明るい青い瞳がのぞいている。

アレックは息をのんだ。「どうやらよく眠れたようだな。とても……」

魅力的で、むしゃぶりつきたくなるほどおいしそうで、そそられる。

「……すっきりとした顔をしている」

少なくとも彼女は眠れたらしい。アレックは昨夜、リゼットをおだてながら退屈な夜を過ごしたあと、エレノアに廊下で問い詰められ、逃げるように寝室へ戻ったのだった。エレノアの小言はいつもなら毛糸を投げつけられた程度にしか感じないのだが、今回はクリケットのバットで殴打されたかのごとくアレックを打ちのめした。まだ耳ががんがんしているくらいだ。エレノアは昨晩の夕食でアレックが直前になって席の配置を換えた理由を問いただしてきた。そしてデリアをゲストたちの好奇の的にしたアレックのことを、許しがたいほどの無神経だと言って責めたてた。エレノアが真実をすべて知っていたら、今頃アレックは耳がまったく聞こえなくなっていただろう。

アレックはデリアに腕を差し出した。「今日は乗馬日和だ」ふたりは玄関を出て、厩へと向かった。「トーマスが荷物係としてわれわれに同行する」アレックは小さなバスケットを持って厩の入り口のそばに立っている従僕を示しながら言った。

厩の裏の馬場では、アレックの黒い雄馬ケレスが今すぐにも駆け出したいという気持ちを抑えきれないとばかりに跳ねまわっていた。ケレスの隣にはアレックがデリアのために選んだ灰色の雌馬がおとなしく立っている。アレックはその牝馬《ひんば》に目をやったあと、粋な青い乗馬服に身を包んだデリアを見おろし、自分の選択が間違っていたことに気づいた。デリアは何も言わなかったが、落胆しているのがアレックにもわかった。帽子のリボンが小さく揺れている。

「ドーキンス！」アレックが大声で呼ぶと、厩の戸口から白髪頭で猫背の男が現れた。

「アテーナに鞍《くら》をつけてくれ。ミス・サマセットはもっと活発な馬がお好みのようだ」

「まあ！」ドーキンスが引いてきた馬を見て、デリアは息をのんだ。つややかな金茶色の雌馬は、たいていの雌馬より体格がよく、美しく弧を描く首、そして驚くほど優美な四肢を持っていた。「なんて美しいの！」

「ああ、そのとおり。美しい馬だ」アレックはアテーナの首を撫でた。「生まれたときは病弱だったんだ。今のこの姿を誰も予想できなかった」

デリアはアテーナに近づいて、やわらかな黒い鼻を撫でた。「エレノアとシャーロットがこの馬のことを前に話してくれたわ。病弱な仔馬だったアテーナをあなたが一年間も面倒を見て、健康にしてやったって。彼女たちの話しぶりからは、あなたの行動を心から尊敬しているのがよくわかったわ」

そのみずみずしい唇から目元まで笑みを広げながら、デリアがアレックを見あげた。デリアに笑みを返したものの、あの夏の記憶が脳裏に押し寄せ、アレックは動揺した。アテーナを育てあげたことは、父に対する勝利でもあった。父は仔馬を銃で撃ち殺そうとしたのだ。

だがそのとき、現実が彼の頬をぴしゃりと打った。妹たちやロビンが、今の彼のことを尊敬の気持ちを込めて語ってくれるだろうか。今では妹たちや弟と会話することさえほとんどなかった。それに彼にはデリアのほほえみを見る資格はない。デリアがロビンにほほえみかけるのを全力で阻止している真っ最中なのだから。「もう何年も前のことだ。アテーナに乗るか？」アレックはぶっきらぼうに言った。

デリアはアレックの不機嫌な口調に驚いたものの、うなずいた。「ぜひ乗りたいわ」「彼女は活発な馬だ。本当に乗りこなせるのか？」疑うような口調でアレックは言った。デリアにほほえみかけられなければ、彼女に触れずに今日を無事にやり過ごせるだろうと思ったのだ。

この作戦はうまくいった。デリアはその顔から笑みを消し去り、憤慨したように顎をこわばらせた。「もちろん」デリアはつんと澄ました顔で乗馬台に歩いていくと、振り返ってアレックを待った。本当なら足を踏みならして歩きたいところなのに、行儀のよいデリアは自分を抑えているのだとアレックにはわかっていた。

「きみがそう言うなら。ドーキンス、頼む」アレックは馬丁にアテーナを乗馬台まで移動させるよう指示した。デリアが優雅な身のこなしで軽々と馬に乗った。アレックは、デリアのまっすぐに伸びるすらりとした背中と、ぴったりした乗馬服に包まれた長い脚を称賛の目で見つめることを一瞬だけ自分に許したあと、なんとか目をそらした。デリアがアテーナの上で優雅に腰かけるその姿は、もう充分に目に焼きついていた。

アレックはケレスにまたがると、最初は軽快な速歩《トロット》で厩の馬場を軽く走らせたあと、馬場を出て駈歩《ギャロップ》で駆け出した。アレックは馬を思い切り走らせるのが好きだった。彼はスピードをあげた。デリアは難なくアレックの速度についてきた。二頭の馬は蹄の音をとどろかせながら力強く地面を蹴り、泥や芝を大きく跳ねあげながら疾走した。のどかな景色がどこまでも続いていた。アレックは馬に乗ることができる年齢になってからずっと、同じような緑の丘がいくつも連なるこの領地を馬で駆けまわってきた。子供の頃は、沼地を何時間も探索したり、野鳥や珍しい植物を探してまわったり、満開のブルーベルの花畑を駆けまわったりして過ごしたものだ。

今の時期は、ブルーベルの見頃にはまだ早い。ブルーベルの花が木もれ日の下で青い絨毯《じゅうたん》のように咲くのは五月、その頃にはデリアはとっくにケントから立ち去っているのだ。アレックはケレスの手綱をぐいっと引いた。ケレスが抗議するようにいななく。後悔の痛みを感じるなんてばかげている。彼女の出発を早めようとして、こんな手の込んだことまでしているというのに。

今夜遅くにふたりがベルウッド邸へ戻る頃には、ハウスパーティーの招待客全員が口さがなく彼女の名を噂していることだろう。上流階級の考えでは、アレックはリゼットと婚約したも同然の身の上だ。人々はデリアが彼とふたりきりで遠乗りに出かけたことを非難するだろう。アレックは今までどおり、社交界のほとんどの人々から放蕩者とみなされることはあっても、彼女を誘い出したのを咎められることはない。リゼットでさえも彼を許すはずだ。

公平とは言えないが、彼らの世界ではそういうものなのだ。

もう始めてしまったことだ。アレックはこれ以上この問題について考えたくなかった。ベルウッドやロビンや上流階級から何キロも離れている今は。デリアは明日、去ることになるだろう。自分勝手なのは百も承知だが、今日だけはふたりのあいだにそんな醜い事情など何ひとつ存在しないようにふるまいたかった。今日だけでいい。晴れ渡る春の朝にふたりで遠乗りに出かけただけなのだと思いたかった。

数時間馬を走らせたあと、アレックはケレスを小高い丘の頂へと向かわせた。彼は馬からおり、デリアに近づくと、馬からおりるのを手伝おうと手を差し出した。だがデリアがそれを了承する前に、アレックは衝動的に両手で彼女の腰を軽くつかんで馬からおろした。

デリアに触れるべきではなかったが、それも今日だけのことだ。彼女は明日になれば手の届かないところに行ってしまうのだから、とアレックは自分に言い訳をした。

「まあ！」デリアが驚いて小さな声をあげた。その声を耳にしたとたんアレックの膝から力が抜けた。「自分で馬からおりられるわ」

「もちろんだ」アレックはデリアを地面におろしながら、彼女の体を引き寄せたいという衝動と戦った。「きみならロットン・ローでも称賛されるだろう」それは本心からの言葉だったが、言った本人も驚いていた。

トーマスがバスケットをアレックに手渡し、二頭の馬に水をやるために姿を消した。アレックはピクニック用のブランケットを草の上に広げ、コートを脱いで腰をおろした。デリアを見あげ、自分の隣をポンポンと手で叩く。

「嚙みついたりしない」あえて意地悪そうな笑みを浮かべながら言った。「どうかくつろいでくれ」アレックはデリアを見つめたまま、バスケットから取り出したつややかなリンゴにかぶりついた。

デリアはとてもくつろげそうにないと言いたげな目でアレックを見ながらも、ブランケットの端に腰をおろした。できるだけアレックから離れた場所に。

「ロットン・ローがどんな場所かを想像するのは難しいわ」デリアは言った。「ヴォクソール庭園も。昨日の晩、招待客の令嬢のひとりが言っていたわ。あなたのお母様の庭園はヴォクソール庭園をなぞらえたものだって。それでわたしは、ヴォクソールというのはどんな庭園なのかしらと思ったの」

アレックは正面に脚を投げ出して言った。「どうしてそんなことが気にかかるんだ？」

デリアはためらったあと答えた。「以前にはヴォクソール庭園を想像したことなんてなかったわ」

アレックはリンゴをもうひと口かじりながら尋ねた。「なら今はなぜ？」

「あれと同じくらい美しい庭園があるのなら、ロンドンは以前に想像していたような、人でいっぱいのごみごみした、ただの汚い街というだけではないのかもしれないと思ったの。以前はロンドンに行きたいなんて思ったこともなかった。でも今は、もしかしたら自分は何か見るべきものを見逃しているのかもしれないと思うようになったのよ」

「ロンドンはごみごみした汚い街だ」アレックは言った。「それに犯罪や貧困や病気がはびこっている。だが、きみがロンドンを一度も訪れたことがないのなら、たしかに見逃しているものはあるだろう。ロンドンは興味深い街だ。ぞっとさせられると同時に魅了される」

デリアは眉をあげてアレックを見た。ばかにされると思っていたのに、アレックが真面目に答えたので驚いたようだ。「ええ。街も人と同じなんでしょうね。ぞっとさせられると同時に魅了される」

「誰か特定の人物のことを考えてるように聞こえるぞ」

デリアは笑い声をあげた。「その両方を兼ね備える人はいないわ。でもあなたは前にわたしに警告したでしょう？　母のことを覚えている上流階級の人たちが、わたしたち姉妹がここにいることでまた噂話をするだろうって。たしかにそのとおりだったわ。でも考えてみると、ほとんどの人は予想していたよりもずっと親切にしてくれたわ。それにレディ・セシルのような人から何を言われようと、わたしは少しも気にならないわ」

アレックは口のなかで噛んでいたリンゴをのみくだした。計画どおりに事が運んでいると喜んでもいいはずなのに、意外にも猛烈な怒りが込みあげてきたのだ。彼の表情が激変したことに気づいたのか、デリアは自分の言葉を後悔しているように見えた。

「レディ・セシルは何が気に食わないんだ？」

「わたし、リリー、それにわたしたちの母。驚くようなことではないでしょう？　レディ・セシルは気に入らないことがあっても表には出さないでおくような人ではないわ」

「きみたちにはベルウッドにいる資格がある。レディ・セシルは礼節をもってきみたちに接するべきなんだ」アレックは体をこわばらせ、なんとか怒りを抑えた。「きみたちはぼくの妹たちの友人であり、母の招待客なのだから」

「あら、レディ・セシルはエレノアやシャーロット、それからあなたのお母様とは全然違うタイプの人だもの。上流階級の人々がお母様みたいな人ばかりならよかったのに」デリアはため息をついた。「彼女は本当にすてきな方だわ」

「しかし残念ながら」冷静さを取り戻そうとしながらアレックは言った。「ほとんどはレディ・セシルと同様だ――ぞっとするね」

デリアが笑い出した。リラックスしたようだ。彼女はピクニック・バスケットをのぞき込み、リンゴを手に取った。

「教えてくれ」きれいに並んだ白い歯でみずみずしい果肉を噛んでいるデリアからなんとか視線を外そうとしながらアレックは尋ねた。「きみが絵を描くのは知っている。そして乗馬が得意だということも。歌やピアノは？　それから、フランス語やイタリア語を話すのか？」

デリアはうなずいた。「ええ。あとドイツ語も少し。それが何か？」

アレックは肩をすくめた。「別に。ただ、きみは上流階級の若い令嬢に求められるすべてのたしなみを身につけているという話さ。レディ・セシルがきみを気に入らない本当の理由はそれだ」

デリアは驚いたようにアレックを見つめた。「どういう意味？　わたしがほかの上流階級の令嬢と同じだと、どうしてレディ・セシルは気に入らないの？」

そうは言っていない。デリアはほかの上流階級の令嬢とはまるで違う。アレックが知っているどの令嬢とも彼女は違った。だがそれを指摘しても意味はない。彼女は明日にはいなくなるのだから。「簡単なことさ。それなりの礼儀をわきまえていて、多少の特技を身につけている、ほどほどに魅力的な若い女性は皆、レディ・リゼットのライバルになりうるからだ」

「それなりの礼儀……多少の特技……ほどほどに魅力的。ずいぶんと気前のいいお世辞ですこと」

「きみがダンスの才能に恵まれていないことを祈るよ」アレックは真顔を装って言った。「もしきみがダンスまで得意だとしたら、きみの安全が危うくなるところだ」

「まあ、どうしましょう。わたしまで不安になってきたわ。だってダンスは得意中の得意ですもの」

デリアはふざけて言ったが、アレックにはダンスフロアで軽やかに踊る彼女の姿がやすやすと想像できた。アレックは咳払いをして言った。「もしきみが不器用で不格好で、肌も汚く、舌足らずな話し方をする娘なら、レディ・セシルも両手を広げてきみを歓迎していただろう」

デリアがそれについて一考するように首をかしげてみせた。「彼女に気に入られないより、そっちのほうがずっと恐ろしいわね」デリアは小さな笑みをいたずらっぽく浮かべて言った。

アレックはデリアの濃いまつげの下の瞳をのぞき込みながら、森の野原に絨毯のように一面に広がるブルーベルの花のことを考えていた。デリアを腕のなかに引き寄せることもできる。彼女の肌に口づけることも。何度も何度も——ロビンのことや、互いの家族のあいだのスキャンダルや、彼女をここに連れてきた恥ずべき理由をすべて忘れてしまうまで。そして彼女の甘く、熱い唇に口づけたい。ほかのすべてが忘却の彼方《かなた》へと消え失せてしまうまで。

「いずれにせよ」デリアは言った。「レディ・セシルのことを心配してもしかたがないわ。特技があろうとなかろうと、上流階級の人々はわたしの名前を忘れてはくれないもの」

そのとおり。上流階級の連中は決してデリアがサマセット家の人間であることを忘れはしないし、そしてそれゆえに彼女を受け入れることもない。それはアレックも同じだった。彼女の唇のあいだにあるリンゴの味を想像してなんかいないで、そのことをよく思い出すべきだった。

だが今ではない。今日は忘れよう。今日だけはそのことについて考えたくなかった。

「きみの名前のデルフィニウムは――」アレックはからかうような目でデリアを見つめた。「目の色から名づけられたんだな？　デルフィニウム、リリー……」

アレックは期待を込めた目でデリアを見つめた。

「アイリス、ヒアシンス、それにヴァイオレットよ」ほんのり顔を赤らめながらデリアが答えた。「わたしたち姉妹は全員、青い花にちなんで名づけられたの。うちの両親は少々……その……夢見がちなところがあったので」

「少々ね」デリアの唇から視線をそらす努力をあきらめ、アレックはうなずいた。「きみたちが茶色の目で生まれてきたら、ご両親はどうするつもりだったんだろうね？」アレックはにやりと笑って尋ねた。

デリアは顔をしかめて少し考えたあと答えた。「ポピーとか？　あとはミルクウィードかしら。たしか茶色い花だったわよね？　多分、わたしたちは青い目で生まれてきたことに感謝すべきなんでしょうね」

アレックは声をあげて笑った。自分でも抑えられなかった。彼はデリアとおしゃべりするのが好きだった。彼女が賢く、愉快だからというのもあるが、彼女が次に何を言い出すのか、どんな表情をするのかがまるで予想がつかないからだ。「きみも夢見がちなのか？　青い目だけでなく、その点も母上から受け継いだのか？」

「いいえ」わずかにためらったあと、デリアは答えた。「以前はそうだったかもしれないけど……」デリアは口を閉ざした。その顔からは笑みも消えていた。「今はもっと現実的になろうと努力しているわ。リリーに言わせれば、見事に失敗してばかりだけれど」

アレックはデリアの笑みが消えたことが気に入らなかった。「きみにはまだ夢見がちなところがある。青い目にちなんでデルフィニウムなんて名づけられては、それもしかたがない。その理由だけでも、きみが常に夢見がちだとしても許される」

ようやく適切な言葉を言えたようだ。デリアは少し恥ずかしそうにアレックを見あげた。その頰は喜びでピンクに染まっている。「そんなふうに考えるのってすてきだわ。ミルクウィードという名前なら違っただろうにとか、わたしをからかうことだってきたのに」

デリアの輝く表情を見ているうちに、昨晩から胸の奥で感じていた鈍い痛みがまたよみがえった。アレックは三日前に庭園から逃げるように去っていったデリアの表情を思い出した。かっと赤らめたと思ったら、直後にはさっと青ざめ、不安げな表情を浮かべていた彼女の顔を。そして昨夜、庭園で涙をこぼしかけていた彼女の顔を。胸に突き刺さるその痛みはあまりに鋭く、アレックは胸が引き裂かれる思いがした。

ロンドンでは、アレックは情け容赦ない男——勝つためならなんでもする冷酷で計算高い男と噂されている。邪魔するものは誰であろうと踏みつぶすと。多分、自分は噂どおりの男なのだろう。もっと最低な男なのかもしれない。伯爵になってからはさらに。妹たちが尊敬を込めて語ったような男だと自分でも信じていられたのは、もうずっと昔のことだ。しかし、だからといって、自分はブーツの底で花を踏みつけるように、デリアのことを踏みにじる男なのだろうか？　彼女の名前がサマセットだからというだけの理由で？　父がそうだったように、他人を思いどおりに操ろうとする冷酷な男なのか？

今しているのは見下げ果てた行為だ。デリアがどれほど脅威だろうと、自分の卑しく卑劣な行動は正当化できない。アレックの品位にかかわる問題だ。自分が計画していることを考えるたびに、アレックの胸には虚無感が広がり、はらわたがよじれるような気がした。なぜなら心の底ではわかっていたからだ。自分はもっとましな人間だと。父のような人間ではないのだと。

それにデリアは——ああ、彼女はこんな扱いを受けていい女性ではない。デリアはほかの誰よりも尊敬に値する女性だ。レディ・セシルやほかの上流階級の連中よりも、アレック自身よりも、ずっと立派な人間なのだ。彼女が稀有《けう》な美貌の持ち主だからではない。母親のことを口さがなく噂されても、顔をまっすぐにあげている気高さ。並の娘なら社交界のルールに則《のっと》ってアレックにおべっかを使ってくるところを、そうはせず真っ向から立ち向かってくる強さ。それらが彼女の人間性を証明している。

アレックはデリアが魅力的すぎることを理由に彼女を罰しているのだ。そして、彼女の魅力に自分が抗えそうにないから。デリアがほほえむと、アレックは彼女にほほえみを返さずにはいられなかった。デリアがリンゴをかじるさまを見るのは、この上なく甘美な拷問だった。アレックは彼女の唇に刺激され、何も考えられなくなった。こんな遠くまで何キロも馬を走らせてきたのは、デリアの紅潮した頬を見るためだったのだ。

このような仕打ちでデリアを傷つけるわけにはいかない。おのれのためにも。もしこんなやり方でデリアを陥れてしまったら、父と同様の人間になる。そんな自分にはきっと耐えられないだろう。

自分がしていることはすべて恐ろしい間違いだ。だが今ならまだこの間違いを正せるかもしれない。

アレックは空を見あげた。まだ朝の九時頃だ。急いで帰れば、ベルウッドに十一時までには戻れるかもしれない。その時間ならふたりが出かけていたことさえ誰にも気づかれないだろう。

突如、アレックは残っていた食べ物をかき集めると、それをバスケットに詰め込んだ。

「申し訳ないが、今すぐにベルウッドに戻らなければならない。緊急の仕事があったことを、たった今思い出したんだ」

デリアは呆気に取られたようにアレックを見つめた。「でも約束は？　今日じゅうに会わなければならない人がいるんじゃなかったかしら？」

アレックは自分でも頭がどうかしたように聞こえるだろうとわかっていたが、どうしようもなかった。今すぐここを発たなければ。「戻ったら秘書に行かせる。彼ならその仕事を任せられる」アレックは息をついて続けた。「途中で戻ることになってしまい、申し訳ない。きみに西側の領地を案内すると約束していたのに」

「では、また別の日に」デリアは立ちあがった。

トーマスを呼び戻し、数分後にはふたりは馬上にいた。アレックが両膝でケレスの脇腹を蹴ると、ケレスが前に飛び出した。そして空を飛ぶ鳥のように二頭の馬は大地を駆け抜けた。一路ベルウッドを目指して。

17

帰りはあっという間だった。アレックはケレスを急がせ、限界まで速度をあげて走らせた。まるで地獄の猟犬に追いたてられてでもいるかのように。アレックがいかに速度をあげようと、デリアは気にしなかった。風にあおられて髪がたなびくのも、頬が紅潮するのも快く感じた。彼女は脚の下で力強くうねるアテーナの背の動きを感じていた。まるで自分の体に羽が生えたようだった。アテーナがなめらかな動きで大きくひと駆けするごとに、デリアの体は高く浮きあがった。まるで空を飛んでいるかのような気分だった。アレックはデリアのすぐ前を走っていた。その力強い両腿で黒い大きな馬を巧みに操っている。背中はまっすぐに伸び、波打つ黒髪は風に巻きあげられていた。

すばらしい遠乗り。すばらしい朝。

デリアが顔をあげるとベルウッド邸が見えた。あまりに早く到着したことに彼女は驚いた。経験豊富な執事のライランズは、不気味なほどの予知能力を発揮していた。彼はすでに屋敷のドアを開けており、無表情で立ったままふたりを迎えた。

「こんにちは、ライランズ」デリアは快活に手を振った。

ライランズはお辞儀をした。「ミス・サマセット、旦那様。午餐《ごさん》は正午からでございます」

アレックがケレスを急停止させて言った。「ライランズ、母は今朝はもう階下におりてきているか？　ほかの招待客たちは？」

ライランズは首を横に振った。「今朝はずっと静かでございました。レディ・カーライルはご自分のお部屋で朝食を召しあがりました」執事はわずかにためらったあと、無表情のまま穏やかな口調で続けた。「レディ・セシルとお嬢様もお部屋で召しあがりました」

アレックはわずかにうなずいただけだったが、その体からは力が抜け、食いしばっていた顎も緩んでいた。「結構」アレックはデリアを振り返った。「今朝はつきあってくれてありがとう、ミス・サマセット」

その言葉を馬からおりていいという合図だと受け取ったデリアは、渋々ながら馬からおりると、アテーナに小声で話しかけながら何度かその首を撫でた。デリアは楽しい乗馬のひとときを持てたことへの感謝を伝えようとアレックを見あげたが、彼女が何かを言う間もなく彼はアテーナの手綱をつかむと、彼女におざなりにうなずいただけで、速歩で厩へと走り去ってしまった。

デリアは遠ざかるアレックの姿を目で追った。なんとなく落胆している自分に気づいたが、その理由は自分でもわからなかった。

デリアは部屋で着替えをしようと急ぎ足で階段をのぼった。部屋に入るとリリーが化粧台の前に座り、ドレスに合うリボンはどれかと悩んでいるところだった。鏡に映る妹の姿に目をやったデリアの顔に笑みが浮かんだ。リリーの頰はバラ色に染まり、目の下のくまもすっかり消えている。

「白いリボンがいいわ」デリアは足早にベッドに近づくと、その上に帽子を置いた。

「まあ、デリア。いったいどこに行っていたの？　乗馬をしていたの？　急いだほうがいいわよ。もうすぐ昼食の時間だから」鏡をのぞき込んでいたリリーが振り返って、興味津々といった表情でデリアを見つめた。

「ああ！　乗馬帽のリボンをトーマスの鞍袋のなかに忘れてきちゃったわ」

帽子につけていたシルクのリボンが乗馬中に風で緩んできたので、トーマスにリボンを預けた。彼はそれをなくさないよう鞍袋にしまったのだった。

「お姉様ったら。その髪、リボンどころか帽子すらかぶらずに馬に乗ったみたいに見えるわよ」

リリーは鏡のほうに向き直ると、完璧に整った自分の髪を満足そうに撫でた。

デリアは自分の髪に手をやってうめいた。鏡を見るまでもなく、髪がひどくもつれているのがわかった。「これを梳かすには何時間もかかりそう。リボンを取りに行くのは昼食のあとでもいいと思う?」デリアの胃が昼食を待ち望むかのようにグルグルと鳴った。

「取りに行くのを忘れてリボンがなくなったりしたら、ヒアシンスとヴァイオレットが怒るでしょうね」リリーは鏡に背を向けると、デリアを見据えて言った。「怒られても反論できないわよ。だってこの乗馬帽にぴったり合うリボンなんてそう簡単に見つかりっこないもの。それに、乗馬服がすてきに見えるのもその乗馬帽があってこそなんだから」

「ああ!」デリアはふたたび言った。今度はあきらめたような口調で。「しかたないわね。わたし、取ってくるわ」デリアはドアに向かいながら言った。

「急いで戻ってきてね。お姉様の髪はわたしが手伝うわ!」デリアがドアを閉めようとしたとき、リリーが室内から叫んだ。

「ありがたいことね」デリアはぶつぶつつぶやきながら、小走りで階段をおりた。「本当にわたしを手伝ってくれるつもりなら、その完璧な髪型で厩に行って、代わりにリボンを取ってきてくれたっていいのに」

階段を駆けおりてきたデリアに気づいて、ライランズが玄関のドアを開けた。「午餐は正午からでございます」ドアから飛び出し、厩に向かって駆け出していくデリアに向かってライランズがふたたび言った。

「わかっているわ、ライランズ。わかっているわ！」デリアは肩越しに振り返って叫んだ。たしかではないが、ライランズの深いため息が聞こえたような気がした。

厩の入り口に到着したデリアが急いで入ろうとしたとき、激高した男の声がなかから聞こえてきた。デリアはどうすればいいのかわからず、足を止めた。なかにいる人たちの邪魔をしたくはないけれど——。

「……いったい何を考えているのか、さっぱりわからないよ、兄さん。昨夜はこそこそ隠れて会っていると思ったら、今朝は午前中ずっと姿をくらますだなんて！」

ロビン・サザーランドの声だった。彼は激怒しているようだ。デリアは静かに息を吐いた。リボンを取りに行くのはあとにしたほうがよさそうだ。口論の最中に入っていくわけにはいかない。

「ロビン、それについておまえが知る必要はない」冷ややかなアレックの声が聞こえてきた。「必要なことをしているだけだ。それにぼくはミス・サマセットと姿をくらましてなどいない」

デリアは凍りついた。彼らが口論しているのは、わたしのことなの？　彼女は本能的に厩に近づき、建物の陰に隠れるように身を寄せた。

「へえ、そうかい。自分が何をしているのかわかっているんだろう？　兄さんは、いつだってそうなんだから。だけどぼくにわからないのは、つき添いもなしに彼女とふたりきりで午前中を過ごして、いったい兄さんになんの得があるのかってことだ」

「トーマスがずっとわれわれと一緒にいた」アレックは張りつめたような声で言った。「従僕が！　つき添いとしてはふさわしくないことはわかっているだろう？　昨晩の夕食でのリットン少佐と同じだ。兄さんはほかの誰にも会話を聞かれないようにわざとあの席にしたんだ」

「ロビン、おまえは彼女が到着して以来、彼女から片時も目を離せないのか？　どうやらずっと彼女を見ているようだな」

「兄さんほどではないさ」ロビンが言い放った。「そして今では皆が彼女に注目している。兄さんが彼女にかまってばかりいるせいで、皆の関心が彼女に集まってしまったんだぞ」

「注目されたくないのなら、そもそもサリーを離れなければよかったんだ。まったく、そうしてくれていればよかったのに」アレックは自分自身に言っているかのように、陰鬱な声で最後の言葉をつけ加えた。

デリアは自分自身をぎゅっと抱きしめるように腕をまわした。風が出てきたのだろうか。彼女は体を震わせ、背中を厩の壁に押しつけた。力いっぱい体を壁に押しつければ、そのまま消えてしまえるかのように。

ロビンが怒ったように鼻を鳴らした。「いったい何を言っているんだ？　なぜ彼女がここにいたらいけないんだ？」

「彼女はわれわれとは違う。おまえだってわかっているんだろう、ロビン？　世間知らずなミス・サマセットでさえ、それがわかっている」

デリアは喉がきつく締まるのを感じた。今朝のことを思い出した。どの上流階級の令嬢にも劣らないとアレックに言われ、デリアはとてもうれしかった。けれど彼は本気でそう言ったわけではなかったのだ。みじめさのあまり、デリアの鼓動は速くなった。ああ、ここの人たちに受け入れられると信じるとは、なんて愚かだったんだろう。

ロビンが声を落とした。これ以上聞きたくなかったのに、気づくと彼女はロビンの言葉をとらえようと耳をそばだてていた。

「なるほどね」言葉ではそう言っているものの、ロビンの口調からは、兄の言うことにまったく納得していないのがうかがえた。「彼女の滞在が気に入らない理由をはっきりさせようじゃないか。気に入らないのは彼女のふるまいか？　彼女のマナーか？話し方か？　いったい彼女の何が兄さんのお眼鏡にかなわなかったんだ？」

「あの娘のふるまいに不満なんて何もない」

〝娘〟という言葉がこれほど侮辱的に聞こえたことは一度もなかった。アレックの口調はどこまでも高慢だった。

ロビンも同じことを思ったのだろう。彼は冷ややかな声で言った。「いったいどういうことなんだ、兄さん？　まさか単に彼女の生まれを理由に彼女を嫌っているなんて言わないよな？」その声の冷たさに、デリアは首元に冷気が吹きつけられたかのようにぞくりとした。

一瞬沈黙が広がった。デリアはぎゅっとこぶしを握りしめていた。あまりにきつく握りしめているせいで、爪がてのひらに食い込んでいたが、その痛みに彼女は気づきもしなかった。まるで全身が麻痺《まひ》したかのようだった。

「生まれだと？　そんな単純な話ならよかったんだがな」アレックの落ち着き払った

態度が崩れ去った。「それだけではないんだ。デリア・サマセットの父親は取るに足りない人物だ。そして母親はぼくたち一族の名前を辱めたスキャンダルを起こした張本人だ。あの姉妹の祖母であるレディ・チェイスでさえ、彼女たちの存在を受け入れていない。自分の祖母にさえ拒絶されている娘を社交界が受け入れるとでも思うのか？」

「エレノアとシャーロットにあの姉妹を招待するよう勧めたときに、社交界の連中のことなんて頭になかったよ」ロビンは言った。「デリアが魅力的な女性で、妹たちの友人だってことしか考えていなかった。誰かを招待するときに、社交界の評判を考慮することを兄さんがぼくに期待しているなんて知らなかったな」

「ロビン、おまえに期待することなんて、もう何もないさ。またあのスキャンダルが蒸し返されたら、ロンドンの客間という客間でサザーランドの名前がささやかれることになるんだぞ。それをおまえに指摘するのはぼくの役割だ。おまえは母さんや妹たちがまた人々の嘲笑の的になるのを見たいのか？　ロビン、おまえには家族を大切にする気持ちはないのか？」

「家族を大切にする気持ち？」ロビンは自分が耳にした言葉が信じられないというように、呆然とアレックの言葉を繰り返した。「あのスキャンダルはもう何十年も前のことじゃないか！　ハウスパーティーに招待したくらいで、ぼくに家族を大切にする気持ちが足りないと責めるなんて、どうかしてるよ」

「おい、ロビン！」アレックの声が厩に響き渡った。「単なる招待だとぼくが信じると本気で思っているのか？　おまえが彼女に夢中なのは誰の目にも明らかだ！　おまえは片時も彼女から目が離せないし、彼女のことを考えてばかり――」

アレックは突然口を閉ざした。沈黙が広がり、緊張でぴんと空気が張りつめた。まるで思いがけないタイミングで銃弾が発射されたあとに、あたりがしんと静まり返ったときのように。しばらくしてアレックがふたたび口を開いた。その声はこわばっていた。「ぼくがおまえを責めているのは、おまえが真剣に彼女を追いまわしているからだ。おまえたちふたりの縁組みはありえない。問題外だ」

「彼女を追いまわしているのは兄さんのほうだと思うけどね」ロビンはアレックを見返した。「ぼくはデリアがここに到着して以来、ほとんど彼女を見ていない。いつも兄さんが彼女とふたりきりで庭園の暗い片隅にいたり、謎めいた遠乗りに出かけていたりするからだ」

「ばかなことを言うな」アレックがすばやく言い返した。「ぼくは彼女をおまえから遠ざけようとしていただけだ！」

デリアの耳から、厩の入り口のまわりで飛びまわっていたハエの羽音が遠ざかっていった。デリアは身動きもできずに立っていた。吐き気が込みあげてきた。つまり、アレックは彼女を誘惑しようとしていたわけではなかったのだ。それがわかって、デリアはほっとすべきだった。感謝してもいいくらいだ。なのになぜ、これほどまでに傷ついているのだろう。アレックがそこまでして彼の家族から自分を遠ざけようとしていたことがわかったからだろうか。

デリアのような取るに足りない娘に対し、関心を寄せるふりをするのは、アレックにとってさぞかし苦痛だったに違いない。それでもほかの上流階級の人たちと同じように、彼は本心を上手に隠した。実際、彼女はアレックが自分と過ごす時間を楽しんでいるとばかり思っていた。彼女にキスをしたとき、アレックはどう感じていたのだろう。体に触れたときは？　目の端に涙が浮かんだ。アレックはわたしにキスをしたり、体に触れたりしたときに、レディ・リゼットのことを思い浮かべていたのだろうか。

ようやくロビンが口を開いた。「兄さん、もしぼくがデリアを愛していたら？　その場合はどうなるんだ？　ぼくの求愛を応援してくれるのかい？　それともぼくの幸せよりも、実際に起こるかどうかもわからないスキャンダルのほうがずっと重要だと思っているのか?」

沈黙がいつまでも続いた。それからアレックが口を開いたが、その平坦《へいたん》な声からは、どんな感情も聞き取れなかった。「彼女を愛していると言いたいのか?」

「ぼくが聞きたいのは、もしそうなら兄さんにとって何か不都合があるのかってことだ。もしぼくの幸せをデリアが握っているとしたら?」

「望みをかなえる方法はほかにもある。たとえば彼女を愛人にするとか……」

デリアは手で腹部を押さえた。アレックの言葉によってできた傷口を押さえるかのように。まさか、信じられない。デリアは気分が悪くなってきた。しかしじっとしていなければ、ふたりに見つかってしまうだろう。そうなればこの耳を覆いたくなるほどおぞましい会話を立ち聞きしていたことを彼らに知られてしまう……。

そのとき怒りに満ちたうなり声が響き渡った。次に、つかみ合いをしているような物音が聞こえてきた。一頭の馬が神経質にいなないた。だが始まったのと同じくらい唐突にその音はやんだ。

「ちくしょう」ロビンの声は震えていた。その声からはどんな強がりも消えていた。

「兄さん、デリア・サマセットが誰かの愛人になることに同意すると思うか? それにこのぼくが貴族の血を引いた若い令嬢を辱めるようなことをすると思うのか?」ロビンは怒りで爆発寸前だった。「兄さんは彼女のことをまったくわかっていない。さらに悪いことに、ぼくのこともわかっていない」

不穏な空気を感じ取った馬たちが蹄を踏みならしていたが、しばらくするとぶるぶると鼻を鳴らして落ち着きを取り戻した。淡い日の光のなかで塵が舞うのをデリアは見ていた。アレックは無言だった。

ついにロビンが大きく息をついた。「ぼくも兄さんのことがわからないと言えたらよかった。だけどぼくにはわかっている。兄さんは父さんにそっくりだ。冷酷で、人を思いどおりに操ろうとした父さんとまるで同じだ。ああ、だけど兄さんは父さんよりもずっと魅力的だな。その体にハンサムな顔が乗っかっているんだから。だけどどれだけ上っ面がよくても、その中身は父さんと同じだ」ロビンはつぶやくように続けた。「爵位を継ぐことが父さんみたいな人間になるということなら、ぼくは自分がカーライル伯爵でないことに感謝するよ」

足音が聞こえた。見つかってしまうと思ったデリアは、体を壁にぴたりと寄せ、その場でじっとしていた。だが誰も現れなかった。ロビンは厩の反対側から出ていったようだ。少なくとも出ていったのはロビンだろうとデリアは思っていた。もうこれ以上言うことはないと思っているのがその口調に表れていた。

できるだけ音を立てず、すばやくここから離れる必要があった。だが今は頭のてっぺんから爪先まで、震えが止まらなかった。体がちゃんと動くとは思えなかった。アレックに見つかったら、困ったことになるだろう——。

そのときふと気がついた。悪意のある言葉を立ち聞きされて困るのは、アレックのほうであってわたしではない。自分は何も悪いことはしていない。ただとんでもなく最悪なタイミングでリボンを探しに来てしまっただけだ。

デリアはその瞬間、純然たる怒りに包まれた。清らかにきらめく氷のような怒りに。それはこれまで感じたことがないほどの強い怒りだった。犯罪者みたいにこそこそ立ち去ったりしたら、あとで悔やむことになる。そう思ったとき、彼女はすでに建物の陰から出て、厩のドアを通り抜けているところだった。

アレックの顔が目に入ったとたん、デリアは向こう見ずな自分の行動を後悔した。彼の肉感的な唇は一本の細い線のようにきつく結ばれ、こぶしは乗馬鞭を力いっぱい握りしめているせいで白くなっている。日焼けした肌は死人のように青白かった。

顔をあげたアレックがデリアに気づくと、その顔はさらに青くなった。それを見たデリアは一瞬、胸がうずいた。だがすぐに思い出した。

自分の祖母にさえ拒絶されている娘……父親は取るに足りない人物……彼女はわれ

われとは違う……たとえば彼女を愛人にするとか……。

デリアは耳をふさいで、アレックの言葉を消し去りたかった。だがそんなことをしても無駄だ。これから一生、この悪意に満ちた言葉は頭のなかでこだまし続けるだろうから。

それでいい。この言葉を覚えている限り、彼女がこんな愚かなふるまいをすることは二度とないはずだ。

「ずっと不思議だったわ。世間知らずで取るに足りないわたしのような娘が、偉大なるカーライル伯爵の歓心を得る幸運に浴しているのはなぜなのだろうと」デリアの口から出た声は、まるで死者の声のようだった。「いっときは、あなたがわたしを誘惑しようとしているんだとさえ思ったわ」デリアは小さく笑ったが、それは冷ややかでこわばった笑いだった。「わたしの家族の恥ずべきスキャンダルによって高潔なるサザーランドの名前が貶められるのを防ごうと、あなたは必死だったというわけね。アレック、そうなんでしょう？　なんて皮肉なのかしら」デリアはヒステリックに笑った。「だってわたしは、ロビンを将来の結婚相手になんて、少しも考えていなかったのに」

デリアは自分の言葉の最後が震えてしまったことに腹が立った。アレックが一歩彼女に近づいた。「デリア、頼む――」

デリアは手を振った。「やめて」半ばパニックに陥りながらデリアは言った。「こっちに来ないで。わたしのそばに来てほしくないの。どんな言い訳も聞きたくない」

アレックは立ち止まった。デリアの表情を探るように見つめている。「きみのそばには近寄らない。ただ、きみにこんな醜い口論を聞かせてしまったことを後悔していると言いたいだけなんだ」

「あなたが後悔しているのは、自分が言った言葉？　それともそれをわたしに聞かせてしまったこと？」

デリアは答えを知っていた。

近寄らないと言ったにもかかわらず、アレックはまた一歩近づいた。「ぼくが後悔しているのは、きみに聞かせてしまったことだ。だが、きみとロビンのことはありえないというのは本気で言った言葉だ」アレックは低く鋭い声で言った。その目は危険なほど光っている。

怒りに燃えるデリアの体を、アレックの言葉が幾千ものガラスの破片となって貫いた。「ええ、それはわたしにも理解できたわ、伯爵」デリアは苦しそうにあえいだ。「もちろん、まだ慰めもあるわ。どうやらわたしには愛人になる道が残されているようだから。ケントへの旅もまったくの無駄足にはならずにすみそうね」

デリアはみじめさを押し隠して言ったつもりだった。しかしその言葉が厩の重苦しく埃っぽい空気のなかへと押し出されたとたん、それが失敗だったことを悟った。その言葉はいつまでも宙に浮いていた。まるで今朝のふたりのもろい親密さに終止符を打つための絞首用の輪縄が、ぶらりと垂れさがるかのように。

アレックはデリアが〝愛人〟という言葉を使ったときに顔をこわばらせたものの、何も言わなかった。ただじっとデリアを見つめ続けている。その瞳には奇妙な表情が浮かんでいた。後悔だろうか。それともまさか、憐れみ？　突然、デリアの全身がふたたび震え出した。喉の奥が詰まる。怒りと屈辱で涙が込みあげてきた。わたしを憐れんでいるというの？

「さっきも言ったように、わたしがここに来たのは、ロビンを結婚の罠にはめるためではありません。そんなことはちらりとも考えていなかったわ」デリアはしゃべるのをやめたかったが、止まらなかった。「でも今は違う」

デリアが動くより先に、アレックがデリアのほうへと詰め寄った。アレックはデリアの腕をつかんだ。「どういう意味だ、デリア？」容赦のない冷ややかな声でアレックは尋ねた。

デリアは身を震わせただけで、答えなかった。アレックの手がデリアの腕に食い込む。彼は互いの体がくっつきそうになるまで彼女を引き寄せた。アレックの熱に圧倒されながらも、デリアは自分の体が彼へと引き寄せられそうになっていることに気づいた。「どういう意味で言ったんだ？」

デリア自身にも自分がどういうつもりだったのかわからなかった。ただ彼の瞳に浮かんでいる憐れみを消したかっただけだ。アレックを怒らせることで。アレックを傷つけることで。それ以上のことは考えていなかった。

アレックの息は荒く、瞳は漆黒の闇を思わせた。彼はデリアに覆いかぶさるように立っていて、硬く引き締まった体が彼女のすぐそばにあった。その体は燃えるようだった。怒りと不満、そして――デリアは本能的に察知した――情熱と欲望で。これだけ屈辱的なことを言われてもまだ懲りないのか、デリアの全身の細胞はアレックの存在に反応してうずいていた。

「放して」アレックの拘束から逃れようと、デリアは肩をひねった。アレックの手が一瞬、さらにきつく彼女の体を締めつけた。その目が彼女の唇をじっと見おろしている。しかし次の瞬間、アレックはデリアを放した。唐突に自由になったデリアは後ろによろけた。

アレックはとっさに手を貸そうと一歩前に踏み込んだ。だがデリアが自分から離れようと後ずさりするのを見て凍りついたように止まった。「あなたの本音が聞けたことを喜ぶべきなのでしょうね、伯爵。あの本音は弟さんに聞かせた言葉であって、今朝の遠乗りでわたしに聞かせた真っ赤な嘘とは正反対の言葉でしたけれど。でも真実を知るほうがずっといい。たとえそれがわたしがいないところで語られた言葉であったとしても」

「何が真実なのか、ぼくにはわからない。すべてが真実な気もするし、どれも違う気もする。きみがここに来て以来、ぼくにはその違いがもうわからなくなった」

アレックの声は何かの感情で震えていたが、デリアにはそれがなんなのかわからなかった。でももうそんなことはどうでもいい。「わたしにはとてもその言葉が信じられませんわ、カーライル伯爵」デリアはアレックに背を向け、厩のドアへと向かった。「デリア、これはもうゲームなんかじゃない」アレックは穏やかだが真剣な声で言った。「きみとロビンが結ばれることはない。ロビンには近づくな。きみにふさわしくない行動はしないでくれ」

デリアは振り返らなかった。頬に伝う涙をアレックに見られたくなかった。「さっきの会話では、わたしにふさわしくないことなどほとんど残されていないとあなたは考えているように聞こえたけど」

デリアは立ち止まっていたが、アレックは彼女の言葉を肯定することも否定することもしなかった。デリアの背中がこわばった。「わたしはロビンにとって理想的な相手ではないかもしれないけど、彼はわたしにとって理想的な相手だわ。わたしがそのチャンスをみすみす逃すと思う?」デリアは笑いながら言ったつもりだったが、どちらかといえば泣き声のように聞こえた。「取るに足りない父親を持つ社交界のつまはじき者に一杯食わされるかもしれないわよ」

お互い、話すことはもう何もないように思えた。デリアは厩から歩み去った。

18

もっとウイスキーを持ってこさせなければ。アレックは空になったグラスの底を見ながら顔をしかめた。グラスを軽く揺らすと、氷が軽快な音を立てた。アレックはもう一度グラスを揺らした。こうやってグラスを揺らし続けていたら、誰かがウイスキーを注ぎにやってくるかもしれない。

アレックは酔っていなかった。これっぽっちも。何しろ彼は、ひとり書斎で飲んだくれて酔っ払うどこかの堕落者とは違うのだ。そんなみじめったらしいことはしない。とはいえ、もし酔っ払うとするなら、今が最高のタイミングだ。

ああ、なんて憂鬱な夜なんだ。

一方、デリアは楽しい夜を過ごしたようだった。厩であんなことがあったあとなので、デリアは夕食を欠席するだろうとアレックは思っていた。ところが例によって、彼女は彼を驚かせた。身にまとったピンクのドレスは、デリアの肌を濃厚なクリームのようにつやめかせていた。顔色はかすかに青白かったものの、表情は穏やかで落ち着き払っていた。なんの悩みもなさそうに、時間ぴったりに夕食の席についた。

デリアは夕食のあいだ、一度たりともアレックのほうを見ようとしなかった。

それどころか、彼女の視線はロビンに向けられていた。アレックの知る限りでは、デリアはロビンを見つめる以外のことはほとんど何もしていなかった。ワインも料理もほとんど口にせず、夕食のあいだずっとロビンにほほえみかけ、ロビンの言葉に声をあげて笑った。腹立たしさのあまり、ロビンの皿めがけてワイングラスを投げつけてやろうかと思ったくらいだ。

アレックはグラスを口に運んで、それが空であることを思い出して悪態をついた。彼はベルの紐を引っ張り、グラスのなかで氷をカラカラと鳴らし、また紐を引いた。

従僕たちはいったいどこにいるんだ？

ロビンはもちろん上機嫌だった。あれだけデリアの気を引くことができれば、どんな男だって上機嫌になるだろう。デリアの唇はどうしてあんなに鮮やかなバラ色なのだろう。何かを塗っているに違いない。何もしないであんな色になるわけがない。

だが何かを塗っているようには見えなかった。生まれながらの色に見えた。アレックがデリアにキスをしてからもう何日も経っていたが、彼女の唇がどんな味だったたかを苦しいほど鮮明に思い出すことができた。なんとも美味な唇だった。しっとりと熱く濡れた、情熱的なあの唇。本物の色、本物の味わい。アレックはデリアの唇の味をよく知っていたけれど、それでも充分ではなかった。今頃は、ロビンがあの唇を堪能しているのかもしれない。デリアのどこまでも深い青色の目は閉じられているかもしれないが、その唇は開かれ、そしてロビンが彼女に覆いかぶさって……。

アレックはグラスを部屋の向こう側に投げつけた。グラスは重厚なオークのマントルピースにぶつかって鋭い音を立てたあと、粉々に砕け散った。氷がくるくると床の上で転がっている。

あのとき、デリアは急いでアレックに背を向けた。しかし、アレックは彼女の目に涙があふれていたのを見た。アレックにはわかっていた。自分がひどい仕打ちをしてしまったことを――彼はブルーベルの絨毯を、泥だらけのブーツの底で踏みつけたのだ。

ロビンが正しいのかもしれない。自分は父とよく似ているのだろう。父もこの書斎でよくひとりで飲んだくれていたものだ。なんの意味もない偶然ではあるが。

誰かが書斎のドアをノックした。「やっと来たか」アレックはつぶやいたあと声を張りあげた。「入れ！」

ライランズが入ってきた。「旦那様——」ライランズは何か言いかけたが、暖炉のそばの割れたグラスと溶けかかった氷に気づいて口を閉ざした。執事はアレックと部屋の惨状を見ると、その完璧に冷静な表情を崩した。アレックが感情をあらわにすることは今までほとんどなかった。この光景は執事にとっては衝撃的だったのだろう。

「ああ、ライランズ。ウイスキーのボトルをもう一本持ってきてくれないか？」アレックは暖炉に目をやった。「それとグラスも。あれは割れてしまったから」

半ば開いていたドアからアーチーがなかをのぞき込んだ。「大丈夫か、カーライル？　銃声が聞こえたような気がしたが」アーチーが書斎に入ってきた。

「グラスを落としたんだ」アレックが暖炉のほうを曖昧に指しながら言った。

アレックに近づいたアーチーは、アレックのむっつりとした顔と部屋の向こう側の床に飛び散っている割れたグラスの破片に目をやり、眉をあげた。「なるほど。運が悪かったたな」

「すぐにメイドを呼んで、片づけさせます」ライランズはお辞儀をしてドアへと向かった。

アレックはいらだたしげにため息をついた。「どうしてもそうしなければならないというなら、そうすればいい。だがウイスキーを忘れるなよ」

「もちろんでございます、旦那様。直ちにお持ちいたします」ライランズは急いで出ていくと、音を立てずにドアを閉めた。

アーチーがアレックの向かい側の椅子に腰かけた。周囲を見まわし、ジャケットを脱いで革張りの椅子の背にかけると、その上にくしゃくしゃのクラヴァットを置いた。アレックの長い脚はアーチーの目の前まで伸び、ブーツはマホガニーのテーブルの上に乗せられている。

「それで、カーライル。調子はどうだい？」

アレックは顔をしかめた。

そのとき、メイドが書斎に入ってきて、割れたグラスを手早く片づけ始めた。ライランズがすぐあとから入ってきた。手にはウイスキーのボトルと三つのグラスを乗せた銀のトレイを持っている。

アレックはグラスに目をやって言った。「ライランズ、おまえも仲間に入るのか？」

「いいえ、旦那様」ライランズは気分を害したように鼻を鳴らした。「ふたつ目のグラスはアーチボルド卿のためのもので、三つ目は予備でございます。また、その、不運な事故が起こりましたときのために」

アレックの機嫌はますます悪くなった。「さすが、用意のいいことだな」

ライランズはテーブルの上のアレックのブーツからできるだけ離れたところにトレイを置いた。「おそれいります」

「まったく、偉そうに」アレックは執事がドアを閉めるなりつぶやいた。とはいえ、またグラスを投げつけないとは自分でも言い切れなかった。予備があってよかったのかもしれない。

「どうしてこんなところに隠れているんだ?」アーチーが尋ねた。

アレックはアーチーを不機嫌な目で見ると、さらに深く椅子に沈み込んだ。「今日、ロビンと口論になったんだ」

「ほう、それは興味深い。ロビンと喧嘩《けんか》したとは、驚いたな。それで? 説明してくれないか? なぜこんなところで隠者みたいに引きこもり、酒をあおって、グラスを投げつけたりしているんだ?」

アレックはブーツの踵をテーブルに振りおろし、ガンと大きな音を立てた。「ロビンはぼくがあいつのお気に入りの新しいおもちゃを取りあげようとしたことに腹を立てたんだ」

アーチーが顔をしかめた。アレックは残忍な満足感が自分のなかに湧きあがるのを感じた。アーチーに軽蔑されることを自分が望んでいるのかもしれない。ウイスキーの飲みすぎでぼんやりしてはいたが、アレックにはそれがわかっていた。「ところで、その新しいおもちゃというのは、ミス・サマセットのことかな？」

「ほかに誰がいる？　ロビンは、ぼくがこそこそと彼女に会っているなどと言いがかりをつけて、その理由を問い詰めてきたんだ。彼女と暗闇に消えただの、あやしい小道に彼女を誘い込んだだの、ほかにも似たようなばかげたことを言った。それであっという間に醜い言い争いになった」

「想像に難くないよ。ロビンになんて言ったんだ？」

アレックはグラスに残っていたウイスキーを飲み干して、また注ぎ足した。「彼女と結ばれるのは無理だってことだ。家族の義務を思い出せと言ってやった」

アーチーは椅子の背に寄りかかって、考え込んだ。「つまり、ロビンは彼女に本気で求婚するつもりなのか？　彼はそこまで言っていたのか？」

「もちろん言わなかったさ。ロビンは何ひとつ認めやしない。おまえにもわかるだろう？　ロビンはぼくに尋ねたんだ」アレックの声がかすれた。その部分は思い出したくなかった。口にするのもいやだったが、そこを避けて説明できるとも思えない。

「もし自分がデリアを愛しているなら、結婚を認めてくれるかと」

愛。ロビンとデリアの愛。アレックの胸に虚しさが吐き気となって広がり、喉に込みあげてきた。それを飲みくだすように、アレックはウイスキーをあおった。

「ほほう」アーチーはわざと明るい口調で尋ねた。「それで、おまえはなんと答えたんだ？」

アレックは顔をしかめた。自分が次に言う言葉を恥じていた。「デリアを愛人にすればいいというようなことを言ったかもしれない」

一瞬、空気が張りつめ、それから沈黙が訪れた。アーチーは険しい表情を浮かべ、身を前に乗り出した。「まったく、カーライル」アーチーはアレックを見据えて言った。「そんなことを言うなんて、おまえらしくない。本気で言ったわけじゃないんだろう」

それは質問ではなかった。

「ああ、本気で言ったわけじゃない。ぼくは見下げ果てた男かもしれないが、そんなぼくでも、純真な娘を穢《けが》すことを勧めたりしないさ」

「だったらなぜそんなことを言ったんだ？」アーチーは腹立たしいほどに理性的な口調で尋ねた。

「もちろん、ロビンが否定するのを期待してさ！」アレックはウイスキーをあおると、なんとか声を落とした。「最近はもう、ロビンが何を考えているのか、ぼくにはわからない。だから確かめたかったんだ。ロビンがぼくの言ったことに憤慨する良心をまだ持っているのかどうかを」

アーチーは、感情を吐露するアレックを無視して尋ねた。「それで、ロビンはなんて？」

「ロビンは激怒していたよ。ありがたいことにな。もし自分とデリアのどちらかでも、そんな取り決めに同意すると思っているなら、自分のこともデリアのこともまったくわかっていないと言われた」

アーチーはふうっと長い息を吐いた。「それはよかったな」アーチーはつぶやいたが、本当にそう言っていいのか確信はなさそうだった。「まったく、恐ろしい場面だったんだな。そう考えると、さっき聞いた音が銃声でなくて本当によかった」

アレックは心配するアーチーの顔を見て肩をすくめた。アーチーはまだ最悪の部分を知らないのだ。「デリアがその口論のすべてを聞いていたんだ」

アーチーは驚きのあまり、ウイスキーのグラスに目玉を落としそうな顔になった。「なんてこった」いつもの軽薄さはすっかりどこかに消えていた。「全部聞かれたのか？」アーチーは心底驚いていた。

「ああ。そこで何をやっていたのか知らないが、デリアはずっと厩のドアの外に立っていたんだ。彼女はひと言ももらさず聞いていた」

「カーライル、おまえはなんて運が悪いんだ」アーチーはかぶりを振って言った。

「まさに災難だな」

「ああ。想像よりずっと悲惨な状況だった。誰かがあれほど傷ついて、あれほど怒っているところは見たことがない」デリアの表情豊かな瞳に、苦痛と不信がよぎっていたのをアレックは思い出した。あのときの彼女の表情にアレックは今晩ずっと苦しめられている。

ブーツの踵で踏みつけてしまったブルーベルの花。

「最悪なのは、今となってはデリア・サマセットがロビンの目にはこれまで以上に魅力的に映るだろうってことだ」自分の目にも彼女が魅力的に映っていることは言わなかった。だが今となってはどうでもいい。彼女はアレックのことを忌み嫌っているのだから。

「それが最悪なこと？」

「もちろんだ。少年の頃のロビンをおまえも覚えているだろう、アーチー？　あいつはだめだと言われると、それがどんなにつまらないおもちゃであっても、執拗にほしがったものだった。デリアのほうも、今じゃロビンに興味を抱いているようだ。ロビンが彼女のことを果敢にかばうのを聞いていたのだからな」

アレックの声のなかにひそむ何かにアーチーは気づいた。「ロビンはもう子供じゃない、カーライル」アーチーは諭すように言った。「もう立派な大人だ。それにミス・サマセットだって、あの輝くような美貌の持ち主だぞ、つまらないおもちゃなんかじゃない」

アレックは肩をすくめた。「似たようなものだ」

アーチーは首を横に振った。「いいや、違う。まるで違うぞ、カーライル」

「デリアはロビンと結婚するためにこの屋敷にやってきたわけじゃないと言っていたが、今日のことがあって、考え直したようだ」怒りがかっと込みあげてきた。次にギラギラとした嫉妬心がアレックの胸を焼く。本当に彼女にふさわしいのは――。

アレックは深く息をつくと、グラスに残っていたウイスキーを飲み干した。今でもデリアの言葉を思い出すと怒りが込みあげ、彼の喉を締めつけた。

アレックはアーチーが部屋にいることも忘れていたが、笑い声を聞いてわれに返った。「彼女が実際にそう言ったのか？」

「言葉ではっきり言ったわけではない。だが、そう――彼女が言わんとしていたのはそういうことだった」

「なるほど」アーチーはうなずいた。「それで、おまえはウイスキーの瓶を抱えているわけだ。そうしていればその瓶が自分を抱きしめ返してくれるとでも信じているみたいに。デリアがロビンの恋心をあおるような態度を取るんじゃないかと心配しているんだな?」

アレックがふたたび爆発した。「デリアはすでに思わせぶりな態度を取っていただろう! 夕食のときに気づかなかったのか? 彼女はロビンの膝の上に座っているも同然だったぞ」

アーチーはあきれたようにアレックを見つめた。「いいや、カーライル。今夜の夕食の席で、ミス・サマセットがロビンの膝の上に座っているところは見なかった。そんな光景を見逃したとも思えない」

アレックは肩をすくめると、アーチーのウイスキーグラスを奪って、中身をひと口で飲み干した。「ぼくもだ」アレックは手で口を拭った。「それで、アーチー。何か言いたいことは?」

アーチーはため息をついた。「これからどうするつもりだ? おまえはもうこの件にかかわらないほうがいいんじゃないか?」

アレックはアーチーをにらみつけた。今だ。今こそグラスを投げつけてやれ。「ああ、そうするさ」アレックは自分のグラスにウイスキーを注いだ。

「それがいい、カーライル」アーチーは立ちあがった。「そういうことなら、おまえをひとりにしておいてやろう」アーチーはテーブルの上にあるウイスキーの瓶をつかむと、それをアレックに手渡した。「今夜はこれが必要だろう。おやすみ」

アレックはアーチーが出ていったことにも気づかなかった。彼は暖炉の前に座り、ウイスキーを飲み、そもそもどうしてロビンがデリアに執心することを反対したのかを思い出そうとした。社交界でサザーランドの名が面白おかしく取りざたされるのを避けたかったから。

そんな理由だっただろうか？　おかしい。これ以上何も思い出せない。

アレックは集中しようとして眉根を寄せた。ロビンと関係していたような気がする。ロビンがデリアにキスするなんて我慢がならなかった。それだけはたしかだ。彼女に触れてほしくもなかった。

彼女を見つめることも、話しかけることも、一緒に歩くことも、彼女を笑わせることも、彼女の髪の香りを嗅ぐことも、彼女のどんな部分にもかかわってほしくなかった。

ああ、そうか。アレックはグラスに向かってにっこりほほえんだ。そういうことだったのか。

デリアは心底疲れきっていた。目の前の階段を見あげながら、上までのぼりきれるかしらと考えていた。

今夜の夕食も果てしなく続いた。料理は疑いようもなく美味だったが、ひと口のみ込むごとに喉が締めつけられているような気がした。食事中、デリアはロビンと会話をしていたのだが、彼に向かってほほえんだり、声をあげて笑ったりしているうちに、頬が疲れて痛くなってきた。決してアレックのほうは見ないよう細心の注意を払ったが、それでも常に彼の存在を感じずにはいられなかった。アレックの鋭く危険な瞳から注がれるまなざしは熱く、まるで彼の手で直接背中を撫でられているような気がした。

「デリア、ようやく部屋に戻るのか？」

デリアはもう少しで飛びあがりそうになった。その低くゆっくりとした声は暗闇のなかから湧きあがってきたように聞こえた。彼女が階段の途中で振り返ると、そこにアレックがいた。広い胸の前で腕を組んで、書斎のドアのそばの壁に寄りかかっている。

アレックは、上着もベストも着ていなかった。クラヴァットもなく、上質なキャンブリック地の白いシャツの襟が大きくはだけている。袖は肘までまくりあげられ、筋肉質の長い前腕があらわになっていた。豊かな黒髪は、手でかきあげたのか——彼は髪をかきあげる癖がある——乱れた前髪の一部が額に垂れ落ちている。そして顎には無精ひげが生え始めていた。

まるで海賊みたいだわ。デリアの視線は、はだけた襟元から見えているアレックの日焼けした肌に吸い寄せられた。すると望んでもいないのに、デリアは背筋がぞくりとするのを感じた。海賊——それも酒のせいで少々落ちぶれてしまった海賊だ。

まさに完璧な一日にふさわしい、完璧な終わり方だ。人気のない階段で、シャツがはだけた酔っ払いの海賊とふたりきりになってしまうとは。

「酔っているのね」呼吸することを忘れてしまった自分をごまかすように、デリアは無愛想な口調で言った。階段をのぼろうと前に向き直ったが、一段ものぼらないうちにアレックに腕をつかまれ、彼のほうに振り向かされた。

デリアは自分の腕をつかむ長い指を見おろしたあと、鋭くアレックを見返した。彼はそんなデリアの視線を無視して、自分のほうに彼女を引き寄せた。「必要な分しか飲んでいない」アレックは低い声で楽しげに言った。

だめよ、デリア。質問しちゃだめ。彼女は自分に言い聞かせたが無駄だった。

「いったい何に必要なだけ？」ああ、質問してしまったわ。

だが質問する権利はどうやらアレックだけにあるようだ。「今夜は楽しかったか？

きみは夕食のあいだ、ずいぶん楽しそうにしていたな」

なるほど、そういうことを言うのね。もし今夜のデリアが楽しそうに見えたのなら、彼女はロンドンにあるドルリー・レーン劇場の舞台に立っても成功するだろう。「ええ、そうね」デリアはアレックの手から自由になろうと身をよじったが徒労に終わった。「会話は立ち聞きするよりも、参加するほうがずっと楽しいもの」

そう言ってデリアは顎を挑戦的にあげた。これでアレックは、自分がどれほど見下げ果てたいやな男だったかを思い出すだろう。デリア自身もそれを思い出そうとした。だが、デリアの期待は裏切られた。彼は恥じ入ったりしなかった。アレックは彼女の顎に見入りながら、いたずらっぽい笑みをゆっくりと浮かべた。「盗み聞きするより？」

「盗み聞きですって！　よくも――」

「だが盗み聞きには有利な点もある」アレックはデリアの言葉が聞こえなかったかのように続けた。「たとえば、今夜ぼくは、きみとロビンの会話をすべてもらさず盗み聞きしていた」

デリアは気色ばんで言った。「ロビンとの会話だろうと、ほかの誰かとの会話だろうと、あなたには関係ありません、カーライル伯爵」

アレックの顔が険しくなり、その指がデリアの腕をさらに締めつけた。「だがこの状況を鑑みるに、ぼくに関係がないとは言えないと思うがな」

デリアは怒りで頬が熱くなるのを感じた。「ああ、そうそう。わたしったら、どうしてこの状況を忘れたりしたのかしら？　あなたがおっしゃってた、弟さんを結婚の罠にはめようという、わたしの邪な企みのことね」デリアはその件について考えているというように首を傾けた。「今日、幸先《さいさき》のいいスタートを切れたことをご報告しますわ。ロビンとわたしは――」デリアは思わせぶりにそこで言葉を切った。「今夜ふたりきりで庭園を散歩しましたの」

アレックが体をこわばらせた。見せかけの笑顔も消え去った。一瞬にしてアレックの全身に緊張がみなぎるのがデリアにもわかった。

もしかしたらアレックを挑発したのは失敗だったのかもしれない――。

だが今となってはもう遅すぎる。デリアはすでにアレックに腕をつかまれているのだから。デリアはアレックから逃れようと後ずさりした。だがアレックは階段の手すりに背中がぶつかるまでデリアを追いつめた。アレックはデリアの顔が自分の顔と向き合うよう、その長い指で彼女の顎をつまみあげた。もう一方の手はまだデリアの腕をつかんでいる。

「本当か？　なんともロマンティックなことだ」口の端には、あの気だるげな笑みがふたたび浮かんでいるものの、目は怒りに燃えている。アレックはしばらくデリアをじっと見つめていたが、すぐに指でゆっくりと彼女の頬を撫で始めた。「ほかに何を許したんだ？」

デリアはアレックから目をそらせなかった。気のきいた答えを返そうと思っても、全身の神経がアレックの熱い指の動きに集中していた。「どういう意味？」

アレックのてのひらがデリアの頬を包み込んだ。デリアの心臓が早鐘を打つ。アレックは指先をそっとデリアの耳たぶに這わせると、その後ろの敏感な肌に触れた。前かがみになったアレックの吐息がデリアの前髪をくすぐっている。アレックが唇をそっとデリアの耳元に押しつけた。「意味はわかっているはずだ。ロビンはきみに触れたのか？」

アレックの熱い吐息に肌をくすぐられ、デリアは目を閉じた。アレックの体からは、燻《いぶ》された木と上質なウイスキーが混じり合ったような匂いがほのかに感じられた。

「ええ」デリアはしっかりした口調で答えようとしたが、その息は浅く、声はかすれていた。「も——もちろんロビンに触れられたわ。ロビンはわたしの腕を取っていたもの」

何かわからないが強い感情がアレックの体を駆け抜けたようだった。アレックの体は今ではデリアの体にぴったりと重ねられていた。デリアは何かが腹部に当たっているのに気づいた。アレックの舌先がデリアの耳の輪郭をなぞる。デリアの体がびくりと跳ねたあと、震えた。「だめよ」ふいにパニックに襲われたデリアは懇願するように言った。

アレックがふうっと深く息を吐いた。「何がだめなんだ？」しゃがれたその声はまだ怒りを帯びている。「きみに触れることか？」アレックの手がデリアの腰の後ろに伸びた。彼女の体を引き寄せ、力強い腿をデリアの脚のあいだに割り込ませてスカートの上から押しつけた。「きみに口づけすることか？」アレックの唇がデリアの耳から頬をなぞり、そして喉へと移動した。「それとも、もっと質問することか？」アレックの唇がデリアの首と肩のあいだのやわらかな素肌の上で止まり、そこにそっと吸いついた。「ロビンにキスを許したのか？」

デリアは答えられなかった。彼女は溺れていた。アレックと自分の両方を恨めしく思いながらも、へたり込んでしまわないよう、アレックの首に腕を巻きつけていた。アレックが胸の奥からうなり声をあげた。「答えるんだ、デリア」アレックがデリアの首元をそっと噛んだあと、そこをなめた。

「ノー」デリアはうめくように言った。アレックの質問に〝いいえ〟と答えたのか、〝やめて〟と頼んだのか、自分でも定かではなかった。それとも〝やめないで〟と頼んだのだろうか。

すると、アレックの体のなかで荒れ狂っていた怒りがすっと消えていくのがデリアにも伝わってきた。アレックは深く息を吸い込んだ。彼の肩をぎゅっと握っていたデリアの手からも力が抜けた。「よかった」アレックはささやくなり、デリアの唇にキスをした。優しいとは言えないキスだった。それどころかアレックは奪うように、デリアの唇に自分の唇を押しつけた。彼はデリアの唇をもてあそび、下唇を引っ張ってそれを吸った。

デリアはうめいた。するとアレックが容赦なくその隙を利用して、舌をデリアの口のなかへ無理やり押し込んできた。デリアはためらった。衝撃を受けると同時に、耐えがたいほどの興奮を感じていた。デリアはおずおずと舌を伸ばし、そっとアレックの舌に触れる。アレックはうめき声をあげると、手をデリアの腰からさらに下へと伸ばし、彼女の体を自らの高まりに押しつけるように引き寄せた。

デリアの舌の繊細な動きが、アレックの欲望をさらに燃えあがらせ、彼の力強い体は歓びにうち震えた。そんなアレックの反応がデリアを大胆にさせた。彼女はアレックの豊かで張りのある黒髪のなかに指を差し入れ、彼の顔を自分のほうへと引き寄せた。アレックはデリアの口のなかでうなり、デリアの手を取ると、その手をはだけた胸元からシャツのなかへと引き入れ、自分の胸に直接触れさせた。

アレックの素肌は熱かった。とても熱い。デリアはもっとアレックに触れたくて、両手をシャツの襟元に差し入れた。

アレックが顔を離した。「決してロビンにキスを許すな」アレックはデリアの唇のすぐ上に自分の唇を寄せながら、どう猛な低い声で命じた。

アレックの言葉が欲望でかすんだデリアの脳にゆっくりと浸透していった。デリアは、アレックとのキスに溺れ、彼のシャツを引き裂きそうな勢いだったというのに、そのあいだもアレックは考えていたのだ――デリアはロビンにもこんなふうにキスを許すのだろうかと。兄弟の一方で練習して、もう一方を誘惑しようとする、ふしだらな女だとわたしのことを思っていたのだろうか。

今日の午後に聞いたアレックの悪意に満ちた言葉がデリアの脳によみがえった。そのひと言ひと言を思い出すたびに、頬を叩かれたような痛みを感じた。そう。アレックはデリアのことをそんな女だと思っているのだ。アレックが口にしたあの不快な言葉を決して忘れず、もう二度と愚かなふるまいはしないと誓ったはずなのに、自分は今、こうしてアレックの首に腕をまわしてキスをしている。まるで彼の口からこぼれ出す甘美な蜜を、貪り飲むかのように。

デリアの頬が屈辱でかっと燃えあがった。

デリアは両のてのひらをアレックの胸に置き、彼を押しやった――力いっぱい。不意を突かれたアレックはデリアを放し、腕をだらりとおろした。彼はデリアを見つめていた。驚いたような表情を浮かべて。アレックはおろした両手のこぶしをぎゅっと握った。

「なぜロビンにキスを許してはいけないの?」息を整える間もなかった割には、デリアの声はしっかりしていた。「愛人はそういうことをするのが仕事でしょう?」

アレックの顔が蒼白《そうはく》になり、その目が暗くなった。「デリア、ぼくは――」アレックが口ごもった。ふたたび口を開いたときには、懇願するような声になっていた。

「きみがそんなことをしないのは、ぼくだって――」

アレックの言葉が途切れた。彼は落ち着きなく片手でこめかみを押さえた。どう説明すればいいのかわからないようだ。デリアはアレックを見つめ続けた。アレックの苦しそうな表情に衝撃を受けていた。胸の奥に心臓がよじれるような痛みを感じ、息をのんだ。いつからこんな痛みを感じるようになったのだろう。いつからアレックの胸の痛みを自分の痛みのように感じるようになったのか。

「そんなことは言わないでくれ」アレックがささやくように言った。「きみは決してロビンの愛人になるような人ではないんだから」

耐えがたい悲しみに押し流されそうになりながら、デリアはかぶりを振った。「わたしが言ったんじゃないわ、アレック。あなたが言ったのよ。今になって、言わなかったことにはできないわ」

死人のように血の気の失せた顔で、アレックは無言のまましばらくデリアを見つめていた。「そう、ぼくが言ったんだ」アレックはようやくつぶやいた。「きみの言うとおりだ。言わなかったことにはできない」

アレックは背を向け、書斎へと戻っていった。書斎のドアが音もなく閉まった。

19

「だめよ、リリー、だめ！ その夜会服に肩掛け《フィシュー》を合わせたらだめよ！ ちっとも合っていないもの」シャーロットが笑いながら言った。

ふたつの客室をつなぐドアは開けたままになっていた。ふたたび湧きあがった甲高い笑い声に、デリアは頭を抱えた。シャーロットとリリーは午前中ずっとリリーの部屋にこもって、明晩のダンスパーティーのためのドレス選びに精を出しているのだ。

朝食のあと部屋に戻ったデリアは、家に手紙を書くという口実で自室に引きこもっていた。書きかけの便せんを手に取ると、ゆっくりとそれを握りつぶした。書き間違いとインクのしみだらけになったその手紙は、とても読めたものではなかった。

デリアの目は腫れ、充血していた。頭痛もひどかった。

リリーの部屋からまた甲高い笑いが響いた。「隠すですって？ ばかなことを言わないでよ、リリー。ここに注目を集めるために、みんな知恵を絞っているのに！」

「でも、シャーロット」リリーが悲壮な声で言った。「これじゃ首元が開きすぎだわ。わたしはこういうのに慣れてないのよ。これじゃあ丸見えだわ、わたしの……」リリーは口ごもった。

「そのとおり。まさにそれが狙いなのよ。人を魅了できる美しい胸があることに感謝しなくちゃ。あなたの胸元の開いた衣装にうんと感謝するだろう紳士を、わたしは少なくともひとりは知っているけれど」

「アーチボルド卿のことを言っているの？」リリーが尋ねた。「でもシャーロット、彼は放蕩者じゃない」

「まあね」シャーロットが陽気な声で答えた。「でも彼はお金持ちでハンサムだし、それに爵位だってあるわ！」

デリアは立ちあがると、部屋を横切り、リリーの部屋とのあいだにあるドアを閉めた。今朝は金持ちでハンサムで爵位を持った放蕩者の話なんて聞きたくない。デリアはベッドに横になり、ふかふかの枕で顔を覆った。たちまち頭のなかは、金持ちでハンサムで爵位を持った放蕩者のことでいっぱいになった。

その条件に当てはまる、ある人物のことで。デリアはアレックのことも、厩での出来事についても考えたくなかった。しかし、考えまいと努力を続けるのに疲れてしまった。頭がこれほど痛むのもきっとそのせいだ。デリアは枕を顔の上からどかすと、それを頭の下に置いた。デリアは覚悟を決めた。横になって、アレックのことをじっくり考えてみようと。そして考え終わったら、もう二度と彼のことで頭を悩ませるのはやめようと。

アレックはデリアにこのハウスパーティーに来てほしくないと思っていた。それはデリアも同じなので、胸が切り裂かれたように感じるのは、それが理由ではないはずだ。

父親は〝取るに足りない人物〟で、母親はスキャンダルを起こした張本人、祖母でさえ姉妹が存在しないようにふるまっている、と言われたこと。デリアはこれにも我慢することができた。父についての言葉には少し傷ついたけれど。実際、彼女の父ヘンリー・サマセットは決して〝取るに足りない人物〟などではなかったからだ。それどころか父は極めて優れた人物だった。彼について、誰が何を言おうが、それは変えられない事実だ。

ほかにアレックは何を言っただろうか。ああ、そうだ。デリアとの結婚はサザーランド一族の全員を貶めると言った。アレックがデリアに欲望を抱いているふりをしてまで、ロビンとデリアを近づけまいとしたのもこのためだ。そして彼女はロビンの愛人にふさわしいという言葉。だが、そもそもアレックやロビンのような貴族の男性は、レディ・リゼットみたいに裕福な貴族の令嬢としか結婚しないものだ。アレックから見れば、デリアはケントに到着した日に彼がたわむれていたあの若い娘と大差ないのだ。

ああ、そんな。この事実にはデリアは傷ついた。胸がえぐられるようだった。デリアは仰向けのまま、腕で両目を覆った。みじめな気持ちが襲ってきた。

しかしこれが一番の問題なわけではなかった。

一番の問題は、デリアが気づいてしまったことだ。ロビンがアレックに言った、前伯爵である父親にそっくりだという言葉に、アレックがどれほど傷ついたかということに。

目を閉じるたびに、あのときのアレックの顔が浮かんでくる。ロビンが去ったあと、厩のなかでアレックは真っ青な顔をして呆然と立ち尽くしていた。あのとき、たくさんの悪意に満ちた言葉を聞いたが、デリアの胸に一番深く突き刺さったのは自分に対するアレックの言葉ではなく、アレックに向けられた、あのロビンの言葉だったのだ。あれを聞いたとき、胸にあふれる痛みのためにデリアは息もできないくらいだった。

自分でも愚かだとわかっているが、それが事実だった。

サリーに戻る潮時だ。家に帰ろう。ここに来る前は何かを示すことができると考えていた。ここの人たちに。アレックに。そして、自分自身に。だが結局のところ、自分は母のように強くはなかったということだ。母ミリセントは社交界から追放されたのではない。彼女はこの世界から出ていくことを自ら選んだのだ。母は自分の決めたやり方でそれを実行し、決して振り返らなかった。

傷ついた心を抱えてサリーに逃げ帰るのは、それとは全然違う。

デリアは横を向き、膝を抱えて目を閉じた。涙がこぼれ落ち、枕を濡らした。涙がとめどなくあふれ出さないよう、なんとかこらえる。こうして横になってめそめそしたところで何になるだろう。もうすんでしまったことだ。くよくよ思い悩みながら涙を流し、もっと違う結果になっていたらなどと願うのは、時間の無駄だ。

「お姉様？　お姉様！」

目を開けると、ベッドの脇に立ったリリーがデリアを見おろしながら、肩を優しく撫でていた。「昼食を食べ損ねちゃったわよ」リリーはベッドの足元に腰かけ、心配そうな顔でデリアを見つめた。「起こそうかとも思ったのだけど、すごく疲れているみたいだったから」

「大丈夫よ」デリアは体を起こした。「どのみちおなかは空いていなかったから」先ほどよりは気分がましになっていた。胸はまだ痛んだが、少なくとも頭痛はやわらいでいる。「シャーロットはどこにいるの？」

「アーチボルド卿と散歩に出かけたわ」

「一緒に行かなくてよかったの？」

「いいの」リリーは姉の目を避けながら言った。「本当のことを言うと、お姉様と話がしたかったの」

デリアは心のなかでうめいた。なんですって！　今度は何が起こるの？　デリアはこれ以上の衝撃に耐えられる自信がなかった。

「これからロンドンで社交シーズンが始まるでしょう？　そこで、シャーロットがサザーランド家のロンドン行きに同行しないかと誘ってくれたの」リリーは慎重に切り出した。「昨日の午後にレディ・カーライルも招待を延長してくださったわ。もちろんお姉様も一緒にって」

デリアは心臓がずしりと重くなったような気がした。姉妹をロンドンに招待してくれたレディ・カーライルには心から感謝するが、こんな状況ではロンドンに同行できるわけがなかった。デリアはサリーに戻るしかないのだ。今すぐにでも。ただ、どうやらひとりで帰ることになりそうだ。

デリアは唇を噛んだ。リリーがロンドンに行くべきでないと思える理由がいくつも浮かんだ。ロンドンは危険だ。上流階級は危険、ことに紳士は危険だ。デリアが同行しないのに、リリーひとりでロンドンに行くのは適切ではない。リリーはふさわしい衣装も持っていない。ふさわしい靴も、ふさわしい宝石も。いや、宝石などひとつも持っていない。それに何よりロンドンまでの道のりは長く、湿気も多い。リリーは風邪を引いてしまうだろう。

もちろん、こんな理由づけはばかげている。ロンドンは危険かもしれないが、どこにだって危険はある。たとえばケントのお屋敷でのハウスパーティーのように。それにレディ・カーライル以上にシャペロンとしてふさわしい人はいないだろう。一方で自分はシャペロンとして失格だ。昨夜、ほかの女性と婚約しているも同然の不埒な伯爵に抱擁されて一歩も動けずにいたのだから。ドレスにしたって、シャーロットが山ほど持っている。十人以上の若い娘がシーズン中のすべてのパーティーに毎回違うドレスで出席できるほど大量に。

「ロンドンに招待してくださるなんて、レディ・カーライルは本当にご親切ね」デリアは言った。「でもわたしは行けないわ」

「やっぱり。そう言うと思ったわ。ケントに来るのだって、乗り気じゃなかったのはわかってるもの。着いてからはずっと元気がないし」ひと息ついてからリリーは続けた。「でも、わたしは行ってもいい?」

リリーは懇願するような目でデリアを見つめた。

デリアはため息をついた。おしゃれが大好きなこの無邪気な妹がそばにいなくなれば、どれだけさびしくなるだろう。けれど、リリーがサリー以外の世界を見て学ぶのはよいことではないか。そして今回はリリーにとって最高のチャンスだ。ロンドンにはひとつ、つてがあるにはある。レディ・アン・チェイス――血のつながった祖母だ。だが祖母についてアレックが言っていたことは正しい。祖母から招待を受けることはないだろう。祖母が姉妹の存在を認めることはないのだから。

「もちろん、あなたは行かなきゃだめよ」声を震わせずに言えたことをデリアは喜んだ。「まずはレディ・カーライルと詳細について打ち合わせをする必要があるわね。特に問題になるような点はないでしょうけれど」

リリーは手を叩いて喜んだ。「ああ、ありがとう、お姉様! なんてすばらしいの!」リリーの顔は興奮で輝いていた。「でも、お姉様が行かないなんてさびしいわ」

リリーはわずかに表情を曇らせた。「わたしたち、一緒に行けたら――」

「一週間もしたら、わたしがいないことなんか忘れちゃうわよ。パーティーやダンスで大忙しになるんだから」デリアは胸に広がる鋭い痛みを押し隠して言った。「それに、わたしたちのどちらかはサリーに戻らなくちゃ。妹たちがハンナをカップボードのなかに閉じ込めたりしていないか確かめないとね」

リリーが笑った。「それは考えていなかったわ。気の毒なハンナ。いつ出発するの？」

「すぐに……かしら」デリアは曖昧に答えた。今すぐによ。

「シャーロットに伝えに行かなきゃ」リリーはベッドから飛びおりてドアへと急いだ。「ああ、そうだ、お姉様。忘れないうちに言っておくわね。エレノアが探していたわよ。目が覚めたら彼女の部屋に来てほしいって言っていたわ。見せたいものがあるんですって」

デリアはベッドの脇に足をおろした。エレノアとおしゃべりするのはいつも楽しい。友達と会うのは、今の自分にとっていい気晴らしになるように思えた。「今日の午後はレディ・カーライルを見かけた？」

「シャーロットが言っていたけど、私室にいらっしゃるみたい。明日の舞踏会の詳細を詰めていらっしゃるんですって。お部屋に行くつもり？」

デリアはうなずいた。「ええ、そうするわ。そのあとにエレノアの部屋へ行くわ」

「わたしはシャーロットを探しに行くわね。アーチボルド卿も待っていらっしゃるだろうし」リリーはいたずらっぽくほほえんだあと言った。「お姉様？」

デリアは立ちあがって、鏡を見ながら髪を直した。「なあに？」

「ここに到着して以来ずっとふさぎ込んでいることには気づいていたわ」デリアが口を開くよりも早く、リリーがあわてて続けた。「いいの、その理由を尋ねるつもりはないわ。話したくなったら話してくれるってわかっているもの。お姉様はケントに来たくなかったのよね。わたしのために一緒に来てくれたのだから。ありがとう。すばらしい姉を持って、わたしは幸せだわ。それを伝えたかったの」

「まあ、リリー」デリアは喉の奥から何かが込みあげてくるのを感じた。

「さあ、その髪を直して」リリーはにやりとして言った。「ひどいことになっているわよ」

「いつものごとくね」リリーがドアを閉めたあと、デリアはつぶやいた。

十五分ほどで身なりを整えたデリアはレディ・カーライルの居間の前に立っていた。美しい彫刻がほどこされたドアに手をかけたデリアは、囚《とら》われの鳥さながらに顔を青ざめさせた。緊張するなんてばかげている。レディ・カーライルはデリアとリリーが到着したその日から、ずっと親切にしてくれた。だがこれから話し合わなければならないことを考えるとデリアは気が重くなった。

デリアはため息をついたあと、つややかな木目のドアをノックした。

「どうぞ」レディ・カーライルの声が部屋のなかから聞こえてきた。

デリアはドアを開け、なかをのぞき込んだ。「失礼します」

「あら、ミス・サマセット。どうぞお入りになって。こちらに座ってちょうだい」レディ・カーライルは青いベルベッド地の豪奢《ごうしゃ》な椅子の隣にある、ティーセットが置かれた小さなテーブルを指しながら言った。「お茶はいかが?」

「いいえ、結構です」デリアは房飾りがついた黄色いサテンの長椅子に腰をおろした。

レディ・カーライルはデリアの向かいの席に腰をおろすと、膝の上で両手を静かに組み合わせた。「ここであなたにお会いできてうれしいわ」レディ・カーライルは優しいまなざしをデリアに向けて言った。

デリアが会いに来たことに驚いてはいないようだ。デリアはなぜか、この年上の女性は自分がここに来た理由を知っているのではないかと思った。ああ、まさか、アレックがふたりのささやかで恥ずべきゲームのことを包み隠さず母親に話したりしていませんように。デリアは椅子の上でそわそわと身じろぎした。

デリアは膝の上で両手をもんだ。「お邪魔して申し訳ありません。伯爵家のロンドンへのご旅行に同行させていただけると妹から聞きました」

レディ・カーライルはうなずいた。「ええ。でもあなたにはご家族への責任があることもわかっているわ。サリーにはほかに三人の妹さんがいらっしゃるのでしょう？ロンドン滞在まで招待を引き伸ばしたりして、あなたがたにかえって迷惑をかけていないといいのだけれど」

「迷惑だなんて、まったくそんなことはありません。ただ……」デリアは言葉を切った。これから言うべきことをどう伝えればいいのか彼女にはわからなかった。「そのう……わたしたちの祖母のことなのですが……母方の祖母はわたしたち姉妹を……」話し始めたものの、デリアは途方に暮れて口を閉ざした。彼女が言いたいのは、気難しい祖母がロンドンのパーティーや舞踏会でリリーと鉢合わせした際に、彼女をあからさまに無視するに違いないということだった。しかし品位を失わずにそれを説明するのはとても不可能だと気づいたのだ。

「ああ、わかったわ。レディ・チェイスのことね」レディ・カーライルは磁器のティーカップをそっと皿の上に戻した。「彼女ならよく知っているわ。とても気位が高い方だわ。あなたはつまり、レディ・チェイスはあなたがた姉妹を歓迎しないだろうと言いたいのかしら？」

「はい」デリアは止めていた息を吐いた。デリアは、レディ・カーライルが自分にすべてを言わせないように気遣ってくれたことに感謝した。「社交上のさまざまな集いで祖母と鉢合わせしてしまうのは疑いようもありません。そうなれば気まずい雰囲気になるかもしれません。リリーとわたしはサザーランド家のみなさんにご迷惑になるようなことは――」

「まあ、ミス・サマセット」レディ・カーライルはデリアの言葉を優しくさえぎった。「そんなことは心配なさらないで。レディ・チェイスにどう思われようと、わたしたちが気にする必要はまったくないわ」

デリアは尊敬のまなざしでレディ・カーライルを見つめた。レディ・カーライルは洗練された表現で、サザーランド家はレディ・チェイスより社会的に大きな影響力を持っているので、彼女のことなど気にする必要はないと言っているのだ。デリア自身の母親も、選び抜かれた数少ない言葉で言いたいことを最大限の効力で伝えるのがうまかった。

「それでしたら、リリーのロンドン行きを喜んで後押しさせていただきます」デリアは笑顔で言った。「リリーにとって、すばらしい冒険になるでしょう。リリーは決してあなたのご迷惑になるようなことはいたしませんわ」

レディ・カーライルはその美しい黒い眉を片方だけあげた。「わたしはあなたも招待しているのよ、ミス・サマセット。あなたも同行してくださったら、娘たちはとても喜ぶでしょう」

デリアは表情を曇らせた。

問題はあなたのお嬢さんたちではないのです、レディ・カーライル。息子さんなのです。デリアは心のなかで答えた。ご長男はわたしの同行を喜ばないでしょう。それも間違った理由で。

だがそんなことを言えるわけがなかった。どれほど目の前の女性にすべてを打ち明けたいと思っていても。真実をぶちまけてしまわないように、デリアは唇を引き結んだ。「ご親切にありがとうございます。でもこのような状況では――」

あら。言おうとしたのはこれではなかった。自分が言おうとした状況にレディ・カーライルが気づいていないことを願いながら、デリアは唇をなめて言い直した。

「つまりですね、わたしが行かないほうが誰にとっても……」

まったくもう。慈愛に満ちたまなざしを向けてくれるレディ・カーライルに向かって嘘をつくのは難しかった。幸いなことに、まったくの嘘というわけではない。ただ真実のいくつかを隠しておくだけだ。デリアは膝の上で両手を握りしめた。「あなたもおっしゃったとおり、わたしには妹たちに対する責任があります。妹たちにはしっかりした保護者が必要です」

ベルウッドでの短期間の滞在でしでかしたことを考えれば、しっかりした保護者を名乗る資格はわたしにはないけれど。

だが、レディ・カーライルは理解を示してうなずいた。「ええ、もちろんよ。それでもあなたがいなくなったらとてもさびしくなるわ」

「ありがとうございます」デリアは立ちあがって、お辞儀をした。

ドアに向かって歩きかけたとき、レディ・カーライルが呼び止めた。「ミス・サマセット？　息子のことをあまり厳しく見ないであげてね」

デリアは凍りついた。心臓が跳ねあがり、喉から飛び出しそうになった。

レディ・カーライルはそんなデリアに穏やかなまなざしを向けながら言った。「あの子たちの父親は……気難しい人だったわ。そのことで長男のアレックは一番苦しめられたの。爵位を継いでからのアレックは、伯爵として最善を尽くそうと必死だった。間違うこともたくさんあったけれど、そのほとんどは家族を守るための行動なの。もちろん、やりすぎてしまうこともあるけれど」レディ・カーライルは言葉を切り、ドアのそばで立ち尽くしているデリアを穏やかな目で見あげた。「ミス・サマセット、家族のことを心配するあの子の気持ちをあなたなら理解できるでしょう?」

デリアはレディ・カーライルの知性的な黒い瞳を見つめた。デリアには完全に理解できた。以前には決して思い至らなかったけれど、もしかしたらふたりはとてもよく似たもの同士なのかもしれない。「はい、理解できます」

レディ・カーライルはほほえんだ。「そうでしょうね」意味ありげに言うと、彼女はテーブルからティーカップを持ちあげ、優雅にうなずいた。

それを退室の合図ととらえたデリアは、ドアを閉めた。廊下に出たデリアは、考えごとをしながらエレノアの部屋のほうへと歩き出した。屋敷内の家族が暮らす翼棟にたどりついたデリアはそこで足を止め、途方に暮れてあたりを見まわした。

どうしよう。デリアは似たようなドアが並んでいる長い廊下を見つめた。階段のところまで戻ってみてから、ふたたび廊下へと歩き出した。今度はドアを数えながら。

だが無駄だった。

どれがエレノアの部屋なのか、デリアにはさっぱり思い出せなかった。

20

アレックは冷たい水を顔にぴしゃぴしゃとかけると鏡に向かい、顎へと滴り落ちる水滴を見つめた。昨夜はひどく飲みすぎてしまった。この世に少しでも正義というものがあるのならば、今朝は体が動かなくても少しもおかしくないところだ。

だが残念なことに、アレックにとって正義の女神とは気まぐれなものだった。第一、そこまでたくさん飲んだわけではない。自分がしてしまったことや、言ってしまったことを忘れられるほどには。そしてそのあとのデリアの表情を忘れられるほどには。ということは、いずれにせよ、この世に正義は残っているのかもしれない。

昨日のアレックはどこまでも最低な男だった。彼女との関係はすでに充分にひどい状態だったのに、ろくでなしのようにふるまうことで、さらに悲惨なものにしてしまった。だがあのときの自分はいつもの自分ではなかった。自らの行動を思い出してみると、この屋敷にいるひとりひとりに許しを請いたいような気持ちになった。

アレックは顔を拭って上着をはおった。今日はデリアを探し、彼女に許しを請おう。許しを請うだけであって、触ったりはしない。怒りでこぶしを握りしめることも、嫉妬に燃えることもしない。キスも。絶対にキスはなしだ。自分は伯爵なのだから。そろそろそれらしくふるまってもいい頃だ。

固い決意とともに、アレックは寝室のドアを開け、廊下に一歩踏み出した。

そのとたん、決意は跡形もなく吹き飛んだ。

デリアがひとりで立っていた。アレックの部屋の向かいにあるドアをまさにノックしようとしている。

ロビンの部屋のドアを。

ためらうひまもなく、無意識のうちにアレックはデリアに近づくと、その手首をつかんだ。そして、そのまま自分の部屋に引っ張り込み、ドアを閉めた。

しばらくのあいだ、ふたりは警戒したように無言で見つめ合った。それからアレックは、ほとんど自分でも気づかないままに親指でデリアの手首を小刻みに撫で始めた。彼は自分がしていることに気づいていなかった。「いったい何をしていたんだ？」アレックは不気味なほど穏やかな声で尋ねた。デリアの背中をドアに押しつけ、逃げ道をさえぎるように彼女の前に立ちはだかった。「これでチェックメイトというわけか？」

デリアはアレックの質問には答えずに言った。「カーライル伯爵、わたしがあなたの寝室にいるわけにはいきません」アレックがつかんでいるデリアの手から力が抜けていく。「伯爵だっておわかりのはずです」

アレックはデリアの手を持ちあげると、そのてのひらを指で軽くなぞった。「でも、ロビンの寝室には入れるのか？　ぼくにはその違いがわからないな」

「ロビンの？」デリアは困惑したように眉根を寄せた。「わたしはエレノアの部屋を探していたんです」デリアはアレックにつかまれている手を弱々しい力で引き抜こうとしながら言った。

「本当か？」アレックはデリアのてのひらの真ん中にゆっくりと気だるげに円を描きながら言った。「その言葉を信じていいのだろうか。きみはロビンを追いかけているんじゃないのか。昨日ぼくに言ったように」

デリアはアレックの目をまっすぐに見つめながら首を横に振った。「脅しも嘘ももうおしまいにしましょう、アレック。ゲームは終わったの」

アレックはデリアのてのひらの中心に熱いキスをした。唇を開き、舌の先でてのひらをなぞっていく。デリアの頬がかっと赤く染まった。そしてその赤みは首元まで広がっていき、ボディスのなかへと消えていった。

アレックはその様子に魅了されながらも、ふたりがいる場所からベッドまで数歩しか離れていないことをはっきりと意識していた。アレックはデリアの手を自分の口元に持っていくと、その指先を唇で挟んだ。「終わっているようには思えないけどな」アレックはいたずらっぽくささやいた。

デリアの口から小さな吐息がもれた。アレックのざらりとした熱い舌によってもたらされる感覚に圧倒されたかのように、彼女の体が震えた。「ベルウッドを去ることに決めたわ」

その言葉でアレックはわれに返った。デリアの手を唐突に放すと、彼女の顔をまっすぐに見つめられるように一歩さがった。「去るとはどういう意味だ？ きみとリリーは舞踏会の翌日にわれわれと一緒にロンドンへ発つことになっているのだろう？」

アレックの視線を避けるように、デリアが床に目を落とした。彼女は、彼の顔に安堵が浮かんでいると思っているのだろうか？ それとも勝ち誇った表情を浮かべていると思っているのか。デリアが口を開いた。「舞踏会が終わるまではここにいるとリリーと約束したわ。でも——」

「きみはどこにも行かない」アレックはデリアの言葉をさえぎって、うなるように言った。「そんなに簡単にぼくから逃げられると思うな」

デリアがベルウッドを去ると言ってくれたのだから、これで厄介な問題が片づくと安堵すべきではないか。彼自身、それはわかっていた。このまま彼女を行かせて、彼女のことを全力で忘れるべきだと理解はしていた。だがアレックは安堵などできなかった。それどころか不可解なほどの怒りを感じていた。彼はふたたびデリアの手首をぎゅっとつかんだ。

デリアが驚いたようにアレックを見あげた。「あなたから逃げる？　でもあなたは――」

彼女を行かせるんだ。それが理にかなっている。そうするのが一番いい。

だがアレックは考える間もなく反応していた。その反応は彼の心の一番奥深いところから生み出されたものだった。

ノーという一語とともに。

「ぼくがなんと答えると思ったんだ？」アレックは自分の声が帯びている怒りに驚きながら言った。「喜んできみを行かせると思ったのか？　そもそもきみがどうしてこんなゲームを始めたのかもわからないというのに！　このゲームはまだ終わってはいない」

デリアはしばらくのあいだ何も言わず、ただアレックを見つめていた。その表情をアレックは決して忘れないだろう。デリアはひどく悲しそうだった。

「どうして始めたのか、理由なんてどうだっていいの。でも、もう終わったのよ」最後は言葉を詰まらせるようにデリアは言った。アレックは心臓が真っ逆さまに落ちていくかのような感覚を味わっていた。「そもそも始めるべきではなかったんだわ。わたしと同じくらい、あなただってそれがわかっているはずよ、アレック」

アレックはデリアを責めたててやりたかった。彼女の体を揺さぶり、大声で怒鳴りつけたかった。まだ終わってなんかいないと。少なくとも彼のほうは。だがそんなのは狂気の沙汰だ。このゲームも同じだ。誰かが傷つく前に終わらせるべきなのだ。デリアの手首をつかんでいたアレックの指から力が抜けた。

だがデリアを行かせる前に、アレックにはひとつだけ確かめたいことがあった。彼女がロビンを愛していたのかどうかを知らないまま、このゲームを終わらせるわけにはいかなかった。「ロビンのことはどうするんだ？」アレックは息を殺し、デリアの返事を待った。

「ロビンから愛されたいと思ったことは一度もないわ。彼のことは好きだけど、それは友達としてであって、それ以上ではない。わたしは――」デリアはそこで言葉を切った。その先を続けるのが難しいというように。「わたしはただ、あなたを傷つけたくて思ってもいないことを言ってしまっただけなの。それについては謝罪するわ。アレック」

デリアは謝罪しているのか？　ごめんなさいと言っているのか？　この自分に対して？　デリアの謝罪の言葉に、アレックは腹に一撃を食らったかのような衝撃を覚えた。

デリアはアレックに背を向けると、ドアを開けた。だがそこでデリアは振り返った。「なんて無謀なゲームだったのかしら。わたしは自分が勝ったとは思えないわ。あなたはどう？」

アレックが驚いているあいだに、デリアはドアをすり抜けた。アレックは何も考えずにデリアのあとを追った。「デリア、待ってくれ――」

廊下に出たとたん、アレックはあわてて足を止めた。エレノアが自室の前に立っていた。デリアが通れるように、ドアを大きく開けている。「やっと来たのね、デリア。ずっと待っていたのよ」

デリアはアレックを振り返ることなくエレノアの部屋に消えた。一方、エレノアはドアの前に立ったまま、アレックに刺すような視線を投げている。「お兄様、あとでお話があるの」エレノアはそれだけ言うと、アレックの面前でドアを閉めた。

アレックは呆然と廊下を歩き始めた。どこに向かっているのかもわからなかった。自分もゲームに勝ったようには思えない。そうデリアに伝えるべきだった。あとでまた彼女に会えるだろう。食事のときか、明晩の舞踏会のときにでも。だが、そのときにも彼女にそれを伝えられるとは思わなかった。ゲームは終わったのだ。デリアが言ったとおり。これ以上何を言っても無駄なのだ。

もう一度デリアにキスをしておくべきだった。昨夜のキスが最後のキスになるとは思っていなかった。もし知っていたら、デリアの唇の味わいや感触を脳に焼きつけておいたのに。

歩いているうちに、ブーツの下で石が砕ける音がした。あたりを見渡したアレックは、自分がバラ園に入り込んでいたことに気づいた。いつの間にか外に出ていたらしい。自分でもまったく気づいていなかった。

「いったいなんだってこんなところに――」アレックは足を止めると、穴でも掘るようにブーツで地面を蹴った。踵が何か硬いものに当たった。バラの垣根の角からすぐのところだ。土のなかから何かが半分ほど顔を出している。アレックはかがんでそれを掘り出した。てのひらの上でひっくり返し、表面の土を払った。

　彼はまじまじとそれを見つめた。小さなバッカス像だった。手の上で転がしながら、ギザギザの縁を指でなぞった。ここに盃がついていたはずだ。遠い昔、ブーツの踵に当たったときに外れてしまったのだろう。

　その日のことをアレックは鮮明に覚えていた。アレックとロビンは学校の休暇で家に戻ってきていた。当時、ロビンが学校でされいないたずらにかかわっていたことが発覚し、彼は父親の書斎でこっぴどく叱責された。父は日頃から少年らしい活発さというものを嫌悪していた。アレックはいつものように書斎のドアの前でうろうろしながら、ロビンが出てくるのを待っていた。だがその日、ようやく出てきたロビンの顔は蒼白で、黒い目は怯えきっていた。

　アレックがそのことをはっきりと覚えているのは、自分が初めて父に対してもう我慢がならないと思った日だったからだ。怯えた弟の表情を見るのはもうたくさんだった。

　父の書斎のドアが閉まりきらないうちに、アレックはロビンを引っ張って駆け出した。ふたりは家じゅうを駆けずりまわり、暖炉の棚やテーブルの上に置かれている小さな彫像を集めてそれを上着の下に隠すと、屋敷の外に出た。ふたりは書斎にいる父から見えない庭園の外れにあるバラの生け垣の背後に、盗んできた彫刻を並べて入り組んだ障害物コースを作った。お昼前には、エレノアとシャーロットも加わった。四人は午後じゅうその障害物コースで競走して遊んだ。日が暮れる頃には四人とも泥と土にまみれ、笑いすぎて脇腹が痛くなっていた。

バッカスはその日の出来事の犠牲になってしまったが、ロビンはおかげで笑顔を取り戻すことができた。

アレックとロビンはその後、いつの間にか互いを見失ってしまったらしい。実際、ふたりの距離はあまりにも離れてしまった。アレックはデリアが到着して以来、弟のことなど微塵も考えなかった。ロビンはデリアを愛しているのだろうか。デリアが去ることを知ったら、ロビンは傷つくだろうか。アレックにはわからなかった。彼はロビンがどう感じるかなどまったく気にしていなかったのだ。チェスボードを支配することに気を取られ、ほかのことは何も考えられなくなっていたからだ。

もしぼくがデリアを愛していたら？　ぼくの幸せをデリアが握っているとしたら？

ロビンは昨日、アレックに訴えようとしていたのに彼は耳を貸さなかった。

アレックは手のなかのバッカスに目を落とし、そのなめらかな石の表面に何度も指を滑らせた。バッカス像はひんやりとしていた。アレックはずっと昔に誓ったのだ。

父であろうと、誰であろうと、弟の心を踏みつけにする者は許さないと。だが自分自身から弟を守らなければならなくなるとは考えもしなかった。

「お兄様？」

アレックは顔をあげた。奇妙な表情を浮かべたエレノアが立っていた。エレノアは大きく息をついたあとに言った。「お兄様の寝室で、いったいデリアは何をしていたの？」

アレックは体をこわばらせた。つまり、エレノアは見ていたということか。アレックは途方に暮れた。自分でもよくわからないことを、妹にどう説明すればいいのだろう。だが、彼がデリアを自分の寝室に連れ込んでドアを閉めるところを妹が目撃していたのなら、説明を求められるのも当然だった。

エレノアはアレックに強いまなざしを向けたまま、じっと彼の答えを待っていた。アレックはコップに閉じ込められた虫のような気分になった。「どんなふうに見えたかはわかっているが、そういうことではなかったんだ」ほとんど説明になっていないが、今のアレックにはこれが精一杯だった。

「どんなふうに見えたか、教えてあげましょうか？」エレノアは言った。「救いがたいほど不埒で厚かましい放蕩者が無垢な若い女性を穢すために寝室に引っ張り込んだ。

そういうふうに見えたわ。でもそうじゃないんでしょう？　デリアがアレックの寝室にいたのはそんな理由ではないはずよ」

アレックは呆然と妹を見つめた。「そこまでわかっているなら、なぜデリアがあそこにいたのか、おまえが教えてくれ、エレノア」

「わからないの？」エレノアは眉をあげた。「いいわ、教えてあげる。お兄様はデリアがここに到着した瞬間から彼女に夢中になっていたわ。でも、これはいつものたわむれとは違う。実際、たわむれとは正反対のものだわ。お兄様がデリアを自分の寝室に連れ込んだのはね、単に、そうせずにはいられなかったからよ」

アレックは口をぽかんと開けたまま、驚愕《きょうがく》の表情で妹を見つめた。エレノアが彼とデリアの関係をそこまで知っているとは思いもよらなかった。妹の観察眼の鋭さに驚嘆せずにはいられない。だがもちろん、妹はすべてを知っているわけではない。

「とんでもない失敗をしてしまったんだ。デリアを傷つけた。彼女のことを――」

「触れずにはいられなかったこと？　デリアをこれまで出会った女性のなかでもっとも美しく、もっとも魅力的な女性として扱ったこと？　彼女は許してくれると思うわよ、お兄様」

アレックは首を振った。「いや。デリアはさっき言っていた。舞踏会が終わったら、サリーに戻ると。もうどうにもならないんだ、エレノア」

デリアはここを去る。そしてすべてはあるべき姿に戻るのだ。デリアは本来の居場所であるサリーに戻り、アレックは計画どおりリゼットと結婚する。ロビンもロンドンで、いつもの暮らしに戻るだろう。そして時が経てばデリアのことは忘れ、ほかの誰かと恋に落ちるに違いない。

「だけど、なぜなの？　お願いだから、デリアのお母様のスキャンダルのせいだなんて、ばかなことは言わないでよ。もう大昔のことじゃない！　今ではたいした問題にもならないでしょう？」

アレックはすぐに答えられず、手のなかの小さな像にしばらく目を落とした。「最初はそれが問題だと思っていた。でも今は違う。おまえの言うとおり、そんなことは問題じゃない」

「デリアが到着したばかりの頃、お兄様がデリアとロビンお兄様を必死に引き離そうとする理由がわからなかったわ」エレノアは言った。「ふたりのロマンスをぶち壊そうとしていたわよね？」

エレノアは何ひとつ見逃していなかったようだ。「ああ、最初はそんなふうに始まったんだ。だが、今は自分が仕掛けた罠に自分ではまってしまった」アレックは急に笑いが込みあげてくるのを感じた。なんてすばらしい皮肉なのだろう！　正義の女神はやはり気まぐれなどではなかったということか？　女神は嘘つきで口やかましく残酷だが気まぐれではなかった。ふさわしい罰をちゃんと用意していたのだから。

「デリアと恋の罠にはまることより、もっとずっと悲惨な運命はいくらでもあると思うけど」エレノアは言った。「デリアのことをどうしようもないほど愛していれば、なおさらだわ」

そうなのだろうか。自分はデリアを愛しているのか？　これが愛するということなのか？　なんてことだ。こんなに最悪な気分なのに。〝どうしようもない〟という言葉がこの状況にはふさわしいとアレックには思えた。

「罠にはまったのはぼくだけじゃない」アレックは力なく片手で目を覆った。アレックは疲れていた。これほどの疲れを感じたことは今まで一度もなかった。「ロビンもだよ」

エレノアはしばらく黙って考え込んでいた。「それが本当かどうか、わたしにはわからないわ」妹がようやく口を開いた。「ロビンお兄様の考えを読むのは難しいから。でももしそうだとしても、デリアはロビンお兄様を愛していないわ。彼女が愛しているのはアレックお兄様よ」

一瞬、喜びで心臓が胸から飛び出しそうになった。だが次の瞬間、冷たい手が忍び寄り彼の心臓を鷲《わし》づかみにした。そしてアレックは、小さく潰された心臓が鉛の玉のように腹の底へと沈んでいく感覚に襲われた。「関係ない」麻痺したようにうまく動かない唇のあいだから、アレックはなんとか言葉を絞り出した。「デリアがぼくを愛していようがいまいが、もう関係ない」

エレノアがアレックを見つめた。「なぜ関係ないなんて言えるの？」

「もしロビンがデリアを愛していたら？　自分の弟の恋敵になれると思うか？」

「お兄様」エレノアは穏やかな口調で言った。「お父様が亡くなって以来、ロビンお兄様との仲がこじれてしまったことは知っているわ。でもロビンお兄様はあなたが不幸になるところを見たいとは思わないはずよ。悪いことをしたわけじゃない。恋に落ちただけだもの。ロビンお兄様は、あなたとその愛する女性の仲を邪魔するような人じゃないわ」

「だけどぼくは邪魔する。実際にそうしたさ。ロビンとデリアの仲を引き裂こうとしたんだ」アレックは自分の行動をかばおうとするエレノアをさえぎった。「ぼくは最初からロビンとデリアの交際に反対していた。それはロビンも知っている。ふたりを近づかせないために、思いつくことはなんでもやった。そしてそのあいだずっとぼくはデリアを追いかけていたんだ。最初のうちは自分が彼女を追いかけていることに気づいていなかったが、今となってはそんなことは関係ない。この数週間、ぼくはロビンが望むものを全力で遠ざけていたんだ」

「デリアは兄弟で取り合う子供のおもちゃとは違うわ。将来の幸福がかかっているのよ」エレノアは自分の言葉ではアレックの心が動かないことに気づいた。「ロビンお兄様が苦しむのを望むわけではないけれど、彼なら乗り越えられるわ」エレノアはささやいた。それでも彼女の言葉を信じようとしないアレックを見て、エレノアはやや必死になって言った。「いつかはロビンお兄様も許してくれるはずよ」

「だがぼくは自分を決して許せないだろう。だからこれで終わりにするんだ」

21

アレックはダンスを始めるために並んだ招待客たちの先頭に立って、リゼットを待っていた。

彼は会場を見渡した。フロアの招待客たちの顔は楽しそうに輝いている。あと半時間もすれば食事の時刻となり、ダンスは一旦休憩になる。別室では贅沢な料理が待っているはずだ。

簡単に言えば、舞踏会は大成功だった。すべてがあるべき姿におさまっている。アレックが望んでいたとおりの姿に。

そのとき楽団が演奏を始めた。

またカントリーダンスか。うんざりだ。アレックはどうにかなりそうだった。

今夜、アレックはデリアを見てはならないと自分に言い聞かせていた。だが彼女がダンスフロアに入ってくるなり、アレックは彼女に目を奪われていた。デリアはエレノアと腕を組んで入場してきた。そのあとは、まるで部屋にはデリアしかいないかのごとく、彼女以外は目に入らなくなった。どこにいても淡いブルーのドレスを着て輝くような美しさを振りまいているデリアの姿が目に入った。ダンスを踊っているデリア。笑っているデリア……。そしてデリアのハチミツ色の髪がシャンデリアの光に照らされるたびに、デリアがダンスのパートナーたちにほほえみかけるたびに、アレックの心臓は締めつけられた。

アレックは自分が腕を組んでいる女性に目をやった。リゼットは今夜も美しかった。淡いグリーンのシルクのドレスを身にまとっている。グリーンは彼女によく似合っていた。小さなダイヤモンドのピンがつややかな黒髪のあちこちにちりばめられ、首元にはさらにたくさんのダイヤモンドが飾られている。彼女のどこもかしこもがきらきらと輝いていた。

アレックはリゼットを見つめた。何も感じない。

だがアレックはそれをうまく隠せているようだ。リゼットが気取った表情で首をかしげている様子からも、彼女が楽しんでいることがうかがえる。ということは、リゼットは彼の今夜のまめまめしいエスコートぶりに満足しているらしい。リゼットがここに到着した日からこれまでにアレックはさまざまな形で彼女に献身してきた。この先、彼女がさらに多くの献身を期待してくるのは間違いない。もしリゼットがアレックの心のうちを知ったら、満足どころの騒ぎではないだろう。彼女にお辞儀をしたり、ほほえみかけたり、レモネードのグラスを取ってきてあげたりしながらも、彼はデリア・サマセットしか見ていなかったのだから。

「……来週のアシュトン邸の舞踏会には出席する?」リゼットが尋ねた。「わたしは断ろうかと思っていたのだけど、サザーランド家のみなさんがその頃にはもうロンドンに到着しているのなら、そうね、わたしも……」

彼女は一時たりともおしゃべりをやめることはないのだろうか。アレックは延々と動き続ける唇に目をやった。リゼットの唇を見ても、いらいらさせられるばかりで、なんの感情も湧かないのが不思議だった。以前はなかなか美しい唇だと思っていたのに。アレックが思うことといえば、目の前の女性の唇は、あの形容しがたいほどやわらかな唇ではないということだけだ。あのピンク色のバラのような唇でも、思い浮かべるだけでダンスフロアの真ん中で膝が崩れそうになってしまう魅惑的な、あの唇でもないということだけ。

「もちろんアシュトン家は完全な上流とは言えないけれど……」

アレックはリゼットのおしゃべりを聞いているふりをしてうなずいた。

この唇はやわらかくもなければ、アレックを焦らす甘美なバラ色でもない。唇のあたたかな曲線をなぞる彼の舌の動きに、恥じらいながらも熱心に応えたり、小さな吐息をもらしたりする唇でもない。アレックの口の下でかわいらしく開いて、彼の危うい自制心を粉々に砕いてしまう唇でもない。

「……では、そういうことで。ロンドンに到着したら連絡してちょうだいね。お互いの家族みんなで舞踏会に出席しましょう」

アレックは目をしばたたいた。リゼットはいったいなんの話をしているんだ？ どこの舞踏会だって？ アレックの頭に、延々と続くカントリーダンスをリゼットと踊っている自分の姿が浮かんだ。

アレックは身震いしそうになった。「残念ながらそれは無理なんだ。その晩は別の予定があってね……」アレックはリゼットの肩越しに淡いブルーのドレスを探した。アレックはダンスフロアじゅうに視線をさまよわせたが、デリアの姿は見つからなかった。

「ミス・サマセットったら、今夜はずいぶん目立とうとしているみたいね」リゼットがふいに意地悪な口調で切り出した。アレックが目を戻すと、彼女は不機嫌そうに細めた目で彼を見ていた。その頰は怒りで赤く染まっている。

「そうかな？」アレックの目には、リゼットの顔が妬みで醜く歪んで見えた。

「そうよ」リゼットはぴしゃりと言い放った。ついにアレックの気を引くことができたので得意になっているようだ。「お母様はそういうのはお行儀がよくないと言っていたわ。ちやほやされて、いい気になっているって」

「本当に？」アレックはゆっくりとした口調で言った。母親の言葉を再現しているときのリゼットは、その顔つきも母親そっくりになっていると指摘しようとしたが、控えた。紳士だからだ。だがアレックは考え込まずにはいられなかった。レディ・セシルのような底意地の悪い老婆と同じような意見をかつては自分も持っていたことが不快でならなかった。

リゼットの口元が不機嫌そうにきつく結ばれた。「お母様が言っていたけれど、ミス・サマセットのお母様は家名に泥を塗った不名誉な娘だったそうよ」

「そんなことをおっしゃっていたのか？」リゼットの言葉に怒りが体じゅうを駆け巡っていることを押し隠しながら、アレックはぼんやりと答えた。これが自分が望んでいたことなのか？　お母様があぁ言った、こう言ったと延々と繰り返すリゼットのつまらないおしゃべりに耳を傾けながら一生を過ごすのか？　ひそかにデリア・サマセットの唇の味わいを何度も何度も頭のなかで思い返しながら。

リゼットはアレックの反応に気をよくして、さらにこの話題を続けた。「ロビンはすっかり彼女に夢中になっているみたいね。彼があの人と結婚したいと言い出すほど愚かでないといいけれど。あの人が義理の姉妹になるなんてごめんですもの」自分が何を言ったのかリゼットは気づいたが、遅すぎた。彼女の顔がみるみる赤くなっていく。「つまり、わたしが言いたいのは――」

「リゼット、顔が真っ赤だ」アレックは冷たく言った。「多分、今夜はダンスを踊りすぎたんだろう。お母上のところまでお送りしよう」

「いいえ、本当に大丈夫よ。わたしは疲れてなんか――」

だがアレックは疲れていた。心底疲れ果てていた。冷酷で嫉妬深いリゼットにもその母親にも、もううんざりだった。すべてが茶番だった。この女性と結婚などできるわけがなかったのだ。

ダンスはまだ終わっていなかったが、アレックはリゼットの腕を取って、ダンスフロアの隅へとエスコートした。リゼットに何か言う隙も与えず、アレックは彼女を母親に引き渡した。母親のほうは決して娘を引き渡されることを喜んではいなかったが。

一方のアレックはせいせいしていた。心臓に狙いをつけられていた銃弾をすんでのところでかわすことに成功した男のように。

先ほどダンスフロアに足を踏み入れるやいなや、デリアは、パーティーの招待客たちから頭ひとつ分抜きん出ている見慣れた黒髪の頭を探している自分に気づいた。すぐにアレックの姿は見つかった。人ごみから少し離れて、フロアの端にある巨大なオーク材でできた暖炉のそばに立っている。

彼はレディ・リゼットと一緒だった。豪華な縁飾りのついた淡いグリーンのシルクのドレスを身にまとい、ほっそりとした首元にダイヤモンドのチョーカーをつけたリゼットは、とても魅力的だった。アレックに向かってあだっぽくほほえみ、独占欲もあらわにその手を彼の腕に乗せている。アレックの頭は彼女のほうへと傾けられ、その肉感的な唇の端は何やら楽しそうに弧を描いている。

デリアは喉の奥が締めつけられるのを感じ、息を止めたままくるりと踵を返した。リゼットと一緒にいるアレックを見るのは耐えられなかった。

デリアはその日のほとんどの時間をアレックのことを考えないよう努力しながら過ごした。だがいつも心の片隅にはアレックがいて、思いもよらないときに彼女の思考を乗っ取ろうと待ち構えているのだった。髪を梳かしていたと思ったら、次の瞬間にはアレックがそこにいて、手を彼女の長い髪のなかに差し入れて、からかうように口づけしたり、彼女の首元の繊細な肌をその力強い唇でついばんだりしているのだ。またあるときは、廊下を歩くデリアの影が形を変えてアレックの姿となり、低い声で笑いながらそのあたたかな体を彼女に押しつけ、きみの唇はハチミツとクリームの味がするとささやくのだった。

「デリア？」

ほんの一瞬、デリアは自分のたくましい想像力が魔法のように働いて、実際にアレックを目の前に呼び出したのかと思った。だが目を開けて見ると、目の前にいたのはロビンだった。ロビンは興味深そうに彼女の顔をのぞき込んでいる。ロビンに何回名前を呼ばれたのだろう。

「今夜はとてもすてきだ」ロビンのあたたかなまなざしがデリアの全身に向けられた。その視線には称賛の気持ちが込められていた。

「そういうあなたも、とても颯爽《さっそう》としているわ」デリアは上品な空色のシルクのドレスのスカートを神経質に撫でおろしながら言った。このドレスはエレノアが貸してくれたものだ。エレノアは、このドレスには白い肌と青い目が映えると言い、デリアが着ることを強く勧めてきたのだった。

形はシンプルだが、空色のシルクの上にかかる雲のように、白いシフォンのオーバースカートがふんわりと重ねられている。深いネックラインは小さな花と鳥が型押しされたシルバーのリボンで縁取りされ、同じリボンが優美な形のパフスリーブにもあしらわれている。繊細な小さな鳥の刺繍《ししゅう》がふわふわしたオーバースカートのあちこちにほどこされ、ドレスの裾のまわりで優雅に飛んでいるかのように見える。とても美しいドレスだった。このドレスを受け取るとき、デリアの目には涙が浮かんだ。もしかしたら今夜は——たった一晩だけだとしても——ここに集まっている人たちの一員になったように感じられるかもしれないと思ったのだ。

「暑すぎないかい？」ロビンが尋ねた。「顔が赤いみたいだよ」

デリアはほてった頰に手をやった。「ダンスを踊りすぎたのね。でもあなたに会えてうれしいわ、ロビン。今日はずっとあなたとお話ししたいと思っていたのよ」

「本当かい？　それはうれしいな」ロビンはいたずらっぽい笑みを満面に浮かべた。その声には男性としての満足感が見え隠れしていた。「それならきみを庭園にエスコートさせてほしい」

「喜んで」デリアは指が震えるのを隠しながらロビンの腕に手を置いた。この先の会話のことを思うと気が進まなかったが、ロビンには自分の口から説明するのが筋というものだ。

「話というのはロンドンのことかな？　きみを案内するのが待ちきれないよ。劇場と公園をまわるだけでも、毎日忙しく――」

デリアはロビンの言葉をさえぎった。「ロンドンの話がしたいというのは、当たっているわ。でも劇場や公園のことではないの。ロビン、わたしは……」デリアはそこで言葉が続かなくなった。だが彼女は咳払いをしたあと、決意したようにふたたび口を開いた。「わたしはロンドンに同行しないことにしたの。明日、サリーに戻るわ」

ロビンはしばらくのあいだ無言のまま、当惑した表情でデリアを見つめた。「でも、どうして？」

デリアはため息をついた。「妹たちのことが心配なのよ。三人の若いおてんば娘たちがどれだけとんでもないことをしでかすのか、あなたには想像もつかないでしょうね」デリアは無理やりほほえんでみせた。

「だったらリリーが……」ロビンは言いかけたが、途中で自分を恥じたように口を閉ざした。

「いいえ、それはだめよ。リリーはわたしなんかより、ずっとロンドンに行くのを楽しみにしているんですもの」

「だけどきみだってロンドンで楽しめたはずだ」ロビンは歩くのをやめてデリアに向

き直り、彼女の両手を取った。「必ずそうなるよう、ぼくがいろいろ計画を立てていたんだから」ロビンはそう言ってデリアの目を意味ありげに見つめた。

　期待を込めた表情で見つめるロビンから視線をそらさずにいるのは、デリアにとって簡単なことではなかった。この会話は予想していたよりもずっとつらいものだった。こんなふうにロビンの表情豊かな黒い瞳にじっと見つめられていてはなおさらだ。

「ええ、あなたならきっとわたしをうんと楽しませてくれたでしょうね、ロビン。それもわたしが同行できない理由のひとつなのよ。わたしは……」気まずさでデリアの口は重くなった。「すでにあなたの時間を独占しすぎているわ」デリアは足元に目を落としながら、これ以上説明しなくても彼女が言いたいことをロビンが汲《く》み取ってくれることを願った。

　だが彼女の願いは即座に跳ね返された。ロビンはデリアと視線を合わせるために、身をかがめて彼女の顔をのぞき込んだ。「だけどデリア、ぼくはきみと過ごす時間を楽しんでいるんだ。ほかの何をしているときよりも楽しい」

　涙が込みあげてくるのを感じたが、デリアは唇を噛んでそれを押し戻した。「あなたはずっとわたしに親切にしてくれたわ」デリアは自分を奮い立たせ、ロビンの目をまっすぐ見つめた。「だからこそあなたとの友情はわたしにとって宝物だわ。ロビン、あなたはわたしの大事なお友達よ」

一瞬の間があった。そしてロビンはすべてを理解した。「ああ」しばらくしてロビンが発した言葉はそのひと言だった。

デリアは無言のまま、庭園のなかを歩くロビンのあとについていった。おかしなことだが、ランタンが蛾を引き寄せていることに、これまでは一度も気づかなかった。何匹もの蛾がランタンの明かりのまわりを無音で飛び交っていた。普通なら聞こえるはずの羽音も、今は何も聞こえなかった。聞こえるのは、自分の靴とロビンのブーツが小道の石を踏みしめる音だけだった。

「そういうことなら」ロビンがついに口を開いた。「これ以上何も言えることはないってわけだね？」ロビンが振り返ってデリアに言った。その顔は思いがけず穏やかだった。「ぼくはまだきみに本気になってはいなかったけれど、近いうちになっていたと思うんだ。きみがロンドンに同行していたら、きっとそうなっていただろう。だからこれでよかったってことだよね」

ロビンの優しさに心を打たれたデリアはまた涙が込みあげそうになった。「ああ、ロビン。本当にごめんなさい」

ロビンは肩をすくめてみせた。だがデリアにはロビンが平静を装っているのがわかった。「謝る必要はないよ。ぼくもきみのことは友達だと思っているんだから。恋人に関しては――」ロビンはいつものいたずらっぽい笑みを浮かべて言った。「まあ、ぼくは恋多き男として有名だからね。もしかしたら今シーズン中に誰かと恋に落ちて、結婚するかもしれないよ。安定という足かせにつながれたぼくの姿を見たら、兄はさぞかし喜ぶだろう」

デリアが今一番話題にしたくないのはアレックのことだったので、それについては意見を避けた。「そうかもしれないわね。でも、本当の恋に落ちるのって、そんなにひどいことなのかしら？」デリアは息を止めてロビンの返事を待った。もしかしたらロビンなら愛という複雑な問題について、男性ならではの視点で貴重なヒントを与えてくれるかもしれないと思ったのだ。

だがロビンは含み笑いをしながら答えた。「正直に言って、ぼくにはさっぱりわからない」

「わたしもよ」デリアは急に笑い出したくなった。だがちっとも笑えるような状況ではなかった。狂おしいほどにアレックのことを愛してしまったデリアは、愛についてわかっていて当然だった。ところが実際の彼女は、愛に向かって真っ逆さまに落ちていながら、これまで以上に愛のことがわからなくなっていた。

「それはぼくにとっても長年の疑問だけど——」ロビンはダンスフロアのほうに戻りながら、真面目なふりをして言った。「ダンスパーティーの最中に、それもこれから食事をしようってときに考えるようなことじゃないよね」

テラスのすぐそばまで戻ってきたとき、デリアはアレックの姿に気づいた。心臓が胸から飛び出しそうになる。アレックはテラスに立っていた。視線はまっすぐデリアに向けられている。その表情からは何も読み取れなかった。

「ミス・サマセット」アレックがデリアの肘を強くつかんだ。「話がしたい」

「いいえ、わたしは——」デリアはつかまれた肘を引き抜こうとしながら言った。アレックは肘を放そうとはしなかった。「頼む、デリア」アレックが低い声で言った。「わたしは明日ロンドンに発つ。その前にどうしてもきみと話がしたいんだ」

ロビンがいぶかしそうに目を細めてデリアとアレックを交互に見つめた。「デリア？」

デリアはロビンを見ながら小さくうなずいた。ロビンは探るような視線でアレックをしばらく見つめたあと、デリアにお辞儀をしてダンスフロアへと戻っていった。

「わかったわ」デリアはアレックにエスコートされて庭園に戻ることに同意した。

「でも少しだけよ」デリアはそう言い足したが、アレックはかまわずデリアを人気のない、庭園の暗い一画へと連れていった。

テラスにいる招待客から見えないところまでやってくると、唐突にアレックはデリアの腕を放した。まるでデリアに触れている手を火傷《やけど》したかのように。アレックはしばらくデリアを見つめていたが、無言のままふいに背を向け、乱暴に髪をかきむしった。デリアはアレックが話し始めるのを待った。だがついにアレックがデリアのほうに向き直ったとき、その顔に浮かんでいる表情があまりにも苦しそうだったので、デリアは動揺せずにはいられなかった。

驚いたデリアの口から小さな声がもれた。「アレック？」

アレックはデリアに近づき、彼女の肩を強くつかんだ。「デリア、あの日きみが聞いてしまった会話のことを——」アレックは早口で言った。「どうしてもきみに説明しなきゃいけない」

だがすぐにデリアはアレックから逃れようと身をよじった。「いやよ、アレック！言い訳なんて聞きたくない」

アレックの手がますますきつくデリアをつかんだ。「でも聞かなきゃだめだ。誰が相手であれ、愛人になることにきみが同意すると思ったことは一度だってない。きみをそんな女だと考えたことはない。そんなふうに思えるわけがない」

「アレック、でもあなたはそう考えたはずよ。さもなければ、どうしてロビンにそんな提案ができたというの？」

「ぼくがロビンにあんな提案をしたのは、ロビンに否定してほしかったからだ。ロビンがぼくの提案を心底不快に感じてくれることを願っていたんだ」アレックはデリアを放し、その両手に顔を埋《うず》めた。「ロビンは今年になってからほとんどずっと、ロンドンで遊びまわっていたんだ。品行のよくない若い貴族たちとつるんで。ぼくもたくさんの噂を耳にした。ロビンが……」アレックは口ごもった。「いや、それについてここで話す必要はないな。ただ口にするのもはばかられるような噂だった」

「なぜロビンに直接問いたださなかったの？」デリアは不思議そうに尋ねた。

「ロビンが正直に答えるとは思えなかったからだ。だが、ぼくは真実を知る必要があった。家族のためにも。きみが立ち聞きしているとは夢にも思わなかったんだ。だがそんなことは、なんの言い訳にもならない。ぼくは許しがたく、残酷なことをしてしまった。あの日のきみの顔を思い出すたびに、頭がどうかしてしまいそうになる」

デリアは体を震わせながら、大きく息をついた。今、自分が襲われている強い感情がなんなのかデリアにはわからなかった。ただ、昨日から胸の奥に居座っていた、固く冷ややかで、苦々しい何かが突然消えたことに気づいた。

アレックの言葉は終わっていなかった。アレックは手を伸ばすと、デリアの手首をつかみ、乱暴に引き寄せた。「きみがロビンと一緒にいるところを見るのが、なぜこれほど不快なのか、きみにわかるか、デリア？　どうなんだ？」

「え、ええ」デリアはアレックの胸に手を置きながら言った。「ロビンを守るためでしょう？　あなたの家族を恥ずべき縁組みから守ろうと——」

「違う」アレックは息を荒らげ、低いかすれ声で言った。「きみとロビンが一緒にいるのを見るのが耐えられないからだ。なぜなら、きみはぼくのものだから」

デリアの心臓が一瞬止まった。だがその直後、とてつもなく激しく、痛いほど大きく震えたあと、ふたたび動き出した。デリアは何か言おうとして口を開いたが、出てきたのは静かなむせび声だった。目の奥から熱い涙が湧きあがる。アレックがせつなげな表情でデリアの頰を両手で覆った。デリアの目からこぼれ落ちる涙を親指で優しく拭った。「泣かないでくれ」アレックの唇がデリアの顔に近づいた。あたたかな唇が彼女の涙を味わうように、彼女の目元から頰へと滑る。デリアの意識から庭園のことも舞踏会のことも消えていった。彼女の顔を撫でるアレックの唇の感触だけで頭はいっぱいだった。「言ってくれ、デリア」アレックが優しく命じた。そのささやき声は、デリアの耳をシルクで撫でるように優しかった。「きみはぼくのものだ。そう言ってくれ」

だがデリアは声が出なかった。息を吸うことも、考えることもできなかった。ただ感じることしかできなかった。デリアは腕をアレックの首に巻きつけた。アレックの唇を求め、彼の口のなかへと差し入れたその舌で、言葉を使わずに彼の知りたいことを伝えた。

「だめだ」アレックは胸を上下させ、忙しく息をしながら言った。「こんなことをしてはいけない」アレックはデリアの体を引き離した。「ダンスフロアに戻ろう」

行きたくない。デリアはアレックを逃さなかった。

デリアは大胆にも、アレックのクラヴァットの結び目を引っ張った。だがちっとも緩まない結び目にいらだって喉を鳴らした。もっとアレックを感じたくて、デリアは必死だった。アレックの引き締まった腰を撫でようと、上着の下に手を入れ、シャツを引っ張った。ついにズボンのなかからシャツの裾が出てくると、デリアは両手をシャツのなかに潜り込ませた。アレックが鋭く息をのむ。そしてアレックは、好奇心に任せて動く彼女の指に反応するように、張りつめた筋肉を覆うベルベッドのようなあたたかい肌をうごめかせた。デリアは満足げなため息をついた。

「ああ、デリア」アレックは降参したようにうめくと、もう我慢できないというようにデリアの唇に自分の唇を重ねた。デリアの体を強引に引き寄せ、自分のものだと主張するように腕のなかにおさめつつ、舌で彼女の舌を丹念に愛撫する。デリアの後頭部ががくんと力なく倒れるまで。

アレックの首から手を解いたデリアは、彼の広い胸に両手を這わせた。だが彼の男らしい乳首に近づくと、ためらったように手を止めた。おずおずとそれに触れてみる。するとアレックが低くうめいた。デリアはすっかり夢中になり、その手はだんだん大胆になっていった。アレックの全身が欲望で張りつめるのが彼女にもわかった。デリアはアレックの腹部へと手を伸ばしていった。アレックの頭が深いうめきとともにうなだれると、興奮がデリア自身の下腹部にも伝わっていくのがわかった。

「そうだ」アレックが低い声でささやいた。

シルクのドレスの上からデリアの背中を撫でていたアレックの熱く力強い手が、ドレスの一番上のボタンを外した。ドレスの胸元が大きく開くと、アレックがそこに唇をつけた。粗いシルクのような彼の舌がデリアの胸のふくらみをたどっていく。

デリアにはわかっていた。このような行為をされて、自分はショックを受けるべきなのだと。アレックを止めるべきだということも。だがデリアは、アレックの指と唇の動きに呼び覚まされた自分の熱い欲望しか感じられなかった。もっと彼の手を全身で感じたくて、デリアは体をすり寄せた。

「アレック」デリアはあえぐように言った。「お願い……」

アレックはすでにデリアが何を望んでいるのかわかっていた。彼女自身は自分が何を望んでいるのかもわかっていなかったが。アレックはデリアの胸のふくらみの下にそっと指を差し入れながら、彼女をなだめるようにつぶやいた。「しぃっ。わかっているよ、かわいい人」アレックはその指を少しずつじりじりと上にずらしながら、彼女の素肌に熱い唇を押しつけた。そしてついに彼の親指が、硬く尖った胸の頂をかすめると、ふたりは同時にうめきをもらした。デリアはアレックの腕のなかで体をびくりとさせた。彼に触れられたときに走った衝撃に圧倒される。

アレックは頭を徐々にさげていった。デリアは自分のやわらかな胸の上に当たる、ひげが伸びかけてざらりとしているアレックの肌の感触を味わった。デリアは天を仰ぐように頭を後ろに傾けて彼を抱き寄せた。アレックの舌がピンク色の先端をなめる。デリアはアレックの髪のなかに差し入れていた指をぎゅっと握り、彼の頭部を抱きかかえた。アレックの口が狂ったように早鐘を打っているデリアの心臓の上でしばらくとどまったあと、今度はもう一方の胸へと移り、その頂を口のなかに含んだ。

デリアは頭を後ろに倒した。アレックが胸を味わいながら、中心をなぞるように舌先でゆっくりと円を描き始める。デリアはあえぎ声を抑えようと手の甲を口に当てた。

「アレック、お願い……」デリアは体を震わせ、アレックにしがみついた。自分の腕のなかで甘い欲望に身をもだえさせているデリアの姿がアレックの狂気じみた欲望をさらにあおった。デリアが苦しげに息をつくたびに、アレックから自制心が奪われていく。彼の手はデリアの腰からヒップへと移り、そこを両手でつかむと自分の体を強く押しつけた。強烈な刺激にアレックはうめき声をもらした。アレックは自分のこわばった高まりをゆっくりとデリアの体にこすりつけた。スカートの生地越しに彼の欲望を感じてほしかった。デリアの背中を忙しく撫でていた手はヒップに落ち着いた。彼は彼女のヒップを愛撫しながらそれをさらに強く自分の脚へと引き寄せる。

デリアが小さく声をあげた。抗議のため息だろうか。それとも降伏？　だが、どちらでもいい。もう関係ない。なぜならアレックはすでにデリアのスカートをつかみ、そろりそろりと持ちあげ始めたからだ……。

アレックは舌をデリアの口に侵入させながら、指でデリアのガーターの上のあたたかでなめらかな素肌を撫で始めた。アレックの指がデリアの腿の敏感な素肌へと伸びていこうとしたそのとき、彼の腕のなかでデリアが体をこわばらせた。デリアは両手をアレックの胸に置いて、彼を押しやろうとしている。

アレックはデリアを求め、欲望でほとんど何も考えられなくなっていた自分を抑え、意識をデリアの顔に戻した。

「デリア、どうかしたのか？」

そのとき、アレックは聞いた。息をのむ音と女性の押し殺した驚愕の声を。アレックは振り向きざま、とっさにデリアの前に出て、彼女を自分の体の後ろに隠した。

だが遅かった。リリーが立っていた。衝撃を受けたように、両手で口元を覆っている。その頬がみるみる赤く染まっていった。「お姉様？」その声はショックで震えている。「ああ、お姉様」リリーは泣きそうな声でつぶやいた。「穢されてしまったのね……」

22

リリーは歩き続けていた。ドアからベッド、ベッドから窓というように。ドア、ベッド、窓……。

デリアは何度も同じところを歩きまわっているリリーを目で追った。ドア、ベッド、窓。豪華な絨毯には充分な厚みがあるが、それでもこの調子でリリーの優美な靴に踏みしめられていたら、そのうち擦り切れてしまうかもしれない。

部屋は沈黙で震えていた。ふたりが庭園から逃げるように立ち去ってから、リリーはひと言も発していなかった。あのとき機転をきかせたリリーが、部隊を率いる司令官のごとく指示を出していなかったら、今でも三人は庭園で突っ立ったまま、互いの顔を驚愕の表情で見つめていたかもしれない。

「こっちに来て、お姉様」リリーはあのとき、デリアにそう命じた。そのあとアレックの乱れた服から目をそらしながら彼に言ったのだ。「カーライル伯爵、わたしたちの代わりにレディ・カーライルに謝罪しておいていただけますか。デリアは頭痛がするので部屋にさがると、そしてわたしもそれにつき添ったとお伝えください。この件について、ほかの誰にも知られる必要はありません」

まるで操り人形のように、アレックとデリアはリリーの指示に従った。おかげでどうやら誰にも知られずにすんだようだが、デリアには今この瞬間にも上流階級の人々が扇の影で、穢されてしまった気の毒なデリア・サマセットのことを面白おかしく噂しているような気がした。

だが今はリリーと話し合わなければ。そのリリーはまだ部屋のなかを歩きまわっている。ドア、ベッド、窓……。

デリアは待った。リリーは頭のなかの整理がつくまでは、口を開かない性格だ。衝動的に悲鳴をあげたり、勝手な憶測でものを言ったりもしない。妹のそんなところを、デリアはいつも尊敬していた。自分には欠ける資質を持つ相手を人は尊敬するものだ。世間ではそう言われる。

世間というのは誰のことなのかは知らないけれど。

「リリー。わたしのことをひどく恥じているでしょうね」これ以上の沈黙に耐えきれなくなったデリアがついに会話の口火を切った。

リリーがようやくデリアのほうを向いた。「恥じている？　驚いていると言ったほうがいいでしょうね、お姉様。いったい何を考えていたの？　庭園であんなことをどうしてなの？　誰かに見られてもおかしくなかったのよ！　レディ・セシルに見られたかもしれないのよ」その可能性を思い浮かべたリリーの顔がふたたび蒼白になった。「レディ・セシルの恐ろしい舌の影響から逃れるには、サリーどころか、もっと遠くまで逃げなければならなかったでしょうね」

「でもレディ・セシルじゃなかった」デリアはこの状況で可能な限り理性的に言った。「あなただったわ」

「不幸中の幸いというだけよ」リリーは部屋を横切って、デリアの反対側にある椅子に身を沈めた。「カーライル伯爵を恨むわ。彼があんなに見下げ果てたことをするなんて信じられない。でも明らかに彼は高潔な紳士ではない――」

「いいえ、リリー。あなたは間違っている！」デリアは声を張りあげ、すぐさまアレックをかばい始めた。「アレックは高潔な人よ。紳士でもあったわ。彼のせいじゃない……あれは――」デリアは神経質にごくりとつばをのみ込んだ。「あれはわたしのせいなの」

アレックは一度は彼女から身を離そうとした。彼はダンスフロアに戻ろうと言ったのだ。だがそれに対する彼女の返事は、アレックのシャツをズボンから引っ張り出すというものだった。そのときのことを思い出してデリアの体はかっと熱くなった。恥ずかしさのせいだけではない。アレックの服を引き裂こうとしたのだから、この件に関しては自分にも責任があるはずだ。

だがリリーはそう思っていないようだ。リリーは首を横に振った。「いいえ。上流階級には不道徳な人が多くいるということは誰だって知っているわ。紳士たちは特にね。一方でお姉様は何も知らない若い娘よ。誘惑がどんなものかなんて、わかるわけがないわ」

どうすればリリーに説明できるだろうか。わかるわからないは関係ないということを。あれは誘惑ではない――今夜、庭園でアレックとしていたことは、誘惑などという血が通っていない冷たい言葉とは無縁のものであるということを。どうすればリリーにわかってもらえるだろうか。アレックの優しいキスを。キスは次第に深まり、彼は飢えたように彼女の唇を求めた。熱を帯びた素肌を指先で撫でられているうちに、デリアは彼に身を任せる以外に何もできなくなった。体を押しつけられるうちに、甘い欲望の渦にのまれた。考えることもできず自分がどこにいるのかもわからず、ただ彼を感じることしかできなくなったあのときのことを、どう言えばリリーにわかってもらえるというのか。

考えていることがデリアの顔に現れていたのか、リリーが眉をひそめた。「いったい、いつからカーライル伯爵と……」リリーが言葉を濁した。

「こっそり庭園で会っていたのかとききたいのね？」リリーに真実を隠すのは難しかった。妹にこれ以上嘘をつきたくない。「ベルウッドに到着したばかりの頃から、意識し合っていたの」

リリーがあんぐりと口を開けた。「でもロビンは？　彼はお姉様に気があると思うわ。お姉様だってまんざらでもなかったように見えたけれど。ロビンだってそう思っているはずよ」

自分ではそうは思っていなかったが、ロビンを追いかけるという脅しをアレックまでもが真に受けたほどなのだ。真実に向き合わなければ。その真実とは、デリアがロビンを利用したということだ。彼女はロビンを操ったのだ。アレックとの無謀なゲームに利用するために。ただの捨て駒か何かのように。「ロビンとはさっき話をして、わたしが明日サリーに発つことを伝えたわ。それと、わたしが……」デリアはロビンの目に浮かんだ期待が失望に変わった瞬間のことを思い出して、ため息をついた。「わたしがロビンに対して、どれだけ申し訳ないと思っているかということも」

苦悩の表情を浮かべたデリアを見て、リリーは声をやわらげた。「でも、お姉様だけが悪かったわけではないと思うわ。ロビンに特別な好意を持っていると思わせるようなふるまいは、ほとんどしていなかったもの。お姉様にとってロビンは最高のお相手だったとは思うけれど、あなたは現実的な性格ではないものね」

「そのようね」デリアは小声で言った。「現実的な性格だったらロビンを愛していたと思うわ。アレックではなくて」

リリーは目を見開いて姉を見つめた。「愛ですって！　嘘でしょう。お姉様、カーライル伯爵を愛しているの？」

「そうみたい」喉の奥から熱い涙が込みあげてくるのを感じながらも、デリアはなんとかほほえんだ。「救いようもないほどに」

リリーは表情をやわらげると、デリアの手を取った。「彼のほうは……その思いに応えてくれているの？」

きみはぼくのものだ。そう言ってくれ、デリア。

あの薄暗い庭園で、腕を彼の首に巻きつけ、彼に口づけされていたときには、アレックの言葉は情熱的な告白のように思えた。だが、リリーに心配そうに見つめられながら、自分の寝室で冷たい現実に囲まれている今は、アレックが何を言いたかったのか、デリアにはよくわからなかった。いずれにしても、あれが愛の告白ではなかったことはたしかだ。デリアは悲しみで胸が締めつけられるのを感じた。アレックは自分に対してなんらかの感情を抱いてはいるのだろうが、その感情が先週彼がたわむれていた若い娘に対するものと変わらないとしたら？　それよりはましなものだったとしても、何が変わるのだろう。第一、母親のスキャンダルという影が今でもアレックとデリアの頭上を覆っていることに変わりはない。その長い影は、アレックが彼女に対して抱いている一時の欲望より、ずっと長く続くのではないかとデリアには思えた。

デリアは震えながら大きく息をついた。絶望的な状況のようだ。「彼がわたしに対してどう感じているにせよ、上流階級の侮蔑に立ち向かうほどではないと思うわ」

その言葉を聞いてリリーの顔からいっさいの希望が消え去った。「でも伯爵の気持ちに確信を持てなかったのなら、どうしてお姉様は――」

「彼を愛してしまったのか、どうして庭園でキスを許してしまったのか、と言いたいのね？」デリアは悲しげにほほえんだ。「あなたも言ったとおりよ、リリー。わたしは現実的になれたためしがないんだわ。もし現実的だったなら、心でなく頭で愛を選んでいたでしょうから」

「なんだかお母様が言いそうな言葉ね。お姉様はお母様にとてもよく似ているわ。お母様もとてもロマンティックな方だった。その魂まですべてがね。お姉様もそうよ」

「ええ、そうね。わたしは夢見がちな性格だけれど、途方もなく愚かでもあるわ。少なくともお母様には貴族を愛したりしないというしっかりとした感覚が備わっていたわ。きっとお母様はわたしにがっかりなさるでしょうね。自分はすべてをなげうってハート・サザーランドから逃げたというのに、娘がその息子を愛してしまうなんて」

リリーは困惑したように眉根を寄せた。「でもカーライル伯爵は父親とは似ても似つかないでしょう？」

デリアはうなずいた。「もちろん、似ていないわよ。先の伯爵のことはほとんど知らないし、これまでわずかに噂を耳にした程度だけど。それでもいい話は聞かなかったわ。先の伯爵はとても冷酷で感情をほとんど見せない方だったらしいわ。でもアレックだって上流階級の一員ですもの。それだけで充分最悪だわ」

リリーはまだ困惑したような表情を浮かべている。「お姉様が言っているのは、カーライル伯爵が貴族だからお母様ががっかりなさるだろうということ？　なんてばかげた考えなの！　お母様はそんな方ではないわ」

デリアは驚いたような顔で妹を見つめた。「もちろん、お母様はがっかりなさるに決まってるわ、リリー。あなただって上流階級の人たちは不道徳だと言っていたじゃない」

リリーは小さく鼻を鳴らした。「怒っているときにわたしが口にしたことを真に受けてはいけないって知ってるでしょ？　それに忘れてはいないと思うけれど、お姉様だって猛然とカーライル伯爵をかばってみせたじゃない。彼は高潔な人だって言っていたわ。わたしにはその言葉だけで充分よ。お母様だってその言葉を聞いたら納得なさると思うわ」

デリアは肩をすくめた。リリーと言い争うのは避けたかったので、彼女は口を閉ざした。

「不道徳なのは上流階級特有の性質のようにお姉様は言うけれど」リリーは続けた。「上流階級の人たちはたしかに特別な存在ではあるものの、不道徳さに関してはイングランドじゅうの人たちも皆同じよ。ミセス・アスプレイのことを覚えている？」リリーが突然尋ねた。

「ミセス・アスプレイ？　いつもわたしたちに酸っぱい姫リンゴを投げつけてきたお婆《ばあ》さんのこと？」

リリーはそのときのことを思い出してくすりと笑った。「ええ、まさにそのお婆さんよ！　本当にとんでもない人だったわ。わたしたちがアスプレイ家のポーチに近づいただけで、彼女はいつもあの曲がった木からもいだ姫リンゴをわたしたちに投げつけてきたわよね。わたしはずっと思っていたわ。ミセス・アスプレイはあの節くれだった木とそっくりだって」

「リリー！　そんなことを言うのは失礼よ」

「でもミセス・アスプレイだって失礼だったわ！　わたしが言いたいのはまさにそこよ。お母様のお使いでミセス・アスプレイの家を訪問させられるのがわたしはいやでたまらなかった。あのお婆さんは、おとなしい若い娘に投げつけるためだけに、あの姫リンゴを玄関の脇の桶《おけ》にためておいたに違いないわ」

デリアは顔をしかめた。「リリー、なぜわたしたちはミセス・アスプレイの話なんかしているの？」

「なぜって？」リリーはわかりきったことでしょうと言いたげな口調で続けた。「ミセス・アスプレイは教会に住み着いているネズミみたいに貧しくて、上流階級からはかけ離れた存在だったけど、それでも不道徳な人だったわ。お姉様だって否定できないはずよ」

「まあ、それはそうかもしれないけど」デリアはうなずいたものの、完全には納得していなかった。

「ねえ、お姉様、シャーロットやエレノアが不道徳だと思う？　ロビンやレディ・カーライルはどう？」

「まさか」デリアはそう答えたあと、さらに強い口調でふたたび否定した。「もちろん、そんなことは思っていないわ」そのとき何日か前にアレックが言った言葉を思い出しつつ、デリアは言った。「ぞっとさせられる人間もいれば魅了させられる人間もいる。それはどの階級でも同じということね」

「ぞっとさせられる人間も魅了させられる人間も、その中間の人間も、ときにはその両方の人間もね」リリーは満足そうな口調で続けた。「貴族じゃないというだけの理由で、お父様のことを悪く言う人がたくさんいたわよね。じゃあ、カーライル伯爵が貴族だというだけで、お母様が彼のことを悪く言うと思う？」

デリアは首を横に振った。そういうふうに考えたことは一度もなかった。

「お母様なら言わなかったはずよ」リリーは言った。「お母様がハート・サザーランドとの結婚から逃げ出したのは、彼がいい人間ではなかったから。彼のことを愛していなかったからよ。理由はそれだけ。もちろん、お父様のことを心から愛していたというのもあるけれど」リリーはしばらく口を閉ざしたあと、小さな声で言った。「お父様とお母様のことが恋しくてたまらないわ」

「わかるわ」デリアは妹の手をそっと握った。「わたしもよ」

ふたりはしばらく無言のまま、それぞれの思い出に浸った。

「リリー、あなた、疲れたでしょう?」デリアがようやく口を開いた。「わたしも目を開けているのがやっとよ。明日は早いうちにサリーに出発するけれど、発つ前にあなたたちに会いに行くわ。あなたとエレノアとシャーロットにお別れを言いたいから」

リリーはうなずいた。「お姉様はサザーランド家の馬車で送ってもらうの?」

「ええ。ギルフォードまでは。そこでハンナと落ち合う予定よ。ジェームズも同行してくれることになっているわ。わたしはひとりでも大丈夫だと言ったのに、エレノアが聞き入れてくれなくて」

「でもそれを聞いてわたしは安心したわ」リリーはそう言って立ちあがった。だが自分の部屋に続くドアのところまで行くと、立ち止まって振り返った。「わたし、お姉様のことを恥じてなんかいないわ。恥じるなんてありえない。それはわかっているでしょう?」

デリアは突然、喉の奥に何かがつかえたような気がした。「わかっているわ。でもそんなふうに言ってくれてありがとう」

「大丈夫？」リリーはまだドアのところでためらうように立ったまま言った。

「大丈夫よ。約束するわ。家に戻れば気分だってずっとよくなるはずよ。あっという間にね」

リリーに言い聞かせているのか、自分自身に言い聞かせているのか、デリアはよくわからなかった。

「わかったわ」デリアの言葉を真に受けてはいないようだが、リリーは言った。「おやすみなさい」リリーが去ったあとも、長いことベッドに腰をおろしたまま、物思いにふけっていた。そしてようやく立ちあがると、エレノアから借りたスカイブルーの美しいドレスを脱いで、慎重にベッドの脇にかけた。顔を洗ってナイトガウンに着替え、やわらかなひんやりとしたシーツのあいだに身を滑り込ませる。しかし目はしっかりと開いたままだった。彼女の心は千々に乱れた。

デリアの行動のせいで、すべてが複雑になってしまった。ベルウッドの敷地に一歩足を踏み入れた瞬間から、彼女の行動はまるで、すべてを失うまで愚かな賭けを繰り返し、スキャンダル紙をにぎわす賭博師のようだった。

リリーはデリアのことを恥じていないかもしれないが、デリアは自分のことを恥じていた。

デリアは暗闇のなかで小さく顔をしかめた。ミセス・アスプレイと姫リンゴのことが頭に浮かんだ。しかし頭から離れなかったのはミセス・アスプレイの思い出ではなく、リリーが言った、母はロマンティックな魂を持っていたという言葉だった。恵まれた上流階級の暮らしをなげうった母のことをデリアはずっと勇敢だと思っていたが、実際は勇敢さとはあまり関係がなかったのかもしれない。

今夜アレックの唇が触れた瞬間に、彼の腕に抱きしめられた瞬間に、そして彼の髪に指を差し入れた瞬間に、デリアの選択肢はなくなった。アレックの首に腕を巻きつけ、彼をかき抱く以外に、彼女にできることは何もなかったのだ。

以前は気づかなかったが、今のデリアにはわかる。母も同じだったのだ。母は何かから逃げ出したのではなかった。ハート・サザーランドから、チェイス家から、上流階級から逃げ出したのではない。ミリセント・チェイスは何かに向かって踏み出したのだ。ひとりの男性――ヘンリー・サマセットに向かって。彼女をそうさせたのは愛以外の何物でもなかった。それは母がすべてを賭けた愛だったのだ。

きみとロビンが一緒にいるのを見るのが耐えられないからだ。なぜなら、きみはぼくのものだから。

アレック。彼女の唇をもてあそぶ、あたたかな唇。自分のものであることを示すかのように彼女を抱きしめる力強い腕。美しい黒い瞳。

奇妙なことに、ふいにすべてがとても簡単なことのように思えてきた。アレックは完璧ではない。デリアがそうであるように。ほかの誰もがそうであるように。アレックが彼女のことを愛しているのかどうか、デリアにはわからなかった。アレックが彼女のものなのかどうかもわからなかった。だが彼女は知っていた。自分はアレックのものだと。

デリアが知る必要があるのは、ただそれだけだった。

23

ベルウッド邸がこれほど静かだったことがあるだろうか。裸足のままのデリアの小さな足音が廊下に響き渡った。これからデリアがしようとしている行為を母が許してくれるとはとうてい思えなかった。しかし、アレックの寝室へ行くのは、呼吸をするのと同じくらい自然なことに思えた。呼吸を止められないのと同様、この気持ちに抗うことはできないのだ。母なら理解してくれるだろうとデリアは考えることにした。

今回はドアの数を数える必要はなかった。どれがアレックの寝室のドアか、デリアは覚えていた。デリアはドアを一度だけノックした。強くはないが、しっかりと叩いた。デリアは、自分の肋骨のなかで何千もの蝶が羽ばたいているような感覚を覚えた。そして彼女の体のさらに内側を、ぞくぞくするような興奮が駆け巡っていた。

「誰だ」アレックが怒鳴った。

デリアはたじろいだ。アレックの不機嫌な口調に緊張が増したが、ここで逃げ帰るわけにはいかない。デリアは逃げたくはなかった。彼女はドアを開くと、部屋のなかへと身を滑り込ませた。

アレックの姿は見えなかったが、奥の衣装部屋のなかを歩いている足音が聞こえた。「まったく。今度はなんの用だ？　さっさとすませて出ていってくれ」アレックが寝室に顔を出すこともせずに怒鳴った。

デリアはドアを背にして立ち、両手を握りしめながらアレックが姿を現すのを待った。すると、部屋に入ってきた者が黙りこくっていることを不審に思ったアレックが寝室に戻ってきた。デリアに気づいた彼は体を凍りつかせ、持っていた紙を床に落とした。しばらくデリアを見つめていたアレックがようやく口を開いた。「デリア。きみはここにいてはいけない」

何千もの蝶たちが肋骨を飛び出して喉にまであがってきた。アレックは冷静でよそよそしい顔つきをしている。彼女がここにいることを望んでいないように見えた。それにデリアには、アレックをその気にさせるにはどうすればいいのかわからなかった。うぶな彼女は、誘惑のコツも男の気を引く術も知らなかった。

しばらくのあいだ、ふたりは無言のままだった。互いをじっと見つめ合ううちに、次第にまわりの景色が消えていった。デリアの目には化粧台も鏡も暖炉の格子の向こうで燃えさかる炎も見えていなかった。彼女の目に映るのはアレックの姿だけだった。そのアレックは微動だにせず、ひたすら彼女のことを見つめている。デリアは影になっているアレックの顔を見つめ返した。その表情からもまなざしからも、なんの感情も読み取れない。だがそれはもうどうでもよかった。アレックの渇望が感じ取れたからだ。デリアにはアレックが自分を求めているのがわかった。彼の指で肌に触れられているかのように、それを強く感じた。

デリアには誘惑のコツもその気にさせる術も必要なかった。彼女に必要なのはアレックだけだった。彼女がしなければならないのは、自分が感じている思いを正直に伝えることだけだった。

「アレック、わたしはここに来なくてはならなかったの」デリアは一歩アレックに近づいた。

アレックは豊かな髪をかきあげ、くしゃくしゃにした。デリアは黒髪をかきあげるアレックの手をじっと見つめ、その仕草を自分の目に焼きつけようとした。サリーの田舎での孤独な生活に戻ったあとに思い出すことができるように。

「自分のベッドに戻るんだ、デリア」アレックはデリアを見つめたまま、こわばった声で言った。

デリアは夢でも見ているような足取りで、暖炉に向かって進んだ。そして揺らめく炎の前に敷かれたラグの上で膝をつくと、髪に挿したピンを抜き始めた。

アレックが息をのんだ。「やめろ」

だがデリアは手を止めなかった。ピンを一本、また一本と抜いていく。ついにはきらめく滝のような髪が肩から背中へと流れ落ちた。

デリアは待った。

アレックは喉の奥から苦しげな低い声を出すと、部屋を横切って、ラグの上で膝をついたまま動かずに待つデリアの背後に立った。彼はデリアの髪をひと束手に取ると、その長い髪を梳《す》くようにして指のあいだに滑らせた。デリアは頭を後ろに倒し、アレックの腿に軽く寄りかかった。

「デリア、きみはここにいてはいけない」アレックが押し殺した声でふたたび言った。「きみは自分の寝室にいるべきだ。鍵をかけたドアの向こう側に。ぼくがきみに触れられないように」

デリアはアレックの腿にもたれている後頭部をそらすようにして、影になっている彼の顔を見あげた。「わたしはあなたに触れてほしいと思っているわ、アレック」

アレックはデリアの髪をいじっていた手をぎゅっと握ったあと、髪をそっと彼女の肩に戻した。そしてデリアの正面にまわり込むと、彼女と向き合うようにして暖炉の前で膝をついた。両手でデリアの頬を包み、その額に口づける。アレックはデリアのまぶた、顎、鼻先へと順々にキスをしていった。アレックの唇で触れられるごとにデリアの肌はうずき、彼女は目まいのような感覚に襲われた。

アレックの手が彼女の肌をかすめるように優しく撫でた。まるでその輪郭を確かめているみたいに。彼はそうしてデリアをもてあそぶような愛撫を続けた。デリアはたまらず、アレックのシャツをつかんで彼を引き寄せた。

それはまるで小さな火花が一気に炎になって森全体をのみ込んだかのようだった。アレックは一瞬のうちに反応した。大きな手をデリアの背中に広げ、彼女をぐいっと引き寄せると、性急に自分の唇をデリアの唇へと近づけ、その合わせ目に舌を這わせた。デリアが息をのんで口を開いた隙に、アレックはなかに舌を滑り込ませた。彼女の舌や口内を撫でると同時に、彼女が彼の舌を味わうように誘った。デリアはそれに従い、自分の舌を彼の舌に絡ませ、腕を彼の首に巻きつけた。

デリアにはアレックが自制心を失い、荒れ狂っている欲望に身を任せた瞬間が見えたような気がした。アレックは指をデリアの髪に差し入れると、彼女の頭部を傾けた。彼女の首元の肌を味わえるように。「そうだ」デリアがアレックの唇に応えて首を弓なりにそらすと、アレックはささやいた。「それでいい」

喉に感じるアレックの唇はどこまでも甘やかで、デリアは彼にどんなことでも許してしまいそうな自分が怖くなった。デリアはアレックに懇願した。アレックはデリアの耳下の感じやすい皮膚に親指で円を描くと、そのあとを唇でたどり、耳たぶを軽く嚙んだ。肌に感じる彼の歯の感触があまりにエロティックで、デリアはアレックの腕のなかで体をびくりとさせた。

「デリア」アレックがつぶやいた。彼の両手はデリアの顔から離れ、腰をつかんだ。デリアの腰をきつくつかんでいることにアレックは気づいていないようだった。だが、しばらくするとその手から力が抜け、彼はデリアの腰と背筋をゆっくりと誘うように撫で始めた。「本当にいいのか、かわいい人?」アレックは、デリアの背筋からその下にあるヒップの丸いカーブへと手を伸ばしながらも、彼女の唇から自らの唇を離して尋ねた。「本当に?」アレックは体を一旦引いて、欲望で半ば閉じているデリアの深い青色の目をのぞき込みながら、もう一度尋ねた。「今のうちに言ってくれ。今ならまだやめられる」

デリアは上半身をまっすぐに起こし、膝立ちのままアレックのほうへとにじり寄った。アレックの膝の上に身を乗り出さんばかりに。「やめないで。わたしはあなたにやめてほしくない」

　そんなデリアのささやき声を聞いただけで、アレックはわれを失った。それまでアレックは、デリアを自分から遠ざけようと努力したし、彼女が暖炉の前でひざまずいて自らを差し出したときでさえも、その誘惑に抗おうとした。だが、やわらかな体を押しつけられ、苦しげな吐息で懇願された今、アレックの良心は風に吹かれた種のようにどこかへ吹き飛んだ。

　ああ、なんてことだ。アレックはデリアがほしかった。これほど何かを強く望んだことはこれまでなかった。残念ながら彼はデリアのことをあきらめられそうになかった。そのせいでロビンと仲たがいすることになっても。

　アレックはこれらのもやもやした考えをすべて脇へと追いやり、自分に課したさまざまな誓いと一緒に投げ捨てた。こうした考えが頭のなかに根づいてしまう前に。アレックはデリアのヒップを両手でつかむと、自分の体のほうへと引き寄せた。自らの高まりを彼女に押しつける。デリアが驚いて息をのむと、アレックの欲望はいっそう燃えあがった。その欲望はまるで生き物のように、彼の体内で息づき、成長し、体じゅうを駆け巡り、心臓に絡みついた。

　アレックの唇がデリアの唇へと戻った。今度は優しくなだめるように愛撫していく。

アレックの舌がデリアの口内を繊細な動きで撫でる。アレックはデリアのナイトガウンのボタンを外そうとした。自分の手が震えていることに気づいて驚く。ひとつひとつボタンを外したあと、彼女のはだけた襟元から両手を差し入れ、ナイトガウンをデリアの肩から滑り落とした。デリアはその下に何も身につけていなかった。

「美しい」アレックはかすれる声で言った。その目はデリアのクリームのように白い素肌とローズピンクの胸の先端に釘づけだった。「美しいだろうということはわかっていたが」アレックはからかうように、一本の指で左の鎖骨から右の鎖骨へとたどり、それからその指を胸と胸のあいだから、一方の胸のふくらみの下へとそっと滑らせた。彼の愛撫に反応するように、デリアの胸の先端が硬く尖る。その様子をアレックは貪るように見つめた。

アレックはデリアの顔をちらりと見やると、やや意地悪そうにほほえんだ。「ぼくに触れてほしいのか?」アレックは指をデリアの胸の下側に置いて、そのまま動きを止め、デリアの返事を待った。

「ええ」デリアがあえぐように言った。

アレックはデリアの忙しい呼吸を指先で感じながら尋ねた。「声に出して言ってくれ」彼自身の呼吸も速くなっていた。

「お願い、アレック」デリアがささやいた。「どうか……」

だがアレックがデリアの胸の先端を親指で撫でたとき、思わず声をもらしたのは彼のほうだった。アレックは親指でローズピンクの先端を丸くなぞったあと、動きを止めてデリアの反応をうかがった。ただ胸に触れただけで、ここまで興奮している自分にアレックは驚いていた。ふたたび硬い先端を撫でると、デリアがその衝撃に驚いて声をあげた。

「気持ちいいか？」アレックは暴走しそうな自分を抑えながら尋ねた。

「とても」心底驚いたように答えるデリアの無垢さに、アレックのわずかに残っていた自制心が崩れ始めた。アレックはてのひらでデリアの両の乳房を覆うと、親指でその先端を何度も何度もこすり、容赦なくもてあそんだ。デリアが体を震わせ、懇願するような、低いあえぎをもらし始めた。彼女を味わいたくてたまらなくなったアレックは、デリアの背中に手を滑らせ、彼女の上体を自分のほうへと引き寄せた。

胸の先端を口に含むと、デリアが声をあげた。アレックは舌先でそっとその頂に触れた。だがそれだけでは彼は満足できなかった。こんなものではとても足りない。アレックはデリアを貪りたかった。彼は舌でローズピンクの突起をしっかりしたすばやい動きで丹念になめた。ときおり彼はデリアの胸に吸いついた。そのときだけ舌の動きは止まったものの、すぐにまたアレックの舌は突き出され、デリアを甘やかな苦悶《くもん》へと引き込んだ。アレックは自分自身を抑えようとした。優しく、ゆっくり進めるよう自分に言い聞かせた。だがデリアは指を彼の髪のなかに埋め、彼の唇をさらに求めるようにその体を弓なりにそらし、彼の腕のなかで身をよじっている。そんな彼女を前にして、アレックにはもう自分を抑えることなどできなかった。彼はもう一方の乳房を口に含むと、唇と舌で荒々しく貪った。

ようやくアレックが顔をあげたとき、デリアはがっくりと頭を後ろに倒して唇をぎゅっと嚙み、息を切らしていた。胸のピンクの先端は誇らしげに突き出ている。その光景は耐えがたいほどにエロティックで、アレックは下腹部がますますこわばっていくのを感じた。少し落ち着かなければ。これでは獣のようだ。

「シャツを脱いで」そのときデリアが苦しそうにあえぎながらアレックに命じた。アレックがすぐに反応しないでいると、デリアは彼のシャツを引っ張り始めた。

アレックはデリアを見つめた。処女で穢れを知らない彼女も自分と同じように欲望でどうにかなりそうになっているのだろうか。

「早く！　早く脱いで、アレック」

アレックはシャツを脱ぐと、無造作に部屋の隅へと投げ捨てた。デリアは立ちあがり、脱げたナイトガウンを床にするりと落とすと、足を引き抜いた。アレックは驚嘆のまなざしでデリアを見あげた。デリアの積極性にどうしようもないほど興奮させられていた。アレックはデリアの両の足首をそれぞれの手で包み込むと、その手を膝まで滑らせた。そしてさらに上へ上へと彼女のなめらかな素肌をたどっていく。ついにその手がデリアのやわらかな太腿に到達した。アレックは立ちあがり、すばやくズボンと下着を脱ぐと、脱いだものを蹴り飛ばした。そしてデリアを抱きかかえ、ベッドに運んだ。

「実に美しい」アレックは裸のデリアを横たえながらつぶやくと、その熱い大きな手をデリアの下腹部の上に置き、欲望に燃える目で彼女を見つめた。

デリアは無言のまま、アレックへと手を伸ばした。

アレックはデリアの隣に横たわると、彼女の体を抱き寄せ、彼女の髪を指で梳いた。そして顔を近づけキスをした。幾度もキスを繰り返す。デリアの呼吸が浅くなり、彼の正気を奪う、最高にエロティックなあえぎ声とため息が彼女の口からもれた。デリアの四肢が本能的に解放を求めてぴんと伸びた。アレックは脚でそっとデリアの膝を割り、そのやわらかな腿のあいだの湿った場所に自分のがっちりとした太腿を押しつけようとした。

だが、デリアの腿は閉ざされていた。今すぐ彼女を奪えなければ爆発してしまうと思いながらもアレックは強引なことはしたくなかった。彼は歯を食いしばり、体をこわばらせた。するとデリアが身をよじってアレックの太腿に体をこすりつけ始めた。アレックはデリアの脚を広げ、彼女の片脚を自分の脚で押さえると、広げた腿のあいだに手を滑り込ませた。デリアのカールしたハチミツ色の毛を指でそっと撫でる。ひだを開いて指先をそのあいだに滑らせたあと、硬くなった蕾《つぼみ》に軽く触れた。

「アレック」デリアがベッドの上で頭を左右に振った。

すばらしい。アレックはデリアの反応に満足した。「どうしてほしいのか言うんだ、デリア」アレックは鋭くうなりをあげた。彼自身、もう爆発寸前だった。

デリアの腰が浮きあがったと思ったら、アレックの手の上に落ちてきた。「もっと」

アレックはデリアの熱く濡れたひだのあいだに指を差し入れたあと、それを引き抜いた。そして同じことをリズミカルに繰り返す。アレックはうめいた。デリアのなかは熱く、彼の指をきつく締めつけている。「もう一度言うんだ」暴走してしまいそうな欲望を抑え込みながら、アレックが容赦ない声で言った。

「もっとよ、アレック」

ああ、デリアのなかはハチミツのようにとろけている。アレックもそう長くは持ちこたえられそうになかった。差し入れていた指を二本に増やし、さらに速く動かす。そして差し入れるたびに、親指で蕾をこすった。

「そうよ、いいわ」デリアが苦しそうに身をよじりながら、脚をさらに広げた。

今だ。

アレックはデリアの上に覆いかぶさると、両手で自分の体重を支えながら、自らの高まりをデリアのやわらかな下腹部に押しつけた。そこに二度こすりつけたあと、デリアの濡れた入り口へと手を添えて導いた。「かわいい人、これから痛い思いをさせてしまうだろう」アレックはデリアの目を見て言うと、キスをした。「だけど一瞬だけだ。約束する」

デリアは信頼しきったようにアレックを見あげた。そんなデリアの美しさに、アレックは息が止まりそうになった。アレックはデリアの腰をつかむと、力強く自らを差し入れ、彼女のやわらかな処女の証《あかし》をひと突きで引き裂いた。

アレックの下でデリアが息をのみ、体を硬直させた。彼女のきつく締まった濡れた鞘《さや》に包まれる快感はすさまじかった。彼は獣のように彼女のなかに突き進みたくなる衝動を抑えるために全神経を集中した。動きを止め、じっと我慢した。するとデリアの体の緊張が解けていくのがわかった。「大丈夫か？」アレックはデリアの頬をそっと撫でながらささやいた。

しばらくしてデリアがうなずいた。「ええ。やめないで、アレック」

アレックは目をぎゅっとつぶって、どうにか自制心をかき集めたあと、ゆっくりと優しく腰を動かし始めた。デリアに包み込まれる快感に思わずうなり声をあげたアレックはさらに深く身を沈めた。彼のもので満たされる感覚にデリアが慣れるまで、アレックは息を荒らげながら、彼女のなかで動き続けた。

しばらくすると、デリアの手がアレックの背中へと伸び、彼の張りつめたヒップの上で爪を立てた。そしてアレックが腰を沈めるたびに、自分も腰を浮かせた。「ああ」ふたたびアレックを迎え入れるために腰を浮かせながら、デリアがあえぎ、その脚を彼のヒップに巻きつけた。「ああ」デリアはささやいた。「アレック、とてもいいわ」アレックは幾度となくデリアの奥深くに自らを突き入れ、彼女のなかを満たした。アレックがデリアを見おろした。デリアは目を閉ざし、欲望と驚嘆から口を大きく開けている。アレックは自分の心臓の一部がもぎ取られたかのように感じた。「ぼくを見るんだ、デリア」震えるデリアの体に自らを突き入れながら、アレックは苦しげな声で言った。「ぼくを見ろ」

デリアが目を開け、アレックと視線を合わせた。

「きみはぼくのものだ」

アレックを見つめるデリアの瞳が欲望できらめいた。「お願い、アレック」アレックの下でデリアが体を弓なりにそらし、腰を彼に押しつけた。次の瞬間、デリアが口を大きく開き、声にならない叫びをもらした。と同時に彼女の熱い鞘が彼を締めつけるようにわななないた。アレックは腕のなかでデリアが砕け散るのを感じた。数秒後、アレックは叫び声とともに頭をのけぞらせると、デリアのなかで自らを解き放った。「デリア」デリアのなかに熱いほとばしりを注ぎ込みながらうめきをあげるアレックの体は快感でうち震えた。

その後しばらくのあいだ、アレックはデリアの上に覆いかぶさったまま呆然としていた。アレックはデリアの額に軽くキスしてから、唇に優しく唇を重ねた。「大丈夫か？」アレックの声は震えていた。「きみを傷つけてしまっただろうか？」

デリアはアレックを見あげてほほえむと、彼の頬に手を添えた。「いいえ、あなたはわたしを傷つけたりしていないわ、アレック」デリアはそこで言葉を止めたあと、恥ずかしそうに続けた。「わたし――あんなのは……初めてよ」

アレックはにやりと笑った。「褒め言葉として受け取っておこう」アレックはデリアの隣にごろりと横になると、デリアを抱き寄せ、自分の脚を彼女の脚に絡ませた。

「あら、もちろん褒め言葉よ」デリアは眠たげなため息をついて、アレックの胸に頭をもたせかけた。

「眠るといい」アレックはふたたび指でデリアの髪を梳きながら、暖炉の火に照らされて金色に輝く彼女の髪をうっとりと眺めた。

デリアはすぐに眠りに落ちた。だがデリアのまぶたが閉じたあとも、アレックは眠らなかった。デリアの体を自分の胸へと引き寄せながら、彼は考えていた。自分の人生のすべてがたった今、大きく変わったのだと。

24

デリアはアレックの腕に包まれ、彼の心臓の鼓動を聞きながら眠りに落ちた。途中、アレックが起きあがり、ベッドから抜け出したが、すぐに戻ってきた。デリアは濡れたあたたかいタオルで脚のあいだを優しく拭われたような気がしたが、あまりにも眠かったので定かではない。恥ずかしさも感じられないほど彼女は満足しきっていた。

一時間後か、もしくはもう少し経った頃だろうか、次にデリアが目を覚ましたとき、彼女は自分がアレックのたくましい上腕を枕にして眠っていたことに気づいた。アレックはその黒い瞳にいたずらっぽい光を躍らせてデリアを見ていた。「寝言を言っていたぞ」デリアの髪をもてあそびながら、アレックがにやりと笑った。

「いやだわ」デリアはアレックの上腕に顔を埋めた。「またやっちゃったのね」いつもそのことでリリーにからかわれているのだ。

「隠れる必要なんてない」アレックはデリアの顎に手を添えて、彼女の顔を自分のほうに向けさせた。「聞かれてまずいことなんて、何ひとつ言っていなかったよ。ただきみのおしゃべりのせいで、ぼくはまったく眠れなかったけどね。そういうわけできみの寝言はすべて聞かせてもらった」

彼が何を耳にしたのか、デリアは知りたくてたまらなかったが、アレックがとても満足そうにしているので、きくのが怖かった。「母と同じ。眠っているときでさえ、この舌を止められないの」

アレックは指でデリアの顎から頬骨をそっと撫でたあと、形を記憶しようとしているかのように、彼女の顔のまわりに指をさまよわせた。「きみは見た目以外も母上とよく似ているのか?」アレックはかすかにほほえんだ。「類まれな美貌が受け継がれているのは言うまでもないが」

「類まれなる、おしゃべりな舌もね」デリアはアレックの褒め言葉に顔を赤らめながら言った。「この舌は母から受け継いだの。でも姉妹全員が同じように受け継いだわけではないのよ。リリーとアイリスはわたしよりずっと穏やかな性格なの。父と同じように」

デリアは手を伸ばして、アレックの目にかかる黒髪を払いのけた。奇妙なことに、今は両親の話をするのが苦ではなかった。両親が亡くなって以来ずっと、両親のことを話そうとするたびに悲しみで息ができなくなるような感覚に襲われたものだった。

しかし今、デリアは両親のことをアレックに聞いてもらいたいと思った。

アレックはあたたかな手でデリアの背中を撫でていた。「きみは母上を尊敬していたんだな。その口ぶりでよくわかる」

デリアはほほえんだ。「ええ、とてもね。だから自分が母に似ていると思う部分があるとうれしいの。母は……」デリアは適切な表現を探した。「ほかの人とは違うの。母は何も恐れなかったわ。母に愛されるのは特別なことだと思えた。なぜなら母が誰かを愛するときは、全身全霊で愛したからよ」

デリアは体を横向きにして、自分のてのひらの上に頭を乗せた。「あなたのお父様はどんな方だったの、アレック？」

デリアと顔をつきあわせるように横向きに寝転んでいたアレックは、仰向けにごろりと転がり、片方の腕を目の上に投げ出した。デリアは待った。アレックは質問に答えないかもしれないと彼女が思いかけたとき、ようやく彼が口を開いた。「父は冷たくて、自己中心的で、人を思いどおりに操りたがる支配的な人間だった。その上、ひどい癇癪持ちでもあった。きみには想像もできないはずだ――」

アレックはそこで口を閉ざした。それきり長いこと何も言わなかった。無言のまま天井を見つめ、体をこわばらせている。「きみには想像もできないはずだ。そんな父との生活が、子供時代のぼくたち兄弟にとってどんなものだったか。ロビンとぼくはその苦しみをいやというほど味わわされてきた。エレノアとシャーロットにとっては幸いなことに、父は妹たちを無視していた。まるで関心がなかったんだ」

「なんてこと」デリアはささやいた。だがそれ以上は言わずに、アレックが続けるのを待った。

「ときどき自分は父にそっくりだと思うことがあるんだ」アレックの体から突然緊張の波が引いていく。デリアにはそれがわかった。これまでひそかに思っていたことを口に出して言ったおかげで、彼はようやく自由に息ができるようになったのだ。「ロビンもそう思っているのは、知っている」

デリアは体を固くした。それは間違っている、と言いたかった。先の伯爵はアレックの心にこんなにも大きくて深い傷を残したのだ。そして彼はこれほど長いあいだ、それをひとりで胸に抱え込んできたのだ。だがそれも今日までのことだ。今日を最後に、アレックとは二度と会えなくなるだろうが、少なくとも自分が彼に対してどう感じているか、自分の目には彼がどう映っているかを伝えることはできる。せめてそれくらいは彼の力になりたかった。

デリアはアレックの上へと身を乗り出し、彼の腕を顔の上からそっとどかした。アレックは無表情のままデリアを見あげた。「だけど、あなたはお父様とは違うわ、アレック」デリアはアレックをまっすぐ見つめて言った。「家族のことを心配して、守ろうとする人は冷たくも自己中心的でもないわ。まるで違う。今はまだロビンには理解できないかもしれない。でもあなたはお父様とはまったく似ていないわ。これっぽっちもね」

アレックはデリアの下で横になったまま、彼女の顔を探るように見つめた。「今までは父に似ていたかもしれない」小さな笑みがアレックの口の端に浮かんだ。彼は両手を伸ばすと、デリアの頰を包んだ。「だが、まだぼくにはこれから先の望みがあるはずだ」

愚かにもデリアの心臓が胸のなかで踊り出した。だが自分にはなんの望みも残っていないことを彼女は知っていた。アレックとともに人生を歩める望みはないと。互いの家族のあいだに恥ずべき歴史がある限り。今はアレックもデリアのことを大事に思っているかもしれないが、上流階級の人々が彼や彼の家族に背を向ければ、きっと彼女をいまいましく思うようになるだろう。自分は簡単に望みを抱きすぎるとデリアは思った。だが、デリアの心臓はまだ望みを捨てきれずに早鐘を打っている。

デリアはアレックの言葉には応えず、代わりにそのとき頭に浮かんだことを口にした。「アレック？　わたしは眠りながら、なんて言っていたの？」

アレックはふたたびこわばり始めた自分の下半身をデリアに感じさせようと、彼女の下で体の位置を変えた。「きみはぼくの名を呼んでいた。触ってほしいとせがんでいたよ」アレックは欲望でくぐもった低い声で言った。「もう一度してほしいと言っていた。そうなのか、デリア？」

デリアはアレックを見おろした。彼女は、アレックのかすれた声を聞き、すでに信じられないほどに彼女を求めている彼の体を感じてうっとりしていた。そしてデリアは自分が常にアレックを求めていることを自覚していた。「ええ。あなたがほしいわ、アレック」

デリアは両手をアレックの胸の上に置いた。彼の心臓に触れているかのように、しばらくのあいだ、その手をそこから動かさなかった。それからデリアはアレックの腕や肩をゆっくりとした動きで大きく撫で始めた。

デリアはアレックの裸の上半身に両手を這わせた。よく日に焼けたすべすべした素肌の下にある筋肉にすっかり魅了される。裸の男性を見るのはこれが初めてだった。だがアレックのような男性はめったにいないだろうということはデリアにもわかった。

初めてアレックを見たときのことを思い出す。シャツがはだけて、首元と胸の一部が丸見えで、デリアはショックを受けたものだったが、あのときだってデリアはアレックを求めていたのだ。当時はそれを認めるくらいなら死んだほうがましだっただろうけれど。

デリアはアレックの胸に生えている黒く硬い毛を指で梳いてから、おずおずと指先で乳首に触れた。アレックが鋭く息を吸うのに気づくと、デリアはためらった。「これは気持ちいい？」

「ああ」アレックはかすれ声で答えたが、目は苦しげに閉じたままだ。好奇心を抱いたデリアは彼のもう一方の乳首を指先で撫でた。アレックがうめきをあげた。その胸は大きく上下している。

デリアはてのひらをアレックの腹部に沿って下へ下へと滑らせていった。すると、手の下でアレックの筋肉がピクリと動いた。デリアはあわてて手を引っ込めたが、すぐにアレックに手を取られ、元の場所に戻された。アレックの目には挑戦的な光がきらめいている。「今さらやめるのはなしだ」

デリアは好奇心もあらわに、アレックの腹筋と腹筋のあいだにできた溝を指でたどった。「あなたの体はすごく硬いわ」

アレックが喉の奥から、笑いとうめきの中間のような音をもらした。「かわいい人、きみは何もわかっていない」

「この毛がとてもすてきだわ。ちょうどここから生えていて――」デリアはうっとりした口調でつぶやきながら、アレックのへその下に指を伸ばした。「ずっと下のここまで続いている」デリアは毛の上に指を滑らせながら続けた。「そして、この下で――」デリアはゆっくりと毛布をずらした。「消えているわ」

アレックはデリアの好奇心旺盛な指の動きがもたらす快感に身を震わせた。デリアがアレックの下腹部があらわになるまで毛布をゆっくりとずらしたとき、彼はびくりと体をのけぞらせ、頭頂部を枕に押しつけた。

「まあ、アレック」デリアは思わず息をのみ、一瞬手の動きを止めた。だがすぐに一本の指でおずおずとアレックの高まりを撫でた。

「さあ」アレックはデリアの手を求めるように腰を浮かせた。

「どうすればいいのかわからないわ」デリアはアレックに触れたかったし、彼の体のなかでもっとも男らしい部分について知りたくてたまらなかった。だがアレックを傷つけたくはない。それにアレックはとても苦しそうに見えた。

「触ってくれ」アレックはデリアの手を取り、それをしっかり握らせると、その手を動かして愛撫の仕方を教えた。「そうだ」アレックがあえぐように言った。彼が手を離したあともデリアは愛撫を続けた。「その調子だ」

アレックのその部分は、やわらかいと同時に硬かった。皮膚は薄くシルクのようになめらかだが、その下はありえないほどに硬く、熱い。デリアのてのひらのなかで、それがどくどくと脈打っている。デリアはしっかりと握ると、今までよりやや激しく手を動かした。するとアレックが声をあげ、腰を大きく浮かせて、デリアの手のなかへと突き入れるようにリズミカルに動かし始めた。

デリアは驚いていた。自分の手がアレックに快感をもたらしていると気づき、とても興奮した。自分の手のなかで身をもだえさせているアレックの様子を夢中で見ていたデリアは、衝動的にアレックの乳首をなめた。

「ああ、デリア」アレックが声をあげた。

アレックが手を伸ばして、デリアの手首をつかんだ。「もうだめだ。これでは始まる前に終わってしまう」

アレックはデリアの腰のあたりに手を添えたまま転がり、ふたりの上下を入れ替えた。デリアはアレックの下で仰向けに横たわり、脚のあいだにはアレックの腰がぴったりおさまっている。腹部にアレックの硬いものが押しつけられているのに気づいたデリアは体を上にずらして、アレックの腰に両脚を巻きつけた。また自分のなかでアレックが動くのを感じたくて、デリアは苦しげにため息をついた。

　だがアレックには別の考えがあったらしい。彼はデリアの膝の下に手を伸ばして彼女の脚をほどくと、その脚を大きく広げた。そしてデリアの肌を味わいながら、徐々に下へと体をずらしていく。アレックの唇はデリアの体のあちこちに触れた。熱いキスが首から喉元へと降り注ぐ。そして彼は、デリアの硬く尖った胸の先端に近づくと、そこに激しくしゃぶりつき、舌でもてあそんだ。

　そして次にデリアの下腹部を軽く唇でついばんだ。どうやらアレックはどんどん下にさがってきているようで、彼の唇はデリアの大きく広げられた脚のあいだでせつなくうずく場所に近づいていく。欲望の深いもやに包まれていたデリアの意識に衝撃が走った。「だめよ、アレック！」デリアは脚を閉じて身を起こそうともがいた。

　そんなデリアの腿をアレックがしっかりと押さえた。「いいんだ、デリア」彼女の脚を大きく広げながら、アレックが優しい声で言った。「大丈夫」その熱い唇でデリアの腿のつけ根のやわらかな肌に口づけする。「しぃっ」アレックはデリアをなだめた。「きみを味わいたいだけだ。そうせずにはいられないんだ」

　そしてアレックは舌をデリアの脚のあいだに這わせ、熱心にそこをなめ始めた。デリアの抗議の声は途絶えた。「アレック」デリアはあえいだ。理性はすべて吹き飛び、全神経がアレックの舌になぶられ、震えている小さな蕾に集中した。

「とても甘い」アレックがつぶやいた。「まるでハチミツのようだ」

アレックは舌で濡れそぼったデリアの中心をゆっくりと焦らすように撫でた。デリアはアレックの髪をぎゅっと握り、アレックの口に押しつけるように、体を弓なりにそらした。「お願い」デリアは息も絶え絶えに懇願した。自分が何を求めているのかもわからないままに。

だがアレックにはわかっていた。彼の口からいたずらっぽい低い笑い声がもれた。

「もっとほしいのか?」アレックは舌先でそっと彼女をもてあそんだ。

「ええ、ええ」デリアは必死でアレックの髪をつかんだ。

アレックの手がデリアの腿をさらに大きく広げ、彼はそこに顔を埋めた。その器用で力強い舌を彼女のなかに差し入れ、濡れてピンク色に輝く部分を丹念になめていく。叫び声がもれないよう、片方の腕を口に当て、もう片方の腕は頭上へと伸ばしながら、デリアはアレックの愛撫のすべてを受け止めようと腰を浮かせた。アレックの巧みで容赦のない舌がデリアをさらに高みへ、高みへと押しあげていく。そしてアレックがそのやわらかな蕾を唇で挟み、吸いついたとき、デリアは彼の腕のなかで身をぶるぶると震わせた。エクスタシーの波がデリアの体じゅうを駆け巡った。

そのあとしばらくのあいだ、デリアは息を荒らげたまま、身を震わせていた。アレックは彼女のヒップに腕をまわし、デリアの上に頭を乗せたまま彼女を抱きしめ、腿や腹部に優しくキスを降らせた。体をぐったりとさせたデリアの呼吸が落ち着いた頃、アレックは彼女の体を支えて、寝転がった。今度はデリアの体がアレックの上に乗っていた。アレックはデリアの重みを楽しむかのように、目を閉じた。

「ぼくの上にまたがってごらん」しばらくしてアレックはつぶやいて、自分の上で横になるのではなく、腰かける体勢になるように、デリアの肩をつかんでそっと後ろに押しやった。

デリアは顔を赤らめた。今さら恥ずかしがるなんてばかげているとデリアは思った。もうすでに体の隅々までアレックに見られ、触られ、味わわれている。だけど、そうは言っても……。

「大丈夫だ。触れられているときの顔を見せてほしいんだ。きみが感じているところが見たい。デリア、きみは本当に美しい」アレックはデリアを見あげた。重たげなまぶたの下で黒い瞳がきらめいている。彼の高ぶったものがデリアのヒップをつついていた。デリアはアレックの腰の脇で両膝を締め、腰を後ろにずらして、その硬く長いものが自分の脚のあいだの、あたたかな割れ目と彼の下腹部のあいだにおさまるように、体を本能的に動かした。

「デリア」アレックが腰をがくんと動かした。体が勝手に動いてしまうのをどうすることもできないというように。アレックはあたたかな両手でデリアの腿をリズミカルに撫でていたが、しばらくするとその手をデリアの腰のあたりでぎゅっと握りしめた。

「なかに入れてくれ」アレックはささやいて、彼女の腰を支えた。

デリアはためらった。「でもどうすれば……」

アレックの体は震え始めていた。今すぐ彼女のなかに入らなければどうにかなってしまうとばかりに。「膝立ちになってごらん」デリアが両膝をついて腰をあげるまで、アレックの両手が彼女を支えた。「それでいい、かわいい人」デリアがアレックにまたがった状態で膝立ちになると、アレックは言った。そしてデリアの手をつかんで自身を握らせると、濡れそぼった彼女の中心へと導かせ、先端を滑り込ませた。「そうだ、いいぞ」アレックは一瞬目をつぶり、体をのけぞらせた。「さあ、今度はなかまで全部入れてくれ」

デリアは両手をアレックの胸について姿勢を安定させ、腰を落としていった。「あぁ」デリアは徐々に彼を受け入れながら、アレックの硬さを隅々まで味わうと同時に、自分の体が彼を受け入れていくさまに驚いていた。

「ああ、デリア。きみはすばらしい」デリアの下でアレックはすばやく一度だけ腰を突きあげたが、そのあとはじっと動かず、大きく息をついた。アレックの肌は汗で滑りやすくなっていた。体をこわばらせているせいで、首の筋肉の筋が浮きあがっている。それでも彼はデリアの下でじっとしていた。「必要なだけ時間をかけていいんだぞ」

ゆっくりと少しずつアレックを受け入れていくあいだ、自分を抑えようと苦しげに息をついている彼を見おろしていると、デリアは女としての純粋な歓びが体の奥から湧きあがってくるのを感じた。アレックがデリアの奥深くにすべておさまったあとも、デリアはしばらくじっと動かず、半ば閉じた目でアレックを見ていた。アレックは腰を突きあげたいという衝動と戦っている。ああ、アレックを味わうということは、なんて不埒なのだろう。アレックを支配することにこれほどの興奮を覚えてしまうのも、なんとも不埒だ。それでも……。「どうしてほしいのか教えて、アレック」デリアはアレックの胸の突起へと指を走らせながらささやいた。

アレックは喉の奥で苦しげな音を立てた。それは半ば笑っているような、半ばうめいているような音だった。「味わってくれ。きみはぼくが望んでいることを完璧に理解しているはずだ」

　アレックはデリアの腰をつかむと、きつく締めつけている彼女のなかに先端だけが残るように彼女の体を持ちあげた。次の瞬間、自分のヒップを突きあげると同時に彼女の腰を引き寄せた。アレックがひと突きで体内に入ってきて、デリアはあえいだ。アレックは幾度も彼女のなかへと腰を突きあげた。その力強いリズムにデリアは本能的に従い、彼が腰を突きあげるごとに、身を沈めた。デリアはアレックの腰の脇で膝を絞り、もっと速く、もっと深くとアレックを駆り立てた。

「ああ、デリア」アレックが頭をそらしながらうなった。その器用な長い指でデリアの中心を広げると、敏感なピンクの蕾をもてあそんだ。

　デリアはつかみどころのない恍惚《こうこつ》が徐々に近づいてくるのを感じていた。またあの瞬間がやってくるのだと彼女にはわかった。「ああ、ああ、ああ」デリアはアレックの上で身をよじらせながら叫んだ。

「いくんだ、デリア」アレックが息を荒くしながらデリアに命じた。彼の腰はリズミカルに動き続けている。

　歓喜の波が次々にデリアに襲いかかった。その波にのみ込まれたデリアは無我夢中のまま頭を後ろにがくりと倒し、背中を弓なりにそらした。デリアの長い髪がアレックの太腿をくすぐった。その軽やかな刺激がアレックを突き動かした。彼は容赦なく腰を突き立てた。アレックの唇から鋭いうなりがもれる。両手でデリアの腿をしっかり握り、自らを解き放つ。アレックのがっしりした体がデリアの下で波打った。

やがてふたりの呼吸は静まった。デリアはアレックをぼんやりと見つめた。今しがたの愛の行為の激しさに驚くあまり言葉が出なかった。アレックもまた無言のままデリアを見つめていた。アレックの表情ははっきりと読み取れなかったものの、そのまなざしはやわらかく、あたたかだった。急に涙が込みあげてきて、デリアはどうしたらいいのかわからなくなった。デリアはアレックから目をそらし、彼の上に倒れ込むと、彼の首に顔を埋めた。体から骨がなくなってしまったかのように、ぐにゃりとして力が入らない。

アレックは腕をデリアの体にまわすと、そっと彼女の体を持ちあげて自分の脇に横たえ、デリアの頭を自分の胸へと抱き寄せた。デリアは重くなったまぶたを閉じた。目覚めたとき、デリアは自分がどれだけ眠っていたのかわからなかったが、暖炉の火は消え、夜空には夜明けの光がかすかに差し始めていた。アレックの体はあたたかく、そんな彼の体にぴったりとくっついて彼の心臓の鼓動を聞いているとデリアは安心できた。デリアはできるだけ体を動かさないようにして、ぎゅっと目をつぶった。

こうして目を閉ざしてじっとしていれば、このひとときを少しでも長引かせられるかもしれない。

だが彼女の隣でアレックが身じろぎをした。デリアの胸は痛んだ。太陽がのぼるのを止めることも、時を止めることも、このひとときを引き延ばすこともできはしないのだ。朝になればアレックはロンドンへと発ち、自分はサリーに戻る。アレックと過ごしたこのすばらしい一夜をデリアは生涯忘れないだろう。

「一日じゅうこの部屋にこもっていようか？」アレックがデリアの首元を唇でついばんだあと、彼女の唇に短くキスをした。「風呂を用意させよう」デリアの耳元でささやいた。

デリアは身震いして言った。「だめよ、アレック。誰かに見られたらどうするの？リリーもわたしを探し始めるわ」デリアは肘をついて上半身を起こし、アレックを見おろした。締めつけるような胸の痛みを感じながらも、アレックの額に自分の額を押しつけ、無理やりほほえんだ。「あなたはロンドンに行く準備をしなきゃ。わたしは――」

「いまいましいロンドンめ」アレックはデリアの言葉をさえぎってそう言うと、にやりとして彼女を見あげた。「ロンドンに行くのがこんなにいやだったことはないよ。

あそこは汚くてごみごみしている」アレックはデリアに鼻をこすりつけながら言った。デリアの首元に伸びかけたアレックの頬ひげがちくちく刺さった。「一方で、きみはやわらかくて、あたたかくていい匂いがする」

デリアはくすくす笑った。「あなたはカーライル伯爵なのよ」指でアレックの胸をつついた。「カーライル伯爵には大事なお仕事が待っているんだから、一日じゅうベッドでごろごろしているわけにはいかないわ」

アレックはデリアの手をとらえると、その指先にキスをした。「そうなのか？　それならばしかたがない。でも、ロンドンのタウンハウスでまたすぐに、きみとこうして過ごせるね？　そうでなければ、ぼくはここから動かないぞ」

デリアは言葉を失い、アレックを見つめた。サリーに戻るという決意をデリアが変えていないことをアレックは知らないのだ。彼はデリアが家族と一緒にロンドンに行くと思っている。デリアは真実を告げようと口を開きかけたが、また閉じた。

このままにしておいたほうがいいのかもしれない。アレックは知らないほうがいい。彼とともに過ごす最後の大切なひとときを台無しにしたくなかった。昨夜と今朝にふたりが分かち合った愛の行為のあとではなおさら。デリアは今のアレックを覚えておきたかった。寝癖で髪を乱れさせ、いたずらっぽい笑みを浮かべている彼を。あたたかな腕でしっかりと抱きしめてくれる彼を。

「デリア？」アレックがデリアの目をのぞき込んだ。その笑みがわずかに小さくなっている。「どうしたんだ？」

「別に。なんでもないわ。ただ……」デリアはアレックの頬を両手で包み、親指でひげが生えかけてちくちくする頬骨を撫でた。彼の肌の触り心地も覚えておきたい。

「さびしくなると思って」

「さびしくなるひまなんてないさ。すぐにまたふたりきりになれる」アレックはデリアの手を取ると、てのひらの中心に音を立ててキスをした。だがデリアの瞳のなかにある何かに気づいたのだろう。アレックは顔をしかめ、眉根を寄せながら言った。

「ぼくを信じてくれるね、デリア？」

デリアの目に涙が込みあげ、何かがつかえたように喉の奥が締めつけられた。アレックから離れなければ。すべてを台無しにしてしまう前に。「ええ」デリアはアレックにそっと口づけた。それは甘いけれど、短いキスだった。「もちろん、信じているわ」

25

アレックは詩的な魂など持ち合わせていない。ウォルター・スコット卿にはときどきなら我慢できるものの、バイロンは身勝手なろくでなしに思えるし、ブレイクにいたっては頭がどうかしているとしか思えない。とはいえ、どんなことからも詩は生まれるということはわかっていてもよかったかもしれない。これまでは詩の才能などというものを否定的に見ていたが、今はもう違う。

愛は本当にわれわれすべてをあざ笑うのだ。

もちろん以前のアレックならそれを認めたりはしなかっただろう。デリアのことを知らなかったのだからしかたがない。今の彼は、デリアを花にたとえた詩を口ずさむまでになっている。彼女のことを思い浮かべるだけで、すぐに詩ができる。口元に笑みが浮かぶ。ひどい詩だった。彼女の唇はピンクのバラの花びら。その瞳は青い炎のごとくきらめき、その金色の髪は太陽の光よりも輝かしい。その胸は——。

アレックは鞍の上で気まずくなって身じろぎをした。彼女の胸のことを考えるのは今はやめておこう。あとでたっぷり時間はあるはずだ。

アレックがロンドンはメイフェアにあるサザーランド家のタウンハウスに到着したのは正午を過ぎたあたりだった。彼は着替えをすませると、すぐにまた仕事に出かけた。この日は風も強く、じめじめとした一日だった。いつもならベルウッドからロンドンまでの道のりは退屈きわまりない。ロンドンの郊外に到着する頃には、ひどく機嫌が悪くなっていたものだったが、今日のアレックは笑ってしまうほど上機嫌だった。一日じゅう冷たい水が帽子から首元へと滴り落ちている？　爽快じゃないか。〈跳ね雄鹿亭《リーピング・ハート・イン》〉では水っぽいエールと味気ないシチューが出された？　美酒とご馳《ち》走《そう》だ。ケレスの大きな蹄から泥が飛んできて、ブーツが汚れた？　ケレスは丈夫で力強い馬なのだから、そういうこともあるさ。アレックは何キロも馬で駆けてきたが、その道中ずっと自分がほほえんでいたことに気づいた。道ですれ違った人は、彼のことを間抜けだと思っただろう。最悪の場合は、彼は頭がいかれていると思ったに違いない。

もしかしたら本当にいかれてしまったのかもしれないが、アレックにはどうでもよかった。

デリアもそろそろロンドンに到着している頃だろう。もうすぐ五時になる。アレックが今朝出発したとき家族はまだベルウッド邸にいたが、順調に到着していればそろそろ……。アレックはたしかに恋にのぼせあがった間抜けかもしれない。今朝デリアと別れてから、もう何年も経ったかのように感じられた。そしてまた彼女に会えると考えただけで、彼の胸は期待で高鳴った。すぐにでも彼女を自分の花嫁にしなくては。長い婚約期間のあいだ、彼女に触れずにいるのは不可能だ。

アレックはタウンハウスへと続く石段を駆けあがった。彼が最後の段に到達する前に、執事のライランズがドアの前に現れた。アレックはなかへと急ぐあまり、もう少しで彼の前を素通りするところだった。「ライランズ！　ジェームズにケレスの世話を頼んでくれ」

ライランズはお辞儀をして、アレックが渡した帽子と手袋を受け取った。「旦那様、ジェームズはまだサリーから戻っておりませんので、トーマスが代わりにさせていただきます」

玄関ホールの中央まで来ていたアレックは、ライランズの言葉が耳に入るなり、凍りついたように立ち止まった。彼の背筋に寒気が走った。「ジェームズは何をしにサリーに行ったんだ？」アレックはゆっくりとライランズを振り返りながら、死人のような口調で尋ねた。

主人の表情を見て執事の顔が青ざめた。「ジ、ジェームズはギルフォードまで、ミス・デリア・サマセットを送り届けにまいったのです」ライランズは思わず後ずさりしながら答えた。

ほんの数分前まで期待に高鳴っていたアレックの心臓はしぼんだ。開いていたてのひらが、小さなこぶしへときつく握りしめられたように。彼の心臓はしわしわの塊になるまで縮こまった。ついには胸に大きな裂け目ができ、自分がその裂け目にのみ込まれてしまうのではないかとアレックは思った。

「母はどこにいる?」唇があまりに冷たくこわばっているので、言葉が出てきたことに驚いた。

いつもなら完璧な無表情を保っているライランズが、打ちのめされたような顔で答えた。「ご家族のみなさまとミス・リリーは、お、応接間にいらっしゃいます」

アレックは無言のまま踵を返した。ライランズがあわてて主人のあとを追う。その手にはアレックの手袋と帽子が握られたままだ。アレックが応接間に入っていくと、母が顔をあげてほほえんだ。だが息子の表情に気づくなり、その笑みはすぐさま消えた。「まあ、アレック」母は青ざめながら声をあげた。「何があったの?」

「デリアがサリーに戻ってしまったのはなぜだ？」

デリアの名前が出たとたん、エレノアが足元に視線を落とした。その手を神経質そうに喉へと伸ばしている。「お兄様――」

だがアレックの視線はまっすぐリリーへと向けられていた。リリーは手を膝の上で握りしめ、暖炉の近くの椅子に静かに腰かけていた。

「なぜなんだ？」

一瞬置いたあと、アレックから目をそらしてリリーは答えた。「姉は家族に必要とされているからです」

アレックは震える手で顔を撫でた。「デリアはここでも必要とされている。ちくしょう、つまり、ぼくが彼女を必要としているんだ」

これにはシャーロットも息をのんだ。だがリリーは視線すら動かさなかった。「姉はそう思ってはいなかったようです」そう言って、リリーはアレックをまっすぐ見返した。「あなたの姉に対する好意はいっときのもので、上流階級から向けられる軽蔑より長くは続かないと考えたのでしょう」

アレックはリリーをにらみつけた。リリーが視線をそらすまで。アレックは両脇に垂らした手を握りしめたり開いたりするだけで、しばらく何も言わなかった。それから、ついに口を開いた。「ライランズ、トーマスに言って、馬に鞍をつけさせてくれ。ケレスじゃない、別の馬に」

「アレック！」レディ・カーライルが震える声で尋ねた。「どこに行くつもりなの？」

「サリーに」アレックはライランズの手から手袋と帽子をつかみ取ると部屋を出ていった。

「やれやれ」エレノアは椅子に沈み込みながら、息をついた。シャーロットはアレックが二秒前まで立っていた場所を、あんぐりと口を開けたまま呆然と見つめていた。リリーは暖炉へと向き直った。今度は満足げな小さな笑みをその口元に浮かべて。

「兄さん！ ちょっと待ってくれ」応接間を出たアレックのあとをロビンが追ってきた。先ほどは何も言わなかったが、その視線をずっと兄に注いでいたのだ。「兄さん！」

アレックが廊下の突き当たりで立ち止まり、背中を向けたまま、ロビンを待った。

「じゃあ本当なんだな？ デリアを愛しているのか？」ロビンは尋ねた。

アレックはこわばった顔で弟を振り返った。「ロビン、ぼくにはおまえに説明する義務があることも、謝罪しなければならないこともわかっている。戻ったときにその両方をさせてくれ。だが頼む。今はだめなんだ。もう行かないと——」

「エレノアが全部話してくれた」ロビンはアレックの言葉をさえぎった。「兄さんはデリアを愛していると言っていた」ロビンは首を振りながら続けた。「最初はぼくも信じられなかったよ。兄さんのことを冷たい魚みたいに思い始めていたから。血まで凍っているんだとね。でも今のその顔や、部屋に入ってきたときの顔を見れば……。初めて見たよ、兄さんがこんなに……」ロビンは言葉を切って、首を振った。「まあ、これ以上の説明は必要ないよ。謝罪は戻ったときに聞く。もしかしたら、ぼくが謝罪を受け入れる可能性だってあるかもしれないよ」

アレックの胸から深い吐息が絞り出された。彼を苦しめていた重荷がついに取りのぞかれた気がした。兄弟はしばらくのあいだ無言のまま廊下に立ち、そのそっくりな瞳で互いを見つめ合っていた。「つまり本気なんだな？」ロビンがふたたび尋ねた。「デリアを愛しているのか？」

アレックはまっすぐ弟の目を見て言った。「狂おしいほど、どうしようもなく」

「なるほど、だったらほかに言うことはない。彼女を取り戻してくるといい」

自分は大ばか者だ。それだけはたしかだ。

デリアはサザーランド家の馬車にひとりぼっちで乗り、サリーへと戻っているところだった。たった二週間前に彼女が願っていたのは、サリーの家に戻ることだったのを考えるとなんとも奇妙だ。あのときはそれが彼女の願いのすべてだった。

これもまた教訓というわけだ。願いごとは慎重にしないと。でないと、あとになって思い知らされるはめになる。何か、あるいは誰かについて願うことが実際には何を意味しているのかを。

だがそれについては考えたくなかった。というより、できなかった。そこで代わりに若い令嬢たちのことを考えることにした。若い令嬢たちとハウスパーティーについて。

彼女たちはしょっちゅうハウスパーティーに出席している。ダンスを踊ったり、カード遊びをしたり、スケッチしたり、散歩したりする。もっと大胆な娘はパンチを飲みすぎて、翌朝は二日酔いになったり、不適切な紳士といちゃつくなど、模範的とは言えないふるまいに及んだりする。彼女たちの罪は最悪でもその程度だ。

だがデリアは違う。これは分別のある行動とはほど遠い。彼女は、ベルウッド邸を訪れて館の主人を誘惑したのだ。そして盲目的な恋に落ち、その過程で屋敷じゅうをひっかきまわした。ハウスパーティーが二週間で終わってよかった。ひと月も続いていたらどうなっていたか、考えるだけで恐ろしい。少なくとも、ベルウッド邸は今も無事だ。

わたしにはこの結末がふさわしいのだ。サリーへと戻る馬車にひとりぼっちで座っているのが。行きの馬車にあって、帰りの馬車にはないもの。リリーの存在、デリアの純潔。そしてデリアの心の大部分も失われた。まだ心臓が動いているのが不思議なくらいだ。

自分は大ばか者だ。それだけはたしかだ。

デリアは本当に家に着くのだろうかと考えながら、馬車の窓をぼんやりと眺めた。数時間前、馬車がハーレイ郊外の小さな村を通る道に差しかかったとき、馬車を引く馬の一頭の蹄鉄が外れた。ジェームズが鍛冶屋を見つけるまで何時間もかかった。そのあいだデリアは宿屋でジェームズを待たなければならなかった。そこは名も知らぬ村で、宿屋も一軒だけだった。バラとなんとか亭だか、王冠となんとか亭だか、名前は忘れてしまったけれど、粗末な宿屋だった。常連客の男たちは、デリアをじろじろと見ていた。彼女の荷物を盗もうか、それともその前に襲いかかろうか決めかねているというように。

そのどちらであろうと、デリアにはどうでもよく思えたものだった。

アレックはとっくにロンドンに着いたはずだ。今頃は彼女がいないことに気づいているだろう。

ぼくを信じてくれるね、デリア？

デリアの心臓が一瞬ひどくよじれた。アレックをだましたくはなかったが、結果的にそうなってしまったことに胸が痛んだ。だがこれでよかったのだ。どちらにとっても、このほうが苦しみは小さくてすんだはずだ。デリアの純潔を奪ったアレックが間違った義務感に駆られて虚しい約束を申し出たりしたら、デリアは耐えられなかっただろう。アレックには真実は決して理解できるまい。デリアはただ、彼に純潔を捧げたのだ。時間が経てば、アレックもこれでよかったのだと気づくだろう。もしかしたら、ほっとするかもしれない。結局のところ、彼はデリアを愛していたわけではないのだから。

アレックはわたしを愛していたわけではない。

デリアはこぶしを握りしめた。彼と別れたのは間違いではなかった。だから泣きはしない。ひとりぼっちでサリーに戻ることになったからといって、こうして馬車に座ってギルフォードに到着するまでめそめそしているつもりはなかった。この恋がどんなふうに終わるかなど最初からわかっていたのだから。

だがデリアがわかっていなかったのは、ひとりでいるのがどれほど強い孤独感をもたらすかということだった。

それでも、アレックと愛を交わしたことを後悔などできようはずがなかった。デリアは目を閉じ、思い浮かべた。彼女の体を撫でた、アレックの力強い手。暖炉の明かりに浮かびあがった顔。耳元でささやいた声。彼女のなかで動く彼がもたらしてくれた耐えがたいほどの歓び。後悔なんてできるはずがない。あれはデリアの生涯でもっとも輝いていた夜だった。

「まったくもう」最初の涙がこぼれ落ち、デリアは力なくつぶやいた。家に帰らなければ。今すぐに。ハンナの肩に頭をもたせかけたり、おてんばな妹たちを叱ったり、自分の部屋で眠ったりする生活が今の自分には必要だった。部屋にリリーはいないけれど。ああ、いまいましい馬車だ。ただ家まで送ってほしいと頼むのはそんなに大層な望みだったの？

そう考えたとたん、信じられないことに馬車がスピードを落とし始めた。こんなことありえないわ。果たして現実なのだろうか。デリアは窓から外を見た。土埃がひどくてほとんど何も見えなかったが、たしかに馬車はスピードを落としているようだ。それも急激に。直後に叫び声が遠くから聞こえた。すると御者台からジェームズの声が聞こえてきた。何かを叫び返している。何を叫んでいるのかはわからなかったが、ジェームズは驚いたような声を出している。しばらくして馬車が唐突に止まった。

追いはぎだ。やれやれ。デリアはなんとか恐怖心をかき集めようとしたが、実際に感じていたのは気だるい不快感がせいぜいだった。さっさとすませてくれたらいいのだけれど。急いで家に帰らなければならないと説明してみようか……。

そのとき馬車のドアが勢いよく開いた。

デリアは息をのんだ。アレックが立っていた。ぜいぜいと息を荒らげ、ブーツからクラヴァットまで全身泥まみれになり、髪は汗と雨でもつれている。「馬車からおりろ」歯を食いしばりながらアレックは言った。

その乱れた身なりにも充分に驚かされたが、デリアが息をのんだのはそのせいではなかった。アレックの目のせいだった。その目は怒りでギラギラと燃えている。こんなに怒っているアレックを見るのは初めてだった。「アレック！ どうして――」

デリアに言えたのはそれだけだった。すぐに動こうとしないデリアに業を煮やしたのか、アレックは彼女の腰に手を伸ばして、馬車のなかから無理やり引っ張り出した。そして彼女を地面におろしたが、その手は彼女の肩をつかんだままだった。そうしていないとデリアが土埃のなかに消えてしまうのではないかと恐れているかのように。

「いったいどこに行くつもりなんだ？」

デリアは驚いてアレックを見あげた。デリアは口を開き、唇を動かしてみたものの、言葉が出てこなかった。「サリーへ」ようやく答えを絞り出した。

アレックの手がデリアの肩に食い込んだ。「なぜだ?」アレックはデリアの肩を揺さぶった。

デリアは身をよじってアレックの手から逃れようとしたが、アレックの手は離れない。「そこに家があるからよ」

アレックの口元が不機嫌そうに引き結ばれた。デリアの肩を一瞬放したが、新たに彼女の二の腕をつかみ直した。アレックは自分の馬のほうにデリアを引っ張っていった。「もう違う。馬車と馬はハーレイの町まで戻せ」アレックがデリアの腕をつかんだまま、ジェームズにぶっきらぼうに命じた。「そこでぼくたちを待っていろ」

「かしこまりました、旦那様」ジェームズは目を丸くしながら言うと、すぐに馬車をUターンさせ、ハーレイへと戻っていった。馬車と馬はすぐに暗闇のなかにのみ込まれた。

追いはぎのほうがましだったのではないか、とデリアは考え始めていた。アレックが彼女のことを芋袋か何かのごとく鞍へと放りあげようとしているのだから、なおさらだ。デリアは踵を地面に食い込ませ、全力で抵抗した。「アレック! どういうつもりなの？　放して！」

　だがアレックは放さなかった。それどころかさらに自分のほうへと引き寄せ、息を荒らげながら鋭い目つきで見おろした。「ぼくがどういうつもりかって？　きみをロンドンに連れ帰るのさ」アレックのなかに残っていた忍耐の最後のかけらも消えたかに見えた。「そもそもきみはロンドンにいると思っていたんだ！　なぜロンドンに行かなかったんだ、デリア？　きみはぼくに嘘をついた」アレックは激しい口調で言った。

「いいえ、嘘はついていないわ、アレック」

　もし彼の怒りに油を注ぐものがあるとすれば、今のデリアの言葉がまさにそれだった。アレックは乱暴にデリアを引き寄せた。「なるほど。きみは重要な情報をあえてぼくに伝えようとしなかった。こう言えばいいのか？　どうだ？」デリアが目をそらすと、アレックはますます怒りを燃えあがらせた。「きみがやったことは嘘をついたのと同じだ。そうだろう、デリア？」

「あなたに伝えるべきだったわ」デリアはささやいた。「わたし――その、こんなことになって残念だわ、アレック」

「ぼくがタウンハウスに着いてきみがいないと知ったときに比べれば、ちっとも残念なんかではないね」

傷ついたようなアレックの声を聞いて、デリアの体から力が抜けた。もう二度とこの腕に包まれることはないと思っていたのに、こうしてまた彼の腕のなかにいる。彼女がこの世で一番望んでいるのは、彼に抱きしめられることだった。デリアは言葉を失い、アレックの胸に顔を埋めた。

「きみはサリーに戻ったとリリーから言われたとき、ぼくがどう感じたか想像できるか？　彼女はこう言ったんだ。きみに対するぼくの思いは、上流階級からの軽蔑より長続きしない、そうきみが考えていると」その声に怒りをにじませながら、アレックはデリアの顎を取り、自分のほうを向かせた。「ぼくを見るんだ。きみはぼくを信じていると言った。今朝この腕のなかで、裸のまま、ぼくを信じているときみは言ったんだ」

「わたし――」あなたを信じている、とデリアは言おうとした。だが彼の目を見つめているうちに、言うべき言葉を失った。自分はアレックのことを信じていなかったのだ。本当の意味では。アレックのためならすべてを賭けられると自分に言い聞かせながらも、実際にデリアが取った行動は一番の臆病者がすることだった。彼女は絞首刑を待つ死刑囚みたいにベルウッドから逃げ出したのだ。アレックに純潔は捧げたけれど真実は隠し、愛を捧げたけれど信頼しようとはしなかった。「わたし、怖かったの」デリアはついに口を開いた。「上流階級のこととか、ロビンのこととか……」

「上流階級だろうが、ほかの誰だろうが、そんなものはどうでもいいんだ。わからないのか？　そんなことはもう問題じゃない。きみはわかっていると思っていた」

ああ、なんということだろう。自分は恐ろしい間違いを犯してしまったのだ。デリアはアレックの苦悩に曇る黒い瞳を見つめる以外できなかった。彼に対して、ひどく不当な行いをしてしまったのだ。今さらこの間違いを正せるのか、デリアにはわからなかった。もう手の打ちようもないほど、アレックを傷つけてしまったのだろうか。デリアはアレックの顔を見つめ、彼の表情を読もうとした。まだ望みは残されているのだろうか。

アレックは無言のまま、しばらくデリアを見つめ返したあと、彼女に尋ねた。「なぜぼくと夜をともにしたんだ、デリア？」

アレックは二度目のチャンスをくれようとしているの？　デリアにはわからなかった。だがもしかしたらそうなのかもしれない。今度こそ、チャンスをこの手でつかみ取って、何がなんでもそれを放すまいとデリアは心に決めた。母がまさにそうしたように。デリアは両手でアレックの顔を包み、深く息を吸ったあと、自分の心をアレックに捧げる気持ちで言った。「なぜなら、わたしの持つすべてをあなたにあげたかったからよ。あなたを愛しているの、アレック」

しばらくのあいだ、アレックは無言のまま凍りついたように動かず、呼吸さえも忘れたかに見えた。そしてふいにまぶたを閉じた。デリアの大好きなアレックの長いまつげが頬骨の上で震えている。アレックがふたたび目を開いた。このときの彼のまなざしを、デリアは決して忘れないだろう。激しくきらめくその目を見つめているうちに、あたたかく、ぞくぞくするような感覚が彼女の全身を駆け抜けた。

アレックは震える肩で大きく息を吸うと、デリアの両手を握った。アレックの手は震えていた。「なぜ――」アレックはデリアの片方の手を自分の胸の上に押しつけながら、切羽詰まったような声で尋ねた。「ぼくはきみにすべてを捧げてもらえたのだろう？　そんな大きな贈り物をぼくはなぜ受け取ることができたのだろう？」

デリアはてのひらの下にアレックの力強い鼓動を感じた。デリアは彼の黒い瞳をのぞき込んだ。そのなかに見える光がデリアの心を熱くした。

「なぜなら、きみを愛しているからだ。ぼくの正気を奪う女性のことをね」アレックは優しくデリアの唇に口づけた。

「はるばるサリーまで追いかけてきてしまうくらいに？」デリアはおずおずとほほえ

んだ。

「もっと遠くまでも」アレックは真剣なまなざしで言った。「この世の果てまででもきみを追いかける」

そしてアレックはデリアにキスをした。ひたむきでありながらも有無を言わせぬキスだった。デリアはアレックを精一杯抱きしめた。人生でこれほどまでにしっかり抱きしめたものはないというくらいに。口のなかは、アレックのキスによってとろけていたけれど。

アレックはようやくデリアの唇を放すと、自分の額を彼女の額にくっつけた。「きみはぼくと結婚するんだ。当然、結婚しなきゃならないぞ」アレックはデリアの腹部に手を当てて言った。「きみの評判を傷つけてしまったのだし、これからも何度だってそうするつもりなんだから。できるだけ早くカーライル伯爵夫人になっておいたほうがいい」

デリアはアレックの腕のなかで、体をそらして彼の顔を見あげた。「なんてことをおっしゃるの、伯爵様。上流階級の方々はさぞかしショックを受けるでしょうね。きっと何カ月もわたしたちのことを噂するわ。サマセット家の女たちはサザーランド家の紳士たちに呪いをかけると言い出すんじゃないかしら。わたしが魔法を使ってあなたを虜にしたんだと言うかもしれないわ」デリアはアレックの腰に腕をまわし、彼の胸にもたれかかった。

アレックはデリアにまわした腕にさらに力を込めた。「きみはたしかにぼくに魔法をかけたよ。ぼくは完全にきみの奴隷だ」アレックはデリアの髪に頬を押しつけ、目を閉じた。そしてハチミツのようなデリアの甘い香りを吸い込む。「きっときみの瞳の青い炎がぼくに魔法をかけたんだ」

エピローグ

「レディ・カーライル」アレックは早足で寝室に入ってくると、化粧台の前に座っていたデリアの背後で突然足を止めた。

「伯爵？」デリアは鏡越しに夫にほほえみかけた。ああ、正装姿の彼はなんてハンサムなのだろう。夫があまりにすてきなので、デリアは彼のクラヴァットをほどいて、ジャケットを脱がし、ベッドに引きずり込みたくなった。

ああ、今シーズンが終わるまでロンドンがわたしたちを放っておいてくれたら、このタウンハウスにふたりきりでこもっていられたらいいのに！　とはいえ、実際のところは、数週間前に結婚して以来、ふたりは寝室からほとんど出ていなかった。そろそろ社交の場に姿を現さないと、上流階級の人々に噂され始めるかもしれない。第一、今夜は夫婦で出席するとリリーと約束したのだ。

デリアはため息をのみ込んだ。今夜はレディ・バロウの音楽会に行くしかない。

「きみに尋ねたいことがあるんだが――」アレックは言いかけたところで、デリアづきのメイドのアリスに向かって眉をあげた。「席を外してくれないか」

アリスはデリアの髪型をセットしている最中だった。デリアの後頭部に凝ったカールを作ってピンで留めようとしていたところだった彼女は、ブラシを鏡台に置き、すばやくお辞儀をするとあたふたと部屋から出ていった。

「かわいそうなアリスを怖がらせないでちょうだい」デリアは頬にかかっていたカールを指でくるくる巻きながら言った。「わたしの髪型をまだ仕上げていないときは特に。わたしの髪型がうまく仕上がらなかったら、社交界でなんて噂されるかわかっているでしょう？」

アレックは手に持っている紙を見おろして顔をしかめたが、鏡越しにデリアと目を合わせた。「噂なんてしないさ。もししたらぼくが黙っちゃいない」アレックはデリアのむき出しの肩にかかっている、長いカールに目をやると、彼女に近づき、その背中に腹部を押しつけた。「それにぼくの目にはちっともおかしく見えないぞ」

デリアはアレックの声が少しかすれたのに気づき、彼になまめかしい小さな笑みを投げかけた。「そうかしら？　それなら安心だわ」

アレックは指先をデリアの一方の肩からもう一方の肩へと滑らせた。「安心しすぎないほうがいいぞ。これからすべてのカールが崩れてしまうかもしれない」

デリアはアレックの指の動きと、背後に感じる彼の体のあたたかさに体を震わせたが、髪のことに気を取られているふりをしてほほえんだ。「まあ、だめよ。そんなことにはならないわ。せっかくアリスがここまでまとめてくれたんですもの」

アレックはヘアピンを一本抜き取った。「アリスは残念がるだろうな」

デリアはピンを取り返そうと手を伸ばした。「アレック！　何をしているの？」

「何って？」アレックは両手をあげて、無邪気に肩をすくめた。「手伝おうとしただけさ。ちょうどそこが傾いていたみたいだから」アレックはピンを鏡台の上に放り投げた。「アリスはこのいまいましいピンをたくさん使いすぎだ」アレックは長い指でデリアのカールをとらえた。「髪はまとめてしまわないほうがぼくは好きだ。そうすれば指で梳くことができる」

デリアは早鐘を打ち始めた心臓を落ち着かせようと、深く息を吸った。アレックに何気なく触れられたり、そのいたずらっぽい黒い瞳に見つめられたりするだけで、彼女の体じゅうの血が駆け巡ってしまうのだ。「あなたの希望はアリスに伝えるわ。ところでそれは何？」

「これか？」アレックはデリアにさらに近づいて、そのたくましい太腿と自身の高ぶり始めているものを彼女の背中に押しつけた。「なんだと思う？　きみへのプレゼントじゃないか？」

デリアは脚のあいだがじんわり熱くなるのを感じたものの、顔はわざとしかめてみせた。ふたりのうちのどちらかひとりは現実的にならなければ。そうでないとレディ・バロウの音楽会に出席できなくなってしまう。それに、デリアはリリーと約束したのだ。「わたしが結婚したのは、この世で一番不埒なお方のようね。それじゃないわ。そっちよ」デリアはアレックが手に持っている紙を示した。

アレックはその存在を忘れていたというように、紙に目を落とした。「ああ、そうだった。これのことをきみに尋ねようと思ってここに来たんだ。これが何か教えてくれないか？」

「アイリスからの手紙？」デリアはカールをねじる作業に戻りながら答えた。「わたしが髪のセットを終わらせるまで、ハンナについて書かれたところを声に出して読んでくださる？　本当に傑作なのよ。ミスター・エドワード・ダウニングがアイリスにキスしようとしているところをハンナに見つかってしまったんですって。ハンナはほうきを手に彼を追いかけて——」

「いや、これはその手紙ではない」

デリアはアレックの声に奇妙な緊張を感じ取り、さっと鏡越しに目をやった。

「これはスケッチだ」アレックは言った。「ローランドソン・スタイルのスケッチだな。とてもよく描けている。何を描いたものなのか、すぐにわかるくらいに」アレックは紙を片手に掲げてじっくりと眺めた。「ここに描かれているのはおそらく――トラだ。いや、ちょっと待て。トラではないのかもしれない。男にも見えるぞ――ウェーブのかかった黒髪の男だ。おそらくこれは伯爵かな？」

ああ、どうしよう。髪をねじっていたデリアの指が凍りついた。あのくだらないスケッチだわ！　さっさと捨ててしまえばよかった。デリアは何度もその紙を暖炉の火にくべようとした。だが、そのたびにためらい、結局は書き物机のなかへと戻してきたのだった。アレックはアイリスの手紙を読もうとして、その紙を見つけたに違いない。

「トラ？」デリアは鏡越しにアレックを見つめ、彼の表情を探ろうとした。怒っているようには見えなかったが、喜んでいるようにも見えない。それとも、スケッチを見て、アレックは傷ついただろうか。もしそうなら自分を許せない。「そうなの？」

「ああ。トラだ。もしくはなんらかの捕食動物だな。鋭い牙と長い鉤爪がある」アレックは紙をかざして、さまざまな角度から紙を眺めた。「トラは今にもかわいそうな無力なシカに襲いかかろうとしている」

デリアは膝の上で両手をもみながら言った。「ガゼルよ」

「ああ、なるほど。首にリボンをつけたガゼルだ」アレックは紙をおろすと、デリアの肩に近づけ、もう一方の手でデリアの顎をつまんだ。そして鏡越しに自分と目が合うように、彼女の顔をまっすぐ鏡に向ける。「だがこのトラは――ただのトラではない、そうだな？」

鏡に映るデリアの頬が赤く染まった。「ええ、違うわ」

アレックは手でそっとデリアの首元をなぞり、そのあたたかなてのひらで彼女の喉を包んだ。「やっぱり。そうだと思った。彼は控えめに言っても不機嫌そうだ。これは誰なんだ？」

デリアは目を閉じた。アレックはデリアの口から言わせたいのだ。デリアは困惑と羞恥心とで唇を噛んだ。だが鏡に映るアレックの姿を見て、目を見開いた。アレックは彼女の口元を見つめている。そして背中に感じる彼の高ぶりはますます大きくなっていた。デリアはさらに目を見開いた。怒っているにしろ、面白がっているにしろ、傷ついているにしろ、アレックは同時に激しく欲情しているのだ。

アレックはてのひらを下へと滑らせ、指先をデリアの胸の谷間に差し入れた。「レディ・カーライル、これは誰だ？」

欲情はしているが、この問題を引っ込めるつもりはないようだ。デリアはため息をついて答えた

「あなたよ。少なくとも、わたしが当時イメージしていたあなた。その絵はずいぶん前に描いたものなのよ、アレック。あなたのことを知る前に。あなたを愛するようになる前に」

アレックの顔はやわらいだが、ほほえんではいなかった。「だがきみはこれをずっと取っておいた。なぜだ？　きみはどこかでまだ、ぼくのことをこんなふうに思っているんじゃないか？」

アレックは軽い口調で言ったが、デリアにはわかった。その声にはごくわずかにしろ、間違いなく疑念が含まれていた。「違うわ、アレック」デリアは振り向いて夫を見あげると、彼の腰に両手をまわし、頬をおなかに押しつけた。「そんなふうに思ってなんかいないわ。これっぽっちも。わたしはそのスケッチを何度となく燃やそうとしたの。なぜ取っておいたのか自分でもよくわからないのだけど……多分、そのスケッチはわたしに思い出させてくれるからだわ」

アレックはデリアの顔にかかっているカールを撫でながら尋ねた。「何を思い出さ

せてくれるんだい、愛《いと》しい人?」

デリアの目には涙が込みあげてきた。「わたしがあなたに対してひどい偏見を持っていたことよ。その頃は、あなたのことを知りもしなかったというのに。どれだけひどい偏見を持っていたか、その絵を見ればわかるでしょう? その絵を取っておいたのは、二度とそんな過ちを犯さないようにするためよ。わたしはもう少しであなたを失うところだったわ。その絵を見ると、思い出すのよ。あなたを失わずにすんで、自分がどれだけ幸運かを。そしてあなたへの感謝を思い出すの」

しばらくのあいだ、アレックは彼女の髪を撫でるだけで何も言わなかった。だがその手は小さく震え始め、デリアの頰に当たる腹部は呼吸するたびに大きく上下していた。長い沈黙のあと、アレックは腰にまわされていたデリアの腕をほどいて、彼女の椅子のかたわらに膝をついた。「愛しい人、感謝するのはぼくのほうだ。ぼくはきみにふさわしい男ではない」

デリアはかぶりを振った。「それは違うわ、アレック――」

「いや、そうだ。わからないか、デリア?」アレックは両手でデリアの頰を包んだ。「きみがいなければ、ぼくはこの絵に描かれたとおりの男になっていた。いや、もっとひどい男になっていたかもしれない。きみが偏見の目で見ていたわけではない。きみがぼくを救ってくれたんだ」

デリアが反論しかけたが、それをさえぎるようにアレックが彼女に口づけした。最初のうちは優しいキスだった。彼の唇はやわらかく、どこまでも優しかった。だが情熱が高まるにつれ、アレックは口を開き、舌を彼女の口のなかに滑り込ませてきた。デリアもそれに熱心に応えた。ようやく互いの口が離れたときには、ふたりとも息を切らしていた。

アレックは激しく脈打っているデリアの首元に指を這わせた。「ひとつだけこの絵のなかで気になることがあるんだ」

「あら、ひとつだけ？」

アレックは両手をデリアの肩において、鏡のほうに向き直らせた。「ああ。ガゼルの首元のリボンだ」

デリアは笑い声をあげた。「リボン？　おかしなことを……」デリアの言葉が途切れた。鏡に映るアレックが四角い平らな箱をジャケットのポケットから出すのに気づいたのだ。

アレックはデリアの腰に手をまわすと、彼女の背中を自分の胸に寄りかからせ、箱を化粧台の真ん中に置いた。「これほどまでに美しい首には——」デリアの耳元でささやく。「美しい飾りがふさわしい」彼はそう言うと、箱の蓋を開けた。シルクが内張りされた箱のなかには、サファイアとダイヤモンドの豪華なネックレスが入っていた。丸いサファイアは花のようにデザインされている。八つの深い青色の完璧なサファイアのまわりにダイヤモンドの花びらがあしらわれ、中央の三つのサファイアの花からは大きな涙形のパールが垂れている。

デリアは息をのんだ。「まあ、アレック」

アレックはシルクの箱からネックレスを持ちあげると、デリアの首にかけ、留め金をつけた。「今夜はこれを身につけてくれ」アレックの声は低くかすれていた。その指でデリアの首を撫でながら続けた。「このネックレスだけ。ほかには何も身につけないで」

きらめくネックレスを見つめていたデリアは、鏡越しにアレックと視線を絡ませた。「ほかには何も？」

アレックは彼女の首に唇を押しつけた。「そろいのイヤリングもある」デリアの耳たぶを唇で挟んだ。「どうしてもというなら、イヤリングもつけてかまわないよ。だけど、それ以外は余計だ」

デリアは身震いした。「ネックレス以外に身につけるのは、レディ・バロウの音楽会には余計だと言うの？」

　アレックはパールのひとつをもてあそんでいたが、それを放してデリアのドレスの襟ぐりからボディスのなかへと指を忍び込ませた。「レディ誰だって？」

「レディ……レディ……」ああ、もう。レディ誰だったかしら？　アレックの指が胸の先端を焦らすようにもてあそび始めると、デリアの口から小さなあえぎがもれた。

「そう、レディ・バロウよ」

「ふむ、レディ・バロウか」アレックはデリアの髪からピンを次々と抜いていった。アリスがセットした凝ったカールが、少しずつデリアの肩から背中へと崩れ落ちていく。彼はその髪のなかに顔を埋め、深く息を吸ったあと、背中に垂れた髪を片方の肩にかけ、ドレスのボタンを外し始めた。「彼女を招待した覚えはないな」

　デリアは胸の上で動いているアレックのもう一方の手をうっとりと見つめた。彼女の白い肌の上でうごめく彼の手はよく日に焼けており、長い指がやわらかなピンク色の胸の先端を軽くつまんでいる。「そうではなくて、彼女がわたしたちを招待したのよ。彼女の……彼女の……」デリアはアレックの肩に押しつけるように頭をのけぞらせた。

　アレックがからかうように優しく笑った。「彼女の……何かな？」ドレスの小さなボタンをすべて外し終わったアレックはシルクのドレスを腰まで引きおろした。

デリアはアレックの肩から頭を起こし、考えに集中しようとした。アレックの腕のなかで溺れている場合ではない。行くべき場所があったはずなのに、どうしても思い出せない。ええと、なんだったかしら。そうだ。「音楽会よ。リリーと約束したの……」だがデリアの抗議の声は小さく、その声も、アレックの黒い瞳を見ているうちに途絶えた。彼の目は、白い肌着の薄い布地の下で彼に触れてほしいと言わんばかりに硬く尖る胸の先端に釘づけになっている。

「とても美しいよ。ぼくがきみに触ってるところを見るんだ」両手でデリアの胸を包み込み、親指でその先端をいじりながらも、アレックの視線はデリアの顔から離れなかった。「鏡に映るぼくを見るんだ」アレックは舌を突き出し、デリアの耳の後ろの脈打つ皮膚をなめたあと、下へ下へと這わせ、喉に吸いついた。そして重みのある豪奢なネックレスを歯で挟む。

デリアは息をするのも忘れて、アレックを見つめることしかできなかった。レディ・バロウのことも、リリーのことも、音楽会のことも、次々に頭から消えていく。しまいには彼女の頭のなかはアレックのことでいっぱいになった。どれだけ彼女を求めているか、これから何をするつもりなのかを耳元でささやく彼の声しか聞こえなくなった。

ふたりともこうしてたわむれているだけでは我慢ができなくなってきた。アレックが立ちあがり、手を差し出した。「ベッドに行こう」

デリアは背後を振り返って、いたずらっぽくほほえみながらアレックを見あげた。「まだよ」

「まだ？」アレックは笑った。「手遅れになりそうなのに？」

デリアはからかうようにアレックの腿に指を這わせると、彼の高ぶったものをブリーチズの上から握った。彼女はそこを布越しに愛撫した。アレックが欲望で体を震わせ始めると、彼女はボタンを外し、硬いものを引っ張り出して手で撫で、指を熱い肌にきつく巻きつけた。「まだよ、アレック」

重たそうに半ば閉ざしたまぶたの下から、きらめく黒い瞳がデリアを見おろした。「デリア」アレックが苦しげな声でささやいた。

デリアはアレックの高ぶりに頬を寄せた。「鏡を見て、アレック」デリアはつぶやくと、それを口に含んだ。

アレックはデリアの髪に指を沈めた。「ああ、デリア」

アレックのせつなげなあえぎを聞きながら、彼女はさらに深くまで彼を受け入れた。

デリアが目をあげるとアレックは鏡に映るふたりの姿を見つめていた。その顔は頬骨のあたりが赤らんでいた。デリアはさらに沈み込んで硬い彼自身に吸いつき、アレックが腰を動かし始めると、指を彼のヒップに食い込ませた。

「待ってくれ、デリア、だめだ」アレックは息を切らしながら、デリアを引き離すと彼女をつかんで立ちあがらせ、ほとんどもつれ合うようにしてベッドに倒れ込んだ。アレックがベッドにデリアを仰向けに寝かせ、一方の手でデリアのスカートをめくりあげ、もう一方の手で自分のブリーチズを引きおろした。そのあいだ、デリアはくすくす笑っていた。だが彼女の熱い体のなかにアレックが身を沈めたとたん、彼女はあえいだ。腰を動かし始めたアレックが力強く腰を突き入れるごとに、とらえどころのない恍惚感に襲われ、ついにデリアは叫び声とともに砕け散った。アレックも彼女に続き、歓喜に震える背中を弓なりにそらした。

「ああ、デリア」息が整うとアレックは言った。「手遅れになりそうだと言っただろう?」アレックは仰向けに横になると、デリアを自分の上に抱き寄せた。「最後には天国の光が見えたような気がする」

デリアは笑った。肘で自分の体重を支えながら、アレックのクラヴァットを解く。

「それはダイヤモンドの光よ」

アレックはネックレスの下に指を入れて持ちあげると、あちこち向きを変え、暖炉の明かりを受けてきらめくダイヤモンドに見入った。「このネックレスは美しいが、ぼくの目をくらませたのはこれじゃない。きみだよ、デリア。きみがほしくてたまらないあまり、服を脱ぎ終わるまで待てなかった」

「わたしが脱がせてあげるわ」デリアはベッドの下にクラヴァットを投げ捨てると、上体を起こして、しわくちゃになった自分のドレスと、正装のアレックに目を落とした。肩をすくめたあと、アレックのベストのボタンを外すことから取りかかった。

「どうやら今夜のわたしたちは音楽を聞けそうにないわね」

「それはどうかな」アレックはにっこり笑ってデリアを見あげた。「さっきソプラノが聞こえたような気がしたぞ」

デリアは頭をのけぞらせて笑った。「本当に？　それなら夜が更ける前に、またそのソプラノを聞けるかもしれないわね。美しい声だった？」

アレックはしばらくデリアを見つめたあと、真顔になって言った。「その美しい声に匹敵するものは何もない。胸に迫りくる声だ」アレックはデリアの手を自分の心臓の上に置いた。「とりわけここに響くんだよ。比類ないというだけじゃない。特別な声なんだ」

デリアはアレックの頰をてのひらで包んだ。美しく愛しい夫の顔を。「愛しいあなた、わたしには音楽会なんて必要ないわ。わたしの心を歌わせるのはあなただけだから」

訳者あとがき

本作『戯れのときを伯爵と』は、二〇一五年にデビューしたアナ・ブラッドリーの処女作です。

ブラッドリーはアメリカのメイン州出身で、現在はオレゴン州に家族と暮らしています。本好きだった彼女は大学で英文学を専攻し、卒業後は近代イギリスの女性作家の名作を専門に扱う図書館で働いていました。そこで多くの小説に接するうちに作家を夢見るようになります。その夢を叶えることになった記念すべき第一作は、書評家や多くのロマンスファンに支持され、本国では現在に至るまでいくつもの続編が出ています。では、この魅力いっぱいのリージェンシー・ロマンスの中身を少しだけご紹介しましょう。

田舎で妹たちと暮らしていたデリア・サマセットは、ある伯爵家の姉妹と知り合い、妹リリーとともに二週間のハウスパーティーに招待されます。その伯爵家とデリアの家族には因縁がありました。貴族の娘だったデリアの亡き母は、かつて婚約発表を控えた舞踏会の晩にのちにデリアたちの父となる恋人と駆け落ちしたのです。そのとき捨てられた婚約者が、今回デリアたちを招いた伯爵家の先代でした。そんな事情もあってずっと貴族や社交界を嫌っていたデリアですが、一年前に両親が事故で亡くなり、すっかり弱っていた妹のリリーを元気づけるため、気が進まないながらも招待を受けることにしました。

ところが、伯爵家に到着する手前で馬車のトラブルに見舞われ、助けを求めて路上をさまよっていたデリアは、戸外で大胆にたわむれる男女を見てしまいます。その男性こそ、デリアたちを招いた屋敷の当主、カーライル伯爵でした。悪びれる様子もなく尊大な態度を取る相手に反発を覚えながらも、デリアは強い刺激を受けます。貴族の男性とかかわるのは危険とわかっていながらも、自分を田舎娘と甘く見てからかってくる伯爵に挑戦したくなり、なびくふりをしてこらしめてやろうと考えます。

カーライル伯爵は、落ち着きのない弟のロビンがサマセット家の娘と新たなスキャンダルを起こすのではないかと危ぶんでいました。父が生前に損なった屋敷の財政の立て直しに心血を注いできた彼にとっては、家名や家族を守るのが何より大切です。

デリアが弟をたぶらかすことのないよう、しっかり目を光らせるつもりでした。ところが、田舎娘をあしらうくらい簡単と決め込んでいたところ、相手が予想外に厄介だと判明します。彼女はかつて社交界の花形だった母親と同じく〝青い炎の瞳〟の持ち主である上に、説教がましく皮肉を言うかと思えば自分を見つめて赤くなるなど、気になるそぶりも少なくありません。次第にカーライル伯爵は、デリアがゲームを仕掛けるなら受けて立とうと考えます。もちろん彼女を本当に傷つける気などなく、軽はずみに誘惑を仕掛ければ痛い目にあうと教えてやるつもりで。

心のなかでさまざまな言い訳をしつつ危険なゲームにのめり込んでいくふたりの関係はなんとも刺激的で、ぐいぐい引き込まれてしまいます。皮肉とユーモアたっぷりの駆け引き、実は傷つきやすく一途な心の描写、熱く燃えあがるラブシーン――ロマンスの魅力がすべて詰まったすてきな物語を、どうぞ心ゆくまでお楽しみください。

二〇一八年二月

ザ・ミステリ・コレクション

戯《たわむ》れのときを伯爵《はくしやく》と

著者　アナ・ブラッドリー

訳者　出雲《いずも》さち

発行所　株式会社 二見書房
東京都千代田区神田三崎町2-18-11
電話　03(3515)2311［営業］
03(3515)2313［編集］
振替　00170-4-2639

印刷　株式会社 堀内印刷所
製本　株式会社 村上製本所

落丁・乱丁本はお取り替えいたします。
定価は、カバーに表示してあります。

ISBN978-4-576-18038-0
http://www.futami.co.jp/

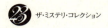

二見文庫 ロマンス・コレクション

真珠の涙がかわくとき
トレイシー・アン・ウォレン
久野郁子［訳］〔キャベンディッシュ・スクエアシリーズ〕

元夫の企てで悪女と噂されて社交界を追われ、友も財産も失ったタリア。若き貴族レオに求愛され、戸惑いながらも心を開くが…？ ヒストリカル新シリーズ第一弾！

ゆるぎなき愛に溺れる夜
トレイシー・アン・ウォレン
久野郁子［訳］〔キャベンディッシュ・スクエアシリーズ〕

クライボーン公爵の末の妹・あのエズメが出会ったお相手は、なんと名うての放蕩者子爵で……。心配するがゆえに兄たちが起こすさまざまな騒動にふたりは——

この愛は心に秘めて
ヴァレリー・ボウマン
山田香里［訳］

公爵の求婚をうまく断れない親友キャスのため、付き添うことにした伯爵令嬢ルーシー。公爵は絶世の美女ながら舌鋒鋭いルーシーに新鮮な魅力を感じるが、実は彼は……

胸の鼓動が溶けあう夜に
アマンダ・クイック
安藤由紀子［訳］

新進スターの周囲で次々と起こる女性の不審死に隠された秘密。古き良き時代のハリウッドで繰り広げられる事件、網のように張り巡らされた謎に挑む男女の運命は？

危ない恋は一度だけ
K・C・ベイトマン
寺尾まち子［訳］

伯爵令嬢ながら、妹のために不正を手伝うマリアンヌ。腕利きの諜報員ニコラスに捉えられるが、彼はある提案を…。セクシーでキュートなヒストリカル新シリーズ！

奪われたキスのつづきを
リンゼイ・サンズ
田辺千幸［訳］

両親の土地を相続するには、結婚し子供を作らなければならないと知ったヴァロリー。男の格好で海賊船に乗る彼女は男性を全く知らず……ホットでキュートなヒストリカル

愛の目覚めは突然に
セシリア・グラント
高里ひろ［訳］

夫の急死でマーサは窮地に立たされた。領地は夫の弟が相続され、子供のいない彼女は追いだされる。そこで身ごもるために准男爵の息子に〝契約〟を持ちかけるが…